ALEXANDER KRÖGER

Robina Crux

Roman

KRÖGER-Vertrieb Cottbus

Der vorliegende Roman ist eine neu bearbeitete Edition des Romans **„Die Kristallwelt der Robina Crux“** von Alexander Kröger, erschienen in Erstauflage 1977 im Verlag Neues Leben Berlin

Printed in Czech Republic 2004
Lektor: Helmut Fickelscherer
Umschlagentwurf: Klaus Brandt
Umschlaggestaltung: Klaus Brandt, www.ArtFantasy.de
Gesamtherstellung: FINIDR, s.r.o. Český Těšin, CZ

ISBN: 3-9808213-3-1

Prolog

In dem Augenblick, als der Pilot offenbar die Gefahr erkannt hatte und das Landeboot zu einem riskanten Durchstart vor der spiegelnden, schrägen Wand zwang, durchbrach ein greller Blitz das pulsierende Dämmerlicht. Ein ungeheurer horizontaler Schub schmetterte das Heck des Bootes auf die glatte Fläche. Das Flugzeug glitt nach oben, und der Rumpf wurde gegen das Spiegelnde geschleudert. Die Trümmer rutschten ein Stück empor, dann, nach dem toten Punkt, die Schräge immer schneller nach unten, wobei sich der verbeulte Rumpf so drehte, dass er längs der Kante zu liegen kam, dort, wo der Kristall aus der Ebene wuchs. Eine der Stabilisierungsflächen schob sich über das Boot, die zweite prallte vor dem Rumpf auf, überschlug sich und schlitterte einige Meter in die Ebene hinein.

Dann herrschte Ruhe.

Rhythmisch pulsierte die kalte Lumineszenz aus unbestimmter Quelle, überzog die bizarre Welt aus reflektierenden Flächen von Kuben und Oktaedern, Quadern und Rhomboedern mit prachtvollem Farbspiel.

Scheinbar rasch zogen in tiefster Allschwärze funkelnde Sonnen.

Das im Lumineszieren matt schimmernde Wrack lag still, würde Teil werden der toten Materie ringsum, eingerieselt von splittrigem Kristallschutt. -

1

Zuerst fühlte Robina das Pochen in den Schläfen, danach den Drang des Blutes zum Kopf. Der übrige Körper erfühlte sich, als ob er schwebe.

Dann gelangten Bilder ins Bewusstsein, wirr und ungeordnet: Boris winkt - die Mundwinkel leicht nach unten gezogen, als blicke er geringschätzig, die Augen, als sähen sie längst anderes - wie in jenen Tagen, als ihn die Gemeinsamkeit ungeduldig werden ließ ...

Da steht Ed, gebeugt, lächelnd unter dem Schmerz des kranken Wirbels. Er streicht über ihren Arm beim Abschied, Ed, den sie lange nicht sehen und nur durch 100 Ohren wird sprechen können.

Und da beugt sich Frank zu ihr, klopft vor dem Ausschleusen auf den Schutzanzug: „Mach's gut, Robi!" Die Trennung wird nur kurz sein.

‚Mein Kopf - zu tief - der Druck ... Was ist ...?'

Robina durchfuhr es siedendheiß: ‚Frank!'

Und dann etwas anderes: Der Bolzplatz. Knapp vor dem Gesicht wischt der Boden aus gewaschenem Sand und glasklaren Plast-Oolithen vorbei. Die langen Haare ziehen eine feine Spur.

Empörte Passanten lösen den Knoten des Strickes, der die Füße des baumelnden Mädchens verbindet und der dazu diente, hängend über das Seil zu hoppeln. Und sie bedauern das ach so zarte, hübsche und jetzt wütend weinende Kind, dem das Blut zu Kopfe gestiegen ist, und sie schimpfen auf die rüden Bengel, die aus sicherer Entfernung grinsend die Szene beobachten.

Dabei hatte Robina gar nicht geweint, weil sie mit dem Kopf nach unten hing, wie die Leute annahmen; sie wäre allemal in der Lage gewesen; bis zur Seilstütze zu hoppeln und sich dort empor zu hangeln. Nein, Ed, der liebe Bruder, hatte, ihre Lage schamlos ausnutzend, ihrer Sportpuppe den Akkumulator entnommen und ihn seinem Maulwurf einverleibt, der beim Wettgraben am langsamsten schaufelte.

Natürlich gab es beim Hoppeln einen Blutandrang zum Kopf hin - wie im Augenblick ...

Langsam, ganz langsam formte sich die Frage: ‚Wo bin ich? Was, was ist geschehen?'

Robina öffnete die Augen; sie spürte Schmerzen im Nacken; das Pochen lief durch Hals und Kopf. Was sie sah, war wenig. Sie benötigte Sekunden, um sich zu orientieren. Dann begriff sie: Sie lag vor dem Steuersitz des Beibootes, der beängstigend schräg über ihr hing. Ihr linkes Bein klemmte verdreht zwischen Steuerung und dem Schalenrand des Sessels, der Helm stieß gegen die Pedale. Robina übersah ein Stück der Kabinendecke, des Sessels und die Armaturenverkleidung von unten. Platzangst überfiel sie. ‚Aufstehen!', befahl sie sich, ‚sehen!' Aber auch als sie sich mühevoll aufgerichtet hatte, überblickte sie nur wenig mehr.

Sie brauchte eine Weile, um zu begreifen, dass es sich bei der grauglänzenden Wand vor der Bugscheibe um einen Teil des Bootes selbst, eine der Stabilisierungsflächen handelte. Rhythmisch zuckten darüber Streulichter der geheimnisvollen Lumineszenz des Boliden.

Robina durchlief abermals ein Angstschauer. Sie wandte sich zum Mikrophon und musste dazu den

Kopf in eine unbequeme Lage drehen. Betont forsch sagte sie: „Hallo, Frank?“ Sie konnte nicht verhindern, dass die Stimme zitterte, der Ruf belegt klang.

Und noch etwas irritierte: Sie hörte ihre eigene Stimme nicht über das Außenmikrophon des Anzugs. Wieder ergriff sie eine Angstwelle, als ihr bewusst wurde, dass die Hermetik der Kabine gestört sein musste.

‚Die Gefährten holen mich hier weg!‘

Sie lauschte auf das beruhigende Summen der Sprechanlage des Anzugs. Hier schien alles in Ordnung zu sein.

„Hallo, Frank!“

Stille. Außer diesem feinen Summen - Stille ...

Robinas Blick glitt unstet über die Armaturen. Die Zeiger standen auf Null. Die Signallampen, unheimlich dunkel, tot in den Fassungen, beschworen abermals Bangigkeit herauf.

„Hallo, Frank, Stef!“

Robina spürte, wie Schweiß ausbrach, wie die Kopfhaut zu prickeln begann.

„Mandy?“

Sie lauschte nicht mehr, ob das leise Summen von einer vertrauten Stimme durchbrochen würde. Sie schrie: „Frank, zum Teufel, so melde dich doch!“

Nichts.

Plötzlich klatschte sich Robina die behandschuhte Linke an den Helm. „Drehst durch, Robi“, sagte sie laut, und sie hielt sich die Uhr vor das Helmfenster. „Sie können dich nicht hören, absoluter Funkschatten - noch siebenunddreißig Minuten, Mist!“

Erleichtert atmete Robina auf. ‚So ein Unsinn. Ein wenig havariert, und gleich spielt man verrückt. Es hätte doch schlimmer kommen können. Ich lebe, bin wohlauf, in dreißig Kilometer Entfernung sind die Gefährten, die schön verschnupft sein werden über den Schrotthaufen, den ich fabriziert habe.'

Robina betätigte Schalter, zuckte mit den Mundwinkeln, als sie den implodierten Bildschirm wahrnahm. ‚Nichts mehr zu machen mit dem schönen Boot', dachte sie. ‚Zeit, dass wir heim kommen!

Aber warum? Wie konnte das überhaupt geschehen?' Robina versuchte sich zu erinnern. Zunächst ließen sich die Bilder nur schwer ordnen bei dem dumpfen Gefühl im Kopf: Unversehens hatten sich die Konturen des Landezeichens aus der strengen Geometrie der Kristalle gelöst. ‚Na, setze ich eben ein wenig später auf; zieht sich doch weit, diese ebene Landefläche. Dort das Massiv. In dem befindet sich die Grotte. Da werde ich eben wenden, hinfahren, ausladen ...'

Da - Robina fühlt, wie ihr die Haare zu Berge steigen. Von vorn, gleichsam aus dem Boden, stürzt ein Beiboot wie das ihre auf sie zu, kommt rasend näher.

Ohne Überlegung reißt sie am Höhenruder. Das Boot reagiert.

„Jawohl, es hat reagiert!", rief sie laut, aus ihrer Erinnerung auftauchend.

Auch das zweite Boot vor ihr stieg, sie sieht deutlich die Unterseite des Rumpfes und die Stabilisatoren.

‚Mein Spiegelbild!', durchfährt es sie.

Da kam die Lichtwoge, der verdammte Schub ...

Robina fand in die Wirklichkeit zurück.

‚Blitz? Hatte es überhaupt einen Blitz gegeben? Oder entstand der nur beim Aufprall - so wie Sterne bei einem Schlag auf den Kopf? Jedenfalls habe ich das

Boot an die Fläche eines dieser miesen Riesenkristalle gesetzt. Schweinerei! Das werde ich wohl verantworten müssen.'

Die Aussicht auf ein Disziplinarverfahren wurde von dem Glücksgefühl, die Havarie unbeschadet überstanden zu haben, verdrängt.

‚Nur schade um das Boot. Aber es wäre schon dumm gewesen, jetzt, da wir auf dem Heimweg sind, sich noch etwas zuzuziehen oder den Gefährten gar eine Leiche zu bescheren.'

Robina probierte systematisch ihre Gliedmaßen durch und stellte abermals erfreut fest: außer einem leichten Ziehen im Nacken und einem dumpfen Brummen im Kopf fühlte sie keinen Schmerz.

‚Ich müsste aussteigen', dachte sie, ‚mir das Ganze von draußen betrachten.'

Sie musterte die Kabine eingehend: Großflächige Beulen, die von außen die Verkleidung deformierten, Geräte aus den Halterungen gerissen. Die Tür zum Laderaum stand halb offen. Robina hangelte hin. Die Sauerstoffflaschen lagen durcheinander, Konservenboxen dazwischen, einige geplatzt, ihr Inhalt klebte an Kanistern und Dosen.

Dann blickte Robina ungeduldig zur Uhr. Es fehlten noch zehn Minuten. Erfahrungsgemäß kam aber, wenn auch qualitätsgemindert, in einer solchen Konstellation die Funkverbindung bereits zu Stande, wenn es keine Überlagerungen durch das fremde Funkfeuer gab.

Robina nahm eine bequemere Haltung ein und war fest entschlossen, nun zu senden, bis die Verbindung stand. Stereotyp rief sie im Abstand von je einer halben Minute. Sie lauschte in der Gewissheit, dass sie trotz des eigenartigen Knatterns eine Antwort nicht überhören würde.

Jedoch wuchsen nach Minuten vergeblichen Rufens Erregung und Konzentration. Sie spürte unwillkürlich Unruhe aufsteigen. Die augenblickliche Konstellation zwischen dem Boliden und dem Raumschiff verhinderte wohl die Verbindung, vielleicht schirmte auch die über das Wrack geschobene, abgebrochene Stabilisierungsfläche zu sehr ab, oder aber der Rumpf lag so ungünstig, dass zusätzlicher Funkschatten entstand, oder der Kristall selbst ...

Robina zwang sich zur Ruhe. „Hallo, Frank!", rief sie gleichförmig.

Dann drängten sich ihr die Namen der anderen Gefährten in den Sinn: Sie rufen! Frank hatte mit ihr Verbindung zu halten. Aber jeder andere, der sie hörte, würde sich ebenfalls melden.

Aufreizend langsam tropften die Ziffern der Uhr. Dann kam die Zeit, zu der Funkmaximum herrschen musste. Robinas Stimme begann zu zittern. Unter großer Beherrschung ließ sie noch einige Minuten verstreichen, danach rief sie, rief ...

Dann dachte sie abermals: ‚Ich muss hier raus, es ist doch klar, dass hier etwas nicht stimmt, etwas nicht funktioniert. Sie können mich nicht hören! Sicher rufen auch sie bereits.' Noch bevor sie erwogen hatte, ob sie die Funkkonstellation noch bis zu deren Ende abwarten oder sofort aussteigen sollte, zwängte sie sich zur Schleuse. Ihre Bewegungen wurden hastiger, dazwischen rief sie, nun lauter, weil sie sich von der Bordsprechanlage entfernte, ungeachtet dessen, dass in der Kabine der Schall nicht mehr übertragen wurde.

Sie kam trotz der Schräglage ohne Schwierigkeiten in die Schleuse, und dort stellte sie fest, dass die Außenluke klaffte. Erst jetzt wurde ihr bewusst, dass ihr Ruf in den letzten Minuten die Gefährten gar nicht hatte erreichen können: Mit neuer Hoffnung schaltete sie die Funkanlage des Raumanzugs ein und rief mehrmals hintereinander. Aber auch jetzt als Antwort nur das leise Summen und das eigenartige Knattern, die im Geräusch ihres Atems fast untergingen.

Dann bildete sie sich ein, steigerte es in sich zur Gewissheit, dass sich draußen schlagartig Funkverbindung einstellen werde, und sie strengte sich an, die verklemmte Luke vollends zu öffnen. Mit Mühe drückte sie den Spalt so weit auf, dass sie sich hindurchzwängen konnte. Dann stand sie neben dem Beibootrumpf.

Robina erschauerte leicht, als sie das vordem elegante Boot von außen betrachtete. Beulen, herausragende Verstrebungen, Risse und hässliche gezackte Ränder dort, wo die Flächen herausgerissen worden waren.

Robina achtete darauf, dass sie an den vorstehenden Knickkanten und Blechfransen nicht hängen blieb. Sie wurde getrieben von Hoffnung und Unruhe, beschwichtigte sich ständig, dass überhaupt kein Grund zur Sorge bestehe, selbst wenn die Funkanlage tatsächlich nicht in Ordnung sein sollte. Spätestens in einer Stunde würden die Gefährten sie holen! Sie wussten, wo etwa sie sich befand, das zweite Boot musste startklar sein, also! Trotzdem verhielt sie unschlüssig, als sie unter der Stabilisierungsfläche hervortrat; sie zögerte den erneuten Kontaktversuch hinaus. Nervös nestelte sie an der kurzen Helmantenne und vergewisserte sich, dass die Leuchtdiode, die die Funktionstüchtigkeit des Geräts anzeigte, ihren dünnen rötlichen Schein im Helm verbreitete. Sie schaltete ein-, zweimal, um, wie sie meinte, Kontaktstörungen von vornherein auszuschließen, und erst nach einem Räuspern, rief sie abermals: „ Hallo, Frank!“

Nichts - außer dem Rauschen mit dem stärker gewordenen Knattern, beruhigend und beunruhigend zugleich - das Gerät funktionierte; befremdend nur: Ein derartiges Geräusch trat vordem nicht auf.

Um sich endgültig Gewissheit zu verschaffen, verstimmte Robina die Frequenz. Da drangen sie in ihren Helm, die pulsierenden Signale des fremden Funkfeuers, der gezogene, anschwellende Ton, der an den einer Gitarrensaite erinnerte, auf der man mit einem Metallstück entlang fährt.

Robina wusste, dass nach drei Minuten und 27 Sekunden der gleiche rätselhafte Ton aufklingen würde. Das wiederholte sich ständig, seit sie in diesen fremden rotierenden Funkrichtstrahl geraten waren, vor - Robina überschlug - 31 Tagen. Und alle Anzeigen sprachen dafür, dass dieses Signal bereits seit Hunderten von Jahren stark gebündelt in den Raum drang. Nur in unmittelbarer Nähe des Boliden und auf seiner Oberfläche gab es vagabundierende Wellen. Man konnte die Signale so gut wie überall empfangen.

Robina sah zur Uhr. Das Funkoptimum wurde jeden Augenblick überschritten. Schon standen bizarre Spitzen und glitzernde Flächen zwischen ihr und dem Standort des Schiffes, das, solange sich jemand außenbords befand, die „große Laterne“ aufgesteckt haben musste.

Dann beschloss Robina, das Rufen zunächst einzustellen und sich einen günstigeren, erhöhten Standort zu suchen. Im nächsten Optimum und mit Direktsicht zum Schiff würde der Kontakt zu Stande kommen!

Ihr fiel der kleine Vorrat an Signalraketen ein, und sie lächelte darüber. ‚Die lasse ich für den Notfall - wie vorgesehen', sagte sie sich. ‚Das hier' - sie blickte auf den Haufen zerknitterten Schrotts vor ihr - ist laut Reglement noch kein Notfall im eigentlichen Sinne ...'

Robina schritt das Wrack ab. Noch einmal kam ihr das Disziplinarverfahren in den Sinn, das sie unzweifelhaft erwartete - auf der Erde, nach drei Jahren und sieben Tagen. ‚Und - wie groß ist eigentlich mein Verschulden? Gut, als ich den Anflug verpasst hatte, hätte ich vielleicht zu einer erneuten Umrundung ansetzen und den Landeversuch wiederholen sollen. Aber die Ebene schien so über alle Maßen ausgedehnt ...

Auf jeden Fall werde ich mich nicht so stauchen lassen wie Vater!' Robina schüttelte den Kopf. ‚Das war vor mehr als zwanzig Jahren. Und heute noch krankt er daran, wird es wohl nie überwinden. Er wäre anders geworden - nein, geblieben, wenn ihm das nicht widerfahren wäre, bestimmt!'

Robina erinnerte sich, wie sie eines Tages heimlich in seinen Unterlagen gestöbert und das Band der Verhandlung abgehört hatte. Grantig hatte er reagiert, als er es merkte. Einige Tage später hatte er dann - noch voller Bitternis - von selbst davon angefangen, hatte knapp, gleichsam mit erhobenem Zeigefinger, so als wolle er sie vor Ähnlichem bewahren, erzählt ... ‚Nun, Vater war einem Anachronismus zum Opfer gefallen und hatte sich nicht oder nicht genügend gewehrt. Ein

Bagatellfall: Ein verknöcherter Vorsitzender handelte den Fall formal ab, ohne Rücksicht auf die Persönlichkeit, die Mentalität oder gar die Verdienste dessen, der vor ihm steht. ‚Und warum? Des Streites wegen zwischen zwei kleinen afrikanischen Staaten - Airob und Tasa, ja -, die einige Jahre später in der Union aufgingen', erinnerte sich Robina, ‚Um eine Sendung aus ehemaligen Armeebeständen, irgendwelche Arbeitsmaschinen jedenfalls - mit und ohne Räumschilde oder so etwas. Beim Entladen im Hafen: temperamentvolle Auseinandersetzungen - im Grunde harmlos, wie Vater schilderte. Aber er sei für die Sendung verantwortlich gewesen, und die Beschwerde beim Ausschuss der Vereinten Nationen habe eben zu dem Disziplinarverfahren und dem Strengen Verweis führen müssen. Dagegen gab es nichts einzuwenden, nur dass sie ihm die ganze Schuld geben würden, damit hatte er nicht gerechnet. Und sein verletzter Gerechtigkeitssinn ließ ihn letztendlich resignieren. Die Freude an seiner Tätigkeit in der Arbeitsgruppe „Standardausgleich" hatte man ihm gründlich verdorben. Er gab sie spontan auf, wurde Automatist und - Angler und fühlte sich so angeblich wohler.'

Robina seufzte und zuckte dann lächelnd mit den Schultern. ‚Des Landebootes wegen wird sich wohl keiner bei einem Ausschuss beschweren, und, so ehrenrührig ist der Unfall auch nicht. Aber' - Robina fühlte das zum ersten Mal - ‚wenngleich Vater ganz gewiss den falschen Schluss gezogen hatte, vielleicht auch übersensibel reagierte, das Versagen lag wohl doch mehr beim Schiedsrat. Wenn die Gesellschaft jemanden, der bereit ist, alles zu geben, mit Freude zu geben, brüskiert, ihn verletzt, dann ist das heutzutage irreparabel. Man kann nicht Persönlichkeiten entwickeln, Schöpfertum beflügeln wollen und dann gleichsam mit geschlossenen Augen dessen Flügel beschneiden. Vor allem dann nicht, wenn die - in diesem Falle sogar nur vermeintliche - Minderleistung in keinem Verhältnis steht zum bis dahin Erbrachten.

Hätte sich Vater danach nur gerührt ...'

Robina strich über die glatte Fläche des Kristalls, der vor ihr in unnachahmlichem Ebenmaß aufragte. Sie sah sich wie in einem Spiegel. Einen Augenblick lang überkam sie das Gefühl, sie müsse sich drehen, recken, sich im Raumanzug von allen Seiten betrachten. ‚Der Spiegel hat mich gefoppt', dachte sie dann, und leise pochte wieder Bangigkeit - ‚ich habe das Boot empor gerissen, im letzten Augenblick, aber doch rechtzeitig!

Der Blitz und der Schub ...

Albern! Ich kann froh sein, dass ich keinen Schock davongetragen habe. Keiner kann übel nehmen, dass mir das Erinnern an diesen Augenblick schwer fällt. Ich habe eben doch zu spät reagiert, eine Hundertstel Sekunde vielleicht. Aber den Boden des Bootes habe ich doch gesehen, das muss bedeuten, dass ich mindestens parallel zur Spiegelfläche geflogen bin.

Vorhalten kann man mir, dass es nicht mein erster Flug zum Boliden gewesen ist. Aber welcher Mensch ist schon in der Lage, einen Vorgang absolut gleich zu wiederholen? Und das bei einer Landung, bei der sich der Flugplatz so rasch wie hier unter einem wegdreht - und bei dem flirrenden Licht. Außerdem, das hatten wir alle festgestellt, hebt sich das Landezeichen viel zu wenig von der strengen Kristallgeometrie ab.

Ich werde es überstehen!' Sie beendete das Nachdenken über die Folgen ihres Missgeschicks.

‚Nachher, wenn sie kommen, werden wir das noch Brauchbare in die Grotte schaffen. Weitere Transporte wird es nicht geben, um nichts mehr zu riskieren. Das zweite Beiboot darf nicht gefährdet werden.'

Robina nickte ihrem Spiegelbild zu. Flüchtig kam ihr jener warme Frühlingsnachmittag in den Sinn, im zweiten Jahr am Institut auf Fehmarn, und sie lächelte. Diesem Frühling war ein rauer Winter mit Nässe und Nebel vorangegangen. Kein Mensch hatte je daran gedacht, die Insel der 200 Leute wegen mit einer aufwändigen Wetterregelung auszustatten. Oft wurde scherzhaft gelästert, bei den Damen und Herren Computern sei das selbstverständlich anders - die hatten ihre Klimaanlage. Jedenfalls wurde dieser Frühling herbeigesehnt, schon weil die Freizeit abwechslungsreicher werden würde. Es bleibt noch immer ein Erlebnis, die erwachende Natur zu genießen und - zu bewundern. Nicht lange, und man konnte sich wieder ohne den Temptexanzug in die Wellen stürzen. Irgendwie hatte Robina das Gefühl, dass sie dieses Mal die warme Jahreszeit besonders herbeigesehnt hatte. Es war da so eine Unrast in ihr, ein Sehnen, so verborgen und schwankend, dass sie sich scheute, mit den Freundinnen darüber zu sprechen. Außerdem blieb zu vertraulichem Plausch kaum Gelegenheit. Das Ausbildungsregime sah Einzelzimmer, autogenes Training, Disziplin - versteht sich - und bewusste, aktive Erholung vor. Dazwischen lagen theoretischer Unterricht, Übungen an den Feldfängern und meist bleierner Schlaf. Spartakianisch - nein, spartanisch. Robina lächelte eingedenk ihrer schwachen Geschichtskenntnisse. Diejenigen, die mit ihr in der Ausbildung standen, insbesondere aber die männlichen Lernfreunde, hatten sie an diesem Frühlingsnachmittag ab und an von der Seite gemustert, so dass sie beinahe verlegen geworden wäre. Sie konnte sich nicht erinnern, jemals zuvor Objekt so stillen Interesses gewesen zu sein. Im Gegenteil, oft hatte sie den Eindruck, dass viele ihrer Freundinnen mehr als sie ästimiert wurden. Sie wurde aufgefordert, mit den Jungs Fußball zu spielen, die Freundinnen hingegen zur Teilnahme an Live-Illusionen.

Schließlich hatte Robina diese ungewöhnliche Aufmerksamkeit auf den neuen Anzug geschoben, den sie zum ersten Mal trug, einen aus dem damals neumodischen luftigen Stoff - wie hieß er? Irlon oder so ähnlich -, der auf den Körper aufgespritzt wurde und den man wie eine zweite Haut trug und auch wie eine solche abstreifte.

Und dann hatte der lange Stan, bekannt wegen seines meist gutmütigen Spotts, mit einer seiner schnoddrigen Bemerkungen die Ursache dieser Blicke aufgedeckt: „Seht, seht, unserer kleinen Robi ist ordentlich der Frühlingswind unter die Bluse gefahren“, worauf Robina rot wurde und Stan mit einem kräftigen „Spinner“ bedachte. Aber zu Hause dann hatte sie sich minutenlang mit und ohne Anzug vor dem Spiegel gedreht, sich gestreckt und sich auf einmal gar nicht mehr so spillrig gefunden.

Von diesem Tag an war ihr Selbstbewusstsein gestiegen, und die Aufforderungen zu Fußballspielen wurden seltener. Stan war der Erste, der sie zu einer Live-Illusion einlud.

Was jetzt Robina allerdings in der spiegelnden Kristallfläche gegenüberstand, klobig im Druckanzug, das Gesicht mehr zu ahnen als zu sehen hinter der Scheibe: Alles andere als eine begehrenswerte junge Frau. Sie schnitt ihrem Spiegelbild eine Grimasse und wandte sich ab.

Im Schein einer besonders hellen Lumineszenzpulsation entdeckte Robina in einiger Entfernung eine Kaskade Tochterkristalle, die sich, kubisch gewachsen, wie eine Treppe schräg an der Wand hochzogen.

Robina ging vorsichtig, spürte, wie Kristallsplitter unter ihren Füßen knirschten, zeitlupenhaft emporschwebten. Sie bemühte sich, ihnen nicht zu große Impulse zu verleihen, dämpfte ihre Muskelanspannungen auf ein Minimum, damit die Schritte nicht gar so weit und hoch wurden und sie Gleichgewicht und Orientierung behielt.

Robina sprang die über drei Meter hohen Kristalle empor, erreichte binnen kurzem eine Höhe von vielleicht 15 Metern, gab dann auf, weil die Simse so schmal wurden, dass sie ihr kaum noch Halt boten.

Vor Robina tat sich die spiegelnde Ebene auf, gesäumt von bizarr hochragenden, klaren Kristallen. Klobige Kuben wechselten sich mit messerscharfen, hochgeschossenen Lanzen ab. Trauben von kleinen Würfeln wucherten, überragt von ebenmäßigen Einzelkristallen. Gruppen wuchsen ineinander, verschmolzen scheinbar. Da und dort lagen verstreut Brocken geborstener Pracht.

So weit das Auge reichte: Das eigenartige, unheimlich wirre und sicher schwer zugängliche Kristallmassiv, nur, hier, im Vordergrund, die Ebene wie ein erstarrter glatter See. Erkundungsflüge hatten auf dieser Seite des Boliden nichts anderes ergeben.

Einige Augenblicke lang genoss Robina das Farbenfeuer, in dem diese eigentümliche Welt erstrahlte: Das ursprünglich weiße Licht leuchtete, gefärbt durch die Mineralsubstanzen und dispergiert durch die Prismenwirkung vieler farbloser Körper, in allen Farben des Spektrums.

Robina gedachte der heftigen Diskussionen, die die Entdeckung dieses merkwürdigen, in seiner Pracht beängstigenden Weltraumvagabunden ausgelöst hatte. Müßige Diskussionen, wie sich alsbald herausstellte. Niemand fand eine Erklärung.

Robinas Blick glitt nach links. In der Ferne, nur schwer gegen die Schwärze des Kosmos auszumachen, das Hochplateau, der stufenpyramidenähnliche Kristallberg mit diesem Funkfeuer, das dieser toten Welt Leben verlieh.

Plötzlich erinnerte sich Robina ihrer Lage, und sie empfand das Beruhigende dieser merkwürdige Signalanlage: Ein Zeichen zwar zunächst unbegreiflichen, aber ohne Zweifel vernünftigen Wirkens, ein erster passiver Kontakt der Menschen zu unbekannten Brüdern im All, die Gewissheit, dass es sie gab.

Robina lächelte. Dieses Zufallsergebnis der Expedition, das jetzt das Hauptergebnis sein würde, vermochte sicher den Lapsus mit dem Beiboot zu mildern!

Noch einmal versank sie in den Anblick des erhabenen Farbenspiels, dann, gleichsam erwachend, sah sie zur Uhr. In vier Minuten musste rechts von ihrem Standort, fast mitten über der Ebene zwischen den Spitzen zweier Obelisken, die REAKTOM „aufgehen“.

Nach zwei Umläufen des Boliden würden die Gefährten längst das Bedürfnis nach der vereinbarten Funkverbindung haben.

„Hallo, Frank!", rief Robina leise. ‚Ob die Anlage doch nicht funktioniert?' Abermals überzeugte sie sich von dem schwachen Summen mit den eingelagerten Störungen und dem matten Schimmer der Kontrollleuchte. Sie bedauerte, die Signalraketen nicht mitgenommen zu haben.

Immer öfter glitt ihr Blick zum Obelisken. ‚Möglicherweise', sagte sie sich, ‚kommt das Schiff, von hier aus gesehen, später. Hier ist noch keiner von uns gewesen ...' Robina wusste, wie unlogisch sie dachte. Wahrscheinlich würde es hier *eher* aufgehen.

Ungeduldig sah Robina zur Uhr. Der superhelle Stern kam nicht! ‚Sie werden die Lampe gelöscht haben, aus irgendeinem Grund, was freilich gegen das Reglement verstieße.'

Robina rief abermals, wieder und wieder. Sie spürte, wie ihr Schweiß ausbrach. Längst musste die REAKTOM über dem Boliden stehen, beinahe im Zenit. Und sie musste selbst bei einem Defekt der Lampe jetzt zu sehen sein, als heller Reflex im Widerschein des Boliden, der sich nun, einer flachen Schale gleich, zum Raumschiff hin öffnete.

Aber so sehr sich Robina auch mühte, dort stand nichts, dort hörte niemand. Nur das Knattern im Rauschen schien heftiger geworden zu sein.

Dann geriet Robina in Panik. Sie schrie nach den Gefährten, flehte, sie mögen sie hören.

Nach einigen Minuten hatte sie sich wieder in der Gewalt. Sie lehnte sich an den glatten Stein und zwang sich zur Ruhe. ‚Täusche ich mich', fragte sie sich dann, ‚oder hat das Raumschiff tatsächlich den Standort verlassen? Warum sollte es aber? Also Täuschung!'

Robina suchte erneut das Firmament ab, nun weiter links, dort musste die REAKTOM jetzt stehen - oder, Robina durchfuhr ein Schreck, ‚vielleicht steht sie *hinter* mir, hinter der Wand! Aber sollte ich so die Orientierung verloren haben? Es würde erklären, dass ich weder Sicht- noch Funkverbindung hatte.'

Hastig übersah sie den Teil der Wand über sich. Weit schob sie den Gedanken von sich, dass ein Orientierungsfehler auszuschließen sei.

Die Kaskade der abgestuften Kuben setzte sich mit den immer schmaleren Simsen fort, ging bis ganz oben hin, so weit Robina das überschauen konnte.

Sie warf rasch einen Blick auf die Uhr. Noch zehn Minuten könnte die REAKTOM im Sichtbereich sein. Und dann sprang Robina schon - zu hoch für die nächste Stufe. Sie landete an der übernächsten glatten Fläche, rutschte bis auf den Sims zurück, sprang erneut, weniger hastig, wünschte inständig, dass die Vorsprünge nicht gänzlich verschwänden, und befand sich nach vier Minuten auf dem Gipfelplateau des Kristalls.

Jetzt hatte Robina einen Ausblick über die gesamte „Vorderseite" des Boliden - wie sie während der Erkundung diesen Teil des Himmelskörpers genannt hatten. Nur wenige der Riesenkristalle ragten noch über den Standort hinaus - deutlich zu erkennen die Wölbung. ‚Wie eine elliptische flache Schale voller Diamanten', dachte sie, und sie fühlte einen Augenblick lang Freude, dass sie sich auf dieser und nicht auf der dunklen, schwarzgrauen Hälfte des Boliden befand.

Links hob sich die Stufenpyramide in vielleicht vier Kilometer Entfernung ab, und im Flirren der farbigen Lichter glaubte Robina Reflexe der Kuppel zu erkennen.

Dann begann sie systematisch Sektor für Sektor des Firmaments abzusuchen, und stereotyp rief sie ihr „Hallo, Frank!“ Sie bemühte sich, Tonfall und Abstand zwischen den Rufen beizubehalten, obwohl sie fühlte, dass sich zittrige Angst und damit Hast nur noch mit Mühe unterdrücken ließen.

Dann war die Zeit erneut abgelaufen.

‚Was jetzt?' Sie hatte sich auf die Kante zum Abgrund gesetzt, ließ die Beine baumeln und sah auf die Ebene hinunter.

Dieser einzige großflächige Teil der Bolidenoberfläche, eben wie ein Spiegel, strahlte im weißen Licht, das wie von einer tief in mächtigen Glasschichten eingeschmolzenen Glühlampe ausging. Anscheinend zogen sich im Inneren Schlieren um ein Zentrum, die das Licht streuten. Dreißig Meter unter Robina lag das Wrack des Beibootes.

‚Den nächsten Durchgang werde ich hier abwarten', nahm sich Robina vor. Sie fühlte jenes Ziehen nackter Angst in der Magengegend. Dagegen versuchte sie Argumente der Vernunft einzusetzen, die sie jedoch, kaum gedacht, in Zweifel zog. Was sollte auch die Gefährten veranlasst haben, ohne sie zu benachrichtigen, den Standort zu verlassen? Das verletzte, wenn sich jemand der Besatzung außerhalb des Schiffes befand, einen Grundsatz der Raumfahrt - es sei denn, für die drei im Schiff befindlichen Menschen und für die REAKTOM selbst habe höchste Gefahr bestanden.

Nur das allein hätte ein Verlassen des Standortes gerechtfertigt.

Als Robina an Gefahr dachte, erinnerte sie sich des Aufblitzens vor dem Anprall, des Schubs, und dann fielen ihr die Feldanomalien ein, die es in unmittelbarer Nähe des Boliden in ungekannten Ausmaßen gegeben hatte: Der entsetzlichste Gedanke, der ihr durch den Kopf ging, seit sie verunglückte. ‚Wenn nun Frank die Anomalien nicht glätten konnte, wenn sie außer Kontrolle geraten waren?' Robina stand auf. Sie wollte nicht zu Ende denken.

Sie schritt die Plattform des Kristalls ab - abgesehen von einigen halbmetergroßen Auswüchsen eine ebene Fläche, die nach rechts hinten abfiel. Dort lehnte sich der Koloss an ein Bündel kristallener Nadeln, die das Plateau um zehn bis 12 Meter überragten. Dahinter begann ein Dschungel wirr durcheinander stehender Obelisken, Nadeln, Würfeln. Auch amorphe, blasige Wucherungen quollen dort, und soweit das im Dämmer überhaupt deutlich wurde, schienen auch metallische Kristalle eingestreut zu sein. Es leuchtete golden wie von Pyrit und schwarzsilbrig, als sei es Bleiglanz. Dazwischen drohten dunkle Schründe und Schluchten.

Erneut zwang sich Robina zur Ruhe, setzte sich und saugte Pik, mehr der Ordnung halber und um Zeit zu gewinnen als gegen Hunger.

Das Denken ließ sich nicht abschalten. ‚Wie schnell das geht! Hätte mir gestern, nein, noch vor Stunden jemand gesagt, dass bei einer solchen läppischen Unregelmäßigkeit gleich nackte Angst nach einem greift, ich hätte ihn wahrscheinlich ausgelacht!' Robina dachte an die Reisevorbereitungen, an die Aufzählung möglicher

Gefahren. ‚Da wird nun geübt, werden Fallbeispiele trainiert ... Wie so ganz anders ist der Ernstfall.

Was hatte Willfart gesagt? - Nein, das war nicht Willfart, das war Donas, der Saturnfahrer aus Florida. „Da draußen“, hatte er gemeint, und Robina sah wieder die unnachahmliche Geste: Mit der Linken zog er über dem Kopf einen Halbkreis; er tat das immer, wenn er „da draußen“ sagte und den Kosmos meinte. „Da draußen muss man stets auf das Ende gefasst sein, nicht auf das Schlimmste - nein! Denn wenn du zu denen gehörst, die nach draußen dürfen, dann bist du wer, hast Marken hinterlassen, die dein Wirken erhalten, es fortsetzen. Es ist ein Ende und irgendwo ein neuer Anfang. Freilich - für dich - schlimm! Und, wie es einem da ergehen kann ...“ An solchen Stellen winkte Donas meist bescheiden ab. Dabei hatte Robina von ihm mehr als einmal einige unglaublich erscheinende Begebenheiten gehört, bei denen er bereits mit dem Leben abgeschlossen, aber nie aufgegeben hatte. Sie hatte angenommen, diese Geschichten wären dem Kosmoslatein entsprossen, bis ihr Stef bestätigte, dass Donas diese Erlebnisse eher harmloser dargestellt hatte, als sie sich tatsächlich zugetragen hatten. „Ich habe Kameraden gesehen, die sich verhielten, als hätten sie nie ein Training genossen, nie etwas von Raumfahrt gehört, das hättest du nicht für möglich gehalten, nachdem du monatelang mit ihnen zusammen gelebt, zusammen gearbeitet hast. Das Leben ist schon ein wunderliches Ding, jeder hängt daran - wie, na, wie an einem Seil. Der eine zittert schon, wenn das Seil schwingt, der andere versucht es bis zur Dehnungsgrenze und vertraut darauf, dass es hält. Es soll sogar welche geben, die da meinen, es risse sowieso, da schneide ich es lieber gleich über mir ab, na ja ..." Donas pflegte oftmals solche Gedanken unvollendet mit „na ja" abzubrechen.'

Robina zwang sich, ein wenig verstört, in die Wirklichkeit zurück. ‚Also - was könnte passiert sein?' Und wieder ging sie Möglichkeiten durch, und begann dann zu rechnen: ‚Wenn sie mit höchster Startgeschwindigkeit aufrechen mussten, wären sie jetzt', Robina blickte zur Uhr, ‚etwa dreihundertfünfzigtausend Kilometer entfernt. Aber das ist kein Grund, nicht zu funken! Also müsste gleichzeitig noch ein Defekt in der Funkanlage aufgetreten sein, in der, die sich im ständigen Einsatz befindet, *und* in der Reserveanlage. Oder irgendein Umstand zwingt zur Funkstille.' Durch Robina glitt Hoffnung. ‚Wann könnte so etwas eintreten? Bei Annäherung unbekannter Objekte, wie das Reglement so schön sagt ... Wir befinden uns unmittelbar neben einem Funkfeuer. Wenn nun dessen Erbauer auf dem Weg hierher sind, was läge da näher, als auf Sicherheitsabstand zu gehen und natürlich den Funkverkehr einzustellen, zunächst. Aber auch dann hätten sie mir, selbst in einem solchen aufregenden Fall, noch ein gerichtetes Signal geben können - müssen! Und wenn sie das getan haben, zu dem Zeitpunkt, als ich da unten ohne Besinnung lag? Auf jeden Fall werden sie mich holen!' Robina nestelte hastig an der Gerätetasche. Sie spulte fieberhaft den Recorder zurück, ließ das Band anlaufen. „Hallo, Frank!" hörte sie ihre Stimme.

Sie spulte weiter zurück. Halt! Der letzte - der letzte? - Funkspruch mit der REAKTOM. „... ich lande!", hörte sie sich sagen. Und dann Franks Stimme:

„Mach's gut, Robi, melde dich, wenn du unten bist! Ich bleibe dran." Und dann kam wieder ihre Stimme, belegt nach einem Räuspern: „Hallo, Frank!" Kein Laut zwischendurch.

‚Also, was war?' Sie konzentrierte sich: ‚Da tauchte plötzlich das Spiegelbild auf, ich zog nach oben weg, es wäre beinahe ein Looping geworden. Na klar! Was ich in der spiegelnden Fläche gesehen habe, war die Öffnung des Haupttriebwerkes! Und die konnte ich naturgemäß erst sehen, als sich das Boot von der Fläche abgewendet hatte, also *nach* der Gefahr eines Aufpralls!' Sogleich probierte Robina den Effekt mit einer Safttube über dem Spiegelnden. ‚Ja, so und nicht anders, kein Zweifel! Also muss das mit dem Schub stimmen. Ich war schon weg von der Wand! Dann ist vielleicht auch der Blitz keine Einbildung ... Es wird sich klären!'

Robina packte die Reste des Proviants ein, vergewisserte sich, dass sie die Anzugschleuse wieder dicht verschlossen hatte, und sah abermals zur Uhr. Es musste bald wieder soweit sein!

‚Ich gehe lieber noch höher!' Mit einigen Sprüngen überquerte sie das Plateau - hin zu dem Säulenbündel.

Die achteckigen Gebilde hatten einen Durchmesser von vielleicht 30 Zentimetern und waren unterschiedlich hoch, so dass Robina wie auf einer Wendeltreppe die Spitze erreichte. Mechanisch, beinahe murmelnd, weil voller Furcht und entnervt, sagte sie: „Hallo, REAK-TOM, hallo, Frank!"

Der Kosmos schwieg. Kalt - Robina empfand: feindlich - glitzerten die Sonnen aus der Schwärze, wanderten, verschwanden hinter den schimmernden Säulen und Klötzen.

Die Zeit, in der das Raumschiff passieren musste, war noch nicht verstrichen, als sich Robina in einer dumpfen Verzweiflung die Stufen des Steinbündels hinabgleiten ließ. Sie erreichte die Ebene, schleppte sich zum Wrack. Sie fühlte sich leer, wie ausgebrannt. Sie empfand in diesem Augenblick nicht Angst, eher eine niederschmetternde Ausweglosigkeit, sah sich außerstande, in Zusammenhängen zu denken. Sie lehnte den Kopf gegen die Rumpfverkleidung des zerstörten Bootes, wälzte darauf den Helm hin und her, sinnlos, minutenlang. Langsam, zunächst nicht ganz fassbar, kroch in sie die Gewissheit: *‚Ich bin allein!'*

Allein ...

Sie spürte noch, wie eine Woge der Verzweiflung über sie hereinbrach, und dann heulte sie los, irrsinnig, laut, schrie und tobte. Sie hieb mit den Fäusten, dem Kopf auf das Blech, warf sich in den Staub, krallte in das splittrige Geröll.

Als die Kräfte sie verließen, rutschte sie vor dem Rumpf in sich zusammen, saß apathisch angelehnt, den leeren Blick in die Ebene gerichtet. Dann glitt sie zur Seite, lag mit dem Oberkörper im Winkel, den der Rumpf mit der Umgebung bildete ... -

Viel später richtete sich Robina auf. Sie saß eine Weile erschöpft, ohne einen Begriff vom Geschehenen, dann erhob sie sich, ein Druck lastete auf ihrem Kopf, sie taumelte, sah dann zur Uhr, nahm die Zeitanzeige zunächst nicht auf. Und als ihr langsam klar wurde, dass vier Durchgänge vorüber waren seit ihrem Zusammenbruch, empfand sie weiter nichts als Gleichgültigkeit. Sie rief fragend, heiser: „Frank?“ Aber kein Hoffnungsfunke glomm mehr in ihr.

Robina stand minutenlang unschlüssig, dann tappte sie einige Schritte in die Ebene hinaus, stand wieder, kehrte um, stolperte wie unter dem Einfluss eines fremden Willens zur Schleusenluke, zerrte diese weit auf, öffnete auch die Schotte zu den Laderäumen, und dann begann sie die Vorräte auszuladen. Sie warf die Behälter aus dem Boot, in ihrem Kopf formte sich ein Text, und sie zwang sich in den Rhythmus der Silben. Bei jedem Wurf murmelte sie: „Da-mit-ich-fer-tig-bin-wenn-sie-mich-ho-len-da-mit-ich-fer-tig-bin-wenn-sie-mich-ho-len-da-...“

Länger als eine Stunde arbeitete sie so, immer im Silbenrhythmus, bis zum letzten Behälter. Dann begann sie mit kindischer Akribie die Dosen und Flaschen vor dem Wrack zu stapeln, keine durfte auch nur einen Millimeter vom Ebenmaß abweichen.

Dumpfer Kopfschmerz rief Robina allmählich in die Wirklichkeit zurück. Sie begriff auf einmal nicht, wie sie in ihrer Lage das Boot ausgeladen und die große Zahl der Behälter gestapelt hatte. Und dann schob sich wieder das Schreckliche in ihr Bewusstsein. Sie dachte langsam, spürte mehr, als dass sie es folgern konnte, es könne - ja, müsse - doch noch Hoffnung bestehen! Dieses Müssen wurde ein Strohhalm, vermittelte jedoch keine Kraft, keinen neuen Glauben, so als reichten ihre Gedanken nicht über ihre unmittelbare Umgebung hinaus; sie konnte und wollte sich das Schreckliche nicht vorstellen.

Dann sagte sie sich, ‚sie sollen mich nicht so erschöpft, so mutlos finden, wenn sie kommen. Ich werde ruhen, ein wenig ...' Sie kroch in das Wrack, löste einen der Liegesitze, stellte ihn so, dass die Schräge der Kabine ausgeglichen wurde, und legte sich hin. Einige Male wollte würgende Furcht sie greifen, aber selbst dieses Gefühl blieb gleichsam in Apathie stecken. Mit einer Art fatalistischem Gleichmut döste Robina ein. -

2

Als Robina erwachte, brauchte sie Sekunden, die Situation zu erfassen. Sie fühlte sich frischer, ausgeruht. Sie blickte zur Uhr: Sechs Stunden hatte sie geschlafen.

‚Jetzt waschen, baden! Umziehen!'

Robina stand auf, trat zur Luke und stieß sie auf.

Obwohl sich draußen nichts, absolut nichts geändert hatte, seit sie sich in das Wrack zurückgezogen hatte, durchfuhr sie ein eisiger Schreck. Tief im Unterbewusstsein war ihr nach Sonne, blauem Himmel und Fotografierwölkchen, nach frischer Luft und Vogelgezwitscher zumute gewesen. Schlagartig wurde sich Robina ihrer Misere bewusst. ‚Was gäbe ich darum', dachte sie, ‚wenn ich noch einmal jene Tage an diesem Bergsee irgendwo in der Hohen Tatra erleben könnte! Schlaftrunken mit Boris aus der Hütte laufen, taufrisches Gras, Zaudern und dann der Sprung ins kalte, klare Wasser ... Doch, Robi - das war Glück!'

Ihr Blick ging nach oben; noch einmal meinte sie, alles sei ein Traum. Es müssten jetzt, da sie erwachte, die grünen Wipfel über ihr rascheln ...

Ein schwarzer Himmel drohte herab, kalt und bösartig blitzten Sterne, und die funkelnden Kristalle kamen ihr mehr denn je tödlich eisig vor.

Niedergeschlagen kontrollierte Robina den Speicher der Funkanlage. Außer ihrem letzten, zaghaft-fragenden „Frank?“ - nichts, doch - und sie wurde nun sehr aufmerksam - jenes Knattern im Rauschen. ‚Warum habe ich das gestern so wenig beachtet? Gestern ...‘

Sie schaltete auf Empfang und höchste Intensität.

Da war es, schmerzhaft laut, auf- und abschwellend, unregelmäßig wie - wie Regenschauer im Wind.

Strahlung!

Aber nicht die Strahlung schlechthin und die damit verbundene Gefahr erschreckten Robina, sondern der Gedanke an den Ursprung. ‚Woher auf einmal kommt Strahlung! Wir haben weit und breit über Millionen Kilometer nichts festgestellt, das strahlt, das so strahlt!‘

Bangen Gefühls machte sich Robina daran, das Phänomen zu bestimmen, nachdem sie sich überzeugt hatte, dass das Gerät noch funktionierte. Sie besaß keine Routine im Umgang mit dem Zähler, überlegte die Handgriffe, gab sich laut die Weisungen, und dann bestand kein Zweifel: Alpha- und Betateilchen sowie freie Protonen, Kernstrahlung also, ungefährlich für den durch den Raumanzug geschützten Körper.

Robina kniete vor dem Gerät, bewegungslos. Es gehörte zum ABC ihrer Ausbildung: Bei der Fusion von Antimaterie mit Materie treten bei Materieüberschuss Alpha- und Betastrahlung und freie Protonen auf.

Sie brach die Messung ab, wollte nicht noch feststellen, in welcher Intensität die Teilchenströme anlagen, auch das Richtungsmaximum nicht ergründen. Nur zur

Uhr sah sie und rechnete. ‚Jetzt wäre die REAKTOM, wenn sie noch existierte, gerade aufgegangen ...'

Obwohl Kosmodynamik nicht zu Robinas Stärke zählte, hätte sie sich eine überschlägige Berechnung zugetraut. Den Umfang der Antihelium-Treibstoffreserven kannte sie, die Maße der Reaktoren des Schiffes und seine Masse insgesamt. Sie wusste, in welcher Entfernung die REAKTOM gestanden hatte, und kannte auch die Gesetzmäßigkeiten der radialen Ausbreitung einer Strahlung.

Flüchtig dachte Robina dieses. Sie wollte nicht die Gewissheit ... Aber sie konnte den Gedanken nicht verdrängen, so sehr sie sich auch bemühte: Das Raumschiff, die schmucke, moderne REAKTOM, Frank, Mandy, Stef, brachten keine Hilfe ...

Wie in Trance, keines weiteren Denkens fähig, ging Robina zurück zum Wrack. Lange stand sie vor dem Stapel der Vorräte. Dann nahm sie unbewusst zwei Sauerstoffbehälter auf und schritt schleppend langsam, dann immer schneller - wie traumwandlerisch - in die Ebene hinaus. -

Schon als Robina, erwacht aus ihrer Lethargie, glaubte, sich endgültig verirrt zu haben, tauchte linker Hand der violette Oktaeder auf, in dessen Nähe sich der Eingang zur Grotte befand.

Sie hatte mechanisch den Weg zum zehn Kilometer entfernten Stützpunkt eingeschlagen - in einer Stunde zu erreichen bei den Sätzen, zu denen sie trotz fehlenden Elans in der Lage war. Allein mit den Sätzen, stellte sie binnen kurzem fest, hatte es so seine Eigenheiten. Je weiter sie wurden, desto mehr Anstrengung bedurfte es, mit der Last sicher aufzusetzen und den nächsten Schritt kontrolliert zu tun. Ja, als sie zum ersten Mal nach dem langen Flug den Boliden betraten, da machte das Tollen bei der geringen Schwere einen riesigen Spaß, den sie zu dritt - zum Leidwesen von Stef, der im Schiff bleiben musste und „gelb war vor Neid", wie er berichtete - weidlich auskosteten. Aber hier, jetzt? Große Sätze waren ein immerwährender, kräftezehrender Balanceakt, und Robina reduzierte das Schrittmaß erheblich, so dass sie kaum schneller vorankam als in der Erdenschwere.

Oftmals versuchte sie sich - meist vergeblich - während des Marsches auf den Weg zu konzentrieren, zwang sich, neue Formen aufzunehmen, neue Farbenspiele zu erfassen, und sie beschwor sich, an einen Fehler in ihren Vermutungen, an einen Irrtum der Geräte zu glauben.

Sie steigerte sich in eine Stimmung, aus der heraus sie annahm, Frank müsse sich jeden Augenblick melden, das Geknatter mit seiner dunklen, so beruhigenden Stimme übertönen. Sie nahm nicht wahr, wie die Stunde verfloss. Dann, nach über 120 Minuten, als sie mehr zufällig als bewusst zur Uhr sah, blieb sie erschrocken stehen und blickte sich um. ‚Bin ich am Stützpunkt vorbeigelaufen?' Ihre Furcht verstärkte sich, als sie nach weiteren 20 Minuten Marsches auch das Landezeichen noch nicht entdeckt hatte. ‚Sollte es ebenfalls nicht mehr existieren? Blödsinn! Selbst wenn dieser - dieser Schub es zerstört hätte, die Gerüstteile, Rohre und Winkelrahmen, Fremdkörper in dieser Welt, würden herumliegen, ja, ich müsste darüber stolpern', dachte sie. ‚Und wenn ich völlig die Orientierung verloren habe, am falschen Ufer entlang laufe? Dort vorn, der Turm und der Quader, wie ein mittelalterlicher Dom ... Beim Einflug stand dieser Turm immer zur Rechten, auf der Seite, auf der sich auch die Grotte befindet. Ich komme aus der entgegengesetzten Richtung, also!'

Eine halbe Stunde später begann Robinas Hoffnung, den Stützpunkt doch noch zu finden, rapid zu sinken. Sie begann sich sarkastisch auszumalen, was wäre, wenn sie die Grotte nicht erreichte: ‚Ich könnte zurück zum Wrack, Sauerstoff habe ich genug!' Und sie schlug wie zur Bekräftigung an die Behälter, die sie schleppte und die scheinbar immer schwerer wurden. ‚Aber ich könnte auch weiter gehen, immer weiter, bis zur Erschöpfung, bis ich liegen bliebe, müde schlafen ... Das Seil, Donas' Seil, durchschneiden ... Wäre es das Schlechteste? Wozu überhaupt noch?'

Sie spürte abermals die Behälter. ‚Wegwerfen, aufgeben! So sinnlos alles ...'

Wenige Minuten, nachdem Robina den ersten Behälter fallen gelassen hatte, leuchtete hinter einem vorspringenden Quader der violette Oktaeder auf und daneben die Kabine. Und dann sah sie das unbeschädigte Landezeichen.

Sie kehrte um, nahm den Behälter wieder auf und ging erleichtert auf den Eingang der Riesendruse zu.

Obwohl sie sich bereits zum dritten Mal im Stützpunkt befand, wurde ihr erst die Enge des Zugangs bewusst, als sie mit den Behältern anstieß.

Schmerzliche Erinnerung packte sie, sobald sie an die Albereien während des letzten Aufenthalts dachte, bei dem sie zu dritt eine Kette gebildet und sich die zeitlupenhaft schwebenden, schweren Behälter wie Luftballons zugestippst hatten.

Alle vier waren sie Sympathici. Nie kam es zu ernsthaften Reibereien. Stef als Kommandant brauchte seine Autorität nicht hervorzuheben, jeder bewegte sich in vernünftigen Normen, es gab zwischen ihnen kein Misstrauen, keine Vorbehalte, wahrscheinlich die einzige Möglichkeit, eine große Aufgabe ohne subjektive Komplikationen vernünftig anzupacken und zu bewältigen. Das erste Mal, dass eine „voll gemischte Mannschaft" - wie die offizielle Bezeichnung lautete - eine derart lange Zeit reiste. Und Robina empfand, da sie zurückdachte, dass sie sich, den Skeptikern zum Trotz, glänzend bewährt hatte.

Sie erinnerte sich, wie nach dem Entladen Frank so nebenher fragte: „Was meint ihr, Mädels, schaun wir noch mal rüber zur Kuppel?", und als sie zugestimmt hatten: „Stef, wir verlängern den Aufenthalt, fliegen zur Kuppel, vielleicht - na, es könnte sein, dass wir vorgestern etwas übersehen haben."

Und nach einer Pause hatte Stef geantwortet: „Ist gut, lasst eingeschaltet!"

Es herrschte eben Harmonie, eine, die nicht Langeweile erzeugt, weil sie in ihrem Rahmen alles zulässt, Spott, Humor und unbedingten Verlass auf den anderen. Jeder sah selbst, worauf es im entscheidenden Augenblick ankam.

Natürlich fanden sie nichts Neues bei jenem zusätzlichen Ausflug. So leicht würde das Bauwerk sein Geheimnis nicht preisgeben. Aber sie hatten Gelegenheit zu allerlei Vermutungen.

Robina sah zur Uhr. Über vier Stunden ... ‚Um so viel habe ich also das Landeziel verfehlt.'

Sie zwängte sich in die Grotte, war erneut fasziniert von deren märchenhaften Pracht. Hier wucherten die Kristalle in irdischen Dimensionen, hier herrschte überschaubare Vielfalt, die den Eindruck von Geborgenheit vermittelte. Die Lumineszenzstrahlung drang nur gedämpft durch die Wände.

Robina warf die Behälter achtlos zu Boden. Ein Bündel glitzernder Gipsnadeln zerstiebte. Gleichgültig rückte Robina die Kanister mit dem Fuß zurecht.

Die Höhle zog sich etwa 50 Meter tief in das Kristallgebirge hinein, wurde allerdings nach hinten zu immer flacher. Dort standen die Stapel der Behälter: Sauerstoff und alle möglichen Konserven.

Robina sah sich prüfend nach Geräten um: ein Brenner, die Einmannschleusenkabine draußen, drei Raumanzüge ... Dazu das, was noch am Wrack lag.

Die Kabine!

Robina ging nach draußen.

Was hatte Frank gesagt? Wenn sie nicht von Meteoriten beschädigt werden soll, muss sie in die Grotte. Nur, der Eingang erwies sich als zu eng. Ihn zu erweitern, sollte die letzte Arbeit sein.

Robina stand vor dem Container, der vier Meter in der Länge, zweieinhalb in der Breite und zwei Meter in der Höhe maß. Und sie empfand schmerzlich, dass dieser Quader aus Plaststoffen und Metall das Einzige sein könnte, das ihr die Illusion irdischer Geborgenheit erzeugen konnte; ein Leben ohne Raumanzug in 20 Kubikmetern heimischer Atmosphäre, wenn auch umgeben von Ventilen, Instrumenten und Behältern.

Robina öffnete die äußere Schleusentür, ergriff wie schlafwandlerisch die dort bereitstehenden primitiven Handwerkszeuge und schleppte sie zum Eingang.

Wenig später hieb sie mit einer Spitzhacke unkonzentriert auf die Kristalle links und rechts vom Eingang ein. Sie war alsbald umhüllt von einer Wolke aus Staub und Splittern, aber sie hatte nur einige hässliche Schrammen in die Wände gekratzt.

Als ihre Hände den Stiel der Hacke beinahe nicht mehr zu halten vermochten und sie spürte, wie ihre Kräfte nachließen, begann sie vernünftiger zu denken. Vom Schrämen hatte sie etwas gehört. Sie holte den Brenner und schmolz in Abständen von zehn Zentimetern Schlitze in den Stein. Die dazwischenliegende Kristallsubstanz brach sie mit der Hacke heraus.

Robina achtete nicht auf die Zeit. Sie arbeitete verbissen, spürte eine grimmige Genugtuung, wenn Stück für Stück die Wand einbrach und so der Eingang breiter wurde. Sie vernachlässigte primitivste Sicherheitsregeln, erfasste nicht, dass von oben größere Kristallbrocken auf sie herabstürzen konnten.

Nach etlichen Stunden passte die Öffnung.

Robina stand davor, und erst in diesem Augenblick wurde ihr bewusst, dass sie nicht in der Lage sein würde, trotz geringer Schwere, das Monstrum von Kabine zu bewegen. Sie ging mit gesenktem Kopf in die Grotte zurück, das Messband entglitt ihren Händen.

Wozu das alles ...

Wieder drängte sich Robina dieses „Wozu“ auf. Sie ließ sich zu Boden sinken. Wie eine kompakte Wand brach Erschöpfung über sie herein.

Sie sah auf die beiden Behälter, die sie geschleppt hatte. „Lächerlich", sagte sie laut. Ihre Stimme klang krächzend nach der Anstrengung. „Es lagerte so viel hier, dass ein Einzelner fünfzig Jahre ..." Robina schauerte zusammen. Und es wurde ihr mit einem Mal bewusst, dass ein solcher Gedanke so irrsinnig gar nicht zu sein brauchte, dass er Realität werden könnte, bitterer Ernst. Sie spürte, wie ein Würgen die Kehle emporstieg, wie Schweiß ausbrach, wie sie in Aufruhr, in Panik geriet.

Sie griff mit beiden Händen an den Kopf, fühlte den Helm, kam sich beengt, eingeschlossen vor. ‚Ich werde wahnsinnig.' Robina drückte die Sauerstoff-Nottaste. Das belebende, kühle Gas umspülte das Gesicht. Sie schloss die Augen, atmete tief und - dazu zwang sie sich bewusst - gleichmäßig ein und aus, bis sie langsam ein Schwindelgefühl ergriff.

‚Nicht schlappmachen! Nicht aufgeben!'

Sie biss die Zähne zusammen. ‚Keiner von uns vieren würde aufgeben, das war Vorsatz, ohne dass wir je darüber gesprochen haben.'

Dann, später, fiel Robina ein, dass sie seit etlichen Stunden nichts mehr zu sich genommen hatte, und sie aß eine Kleinigkeit vom Konzentrat, ohne Appetit.

Sie dachte an die Kabine. ‚Waschen müsste ich mich und die Anzugsresorber wechseln.' Sie winkte ab. ‚Wozu? - Nachher werde ich das machen.'

Robina verfiel in eine Art Dösen. Sie saß mit weit gespreizten Beinen, lehnte an einem Behälterstapel, stierte zur Decke in einen goldenen Fleck kubisch kristallisierten Schwefelkieses, ohne ihn richtig wahrzunehmen, und im Unterbewusstsein wurde ihr deutlich, dass ihr Verhalten der Anfang vom Ende sein konnte. Aber auch diese Ahnung ließ sie gleichgültig.

Plötzlich fielen ihr eine Unmenge Situationen ein, der ihren nicht unähnlich, die sie in Live-Illusionen gesehen oder gelesen hatte. Sie lächelte. In vielen Handlungen gab es Katastrophen, ohne sie kamen die Autoren kaum aus. Helden hatten sich in außergewöhnlichen Gefahren zu bewähren.

‚Aber ich kann mich an keine solche Situation erinnern, in der einer allein lebte auf einem winzigen, lebensfeindlichen Mineralbrocken, auf der einen Seite schwer zugänglicher Kristalldschungel, auf der anderen kompaktes Gestein. Aber bewährt haben sie sich alle, diese Helden. Meist gab es einen stählernen Kommandanten mit unfehlbaren Entscheidungen. Und alle hatten sie ein doppeltes Studium absolviert, mindestens. Ich wette, die hätten bereits einen Plan, wie sie hier wieder wegkämen. Ich werde niemals einen haben, weil es keinen geben kann.

Ich habe auch nicht studiert. Feldoperator, was ist das schon? Wo gibt es hier schon ein Feld, und was sollte man damit anfangen? Nicht einmal ein lumpiges Magnetfeld hat dieser Bolid.'

Robina fühlte sich abgespannt. Der vordem dumpfe Schmerz in ihrem Kopf war einem bohrenden Pochen in den Schläfen gewichen. Und soweit sie sich erinnern konnte, waren dies die ersten Kopfschmerzen in ihrem Leben, beträchtliche Kopfschmerzen.

‚Der Medikamentenkoffer liegt im Beiboot.

Wenn schon.

Ich könnte ihn holen ...'

Robina fühlte sich außerstande, einen Entschluss zu fassen. Sie verabreichte sich erneut eine Sauerstoffdusche, blieb lang ausgestreckt sitzen, obwohl ihr der Rücken zu schmerzen begann.

Dann ließ sie sich auf die Seite fallen, schloss die Augen, spürte das dumpfe Pochen in den Schläfen, und sie schlief ein. -

Sie erwachte, weil sie meinte, ihr zerspränge der Kopf. Ohne die Lage zu verändern, drückte sie abermals die Sauerstofftaste, aber nur einen Augenblick lang spürte sie Linderung.

Dann sah sie zur Uhr und erschrak: Nur knapp zwei Stunden waren vergangen, seit sie die Arbeit beendet hatte. Ihr kam es vor, als hätte sie Tage so gesessen und gedöst.

‚Was soll erst werden, wenn sich Stunden zu Tagen, zu Monaten, zu Jahren summieren ...'

Robina legte sich auf den Rücken, starrte in das Gewölbe, jetzt in honiggelbe Nester fingernagelgroßer Topase.

‚Die Zeit wird mich erschlagen. Was ich auch immer tue, es ist sinnlos, alles sinnlos. Schluss! Ich mache Schluss!' Ihre Rechte ertastete den Ring des Helmverschlusses. Wie spielerisch begann sie zu drehen. Dann spürte sie, wie die Sicherung ausschnappte. ‚Abschneiden das Seil! Warum erst qualvoll schwingen!'

Dann war es Robina, als blickte sie durch ein Kaleidoskop. Bunte Bilder wechselten, scheinbar zusammenhanglos, aber das folgende entstand stets aus dem vorhergehenden.

Landschaften, sonnenüberstrahlt, zogen vorbei, der Kaukasus, die Hohe Tatra, Alpen, die Niagarafälle - alles Gegenden, die sie von der Evolutionsschule aus besucht hatten.

Noch niemals tauchten die Bilder so deutlich aus Robinas Erinnerung: Als spürte sie den Duft der Wälder und Almen, als benetzte der Wasserstaub ihre Haut. Sie sah sich mit Freunden das Zeltgestänge umklammern, als Sturm die Plane blähte, lachend, mit nassen Haarsträhnen über dem Gesicht.

Dann befand sie sich im Institut. Willfart, der Lehrfreund mit steilen Falten auf der Stirn: „Noch fünfzig Jahre wird es dauern, bis wir die großen Felder im Griff haben. Und wenn ihr Küken euch nicht anstrengt, dauert es noch länger! Dann wird es nichts mit dem Fliegen über zehn Lichtjahre. Mehr als sechs Leute kriegen wir mit dem, was wir bisher können, nicht über acht Jahre!" ‚Er übertrieb wie so oft!

Wie weit sie jetzt wohl sind?

Ich hätte vielleicht noch einiges geschafft. Es wäre schon etwas gewesen, so ein Hyperfeld zu steuern ...'

Dann sah sie plötzlich den Bruder, Ed, wie er lächelnd den Kopf schüttelte, als sie ihn beschwor, nicht auf den Mars zu gehen, auch einmal an sich zu denken. „Gerade", hatte er gemeint, „weil ich an mich denke. Mit dieser Rückenverletzung kann ich hier nicht mehr arbeiten. Hier bin ich ein Krüppel, dort beinahe vollwertig. Robi, solange ich krauchen kann, will ich auch zu etwas nütze sein. Und gerade von dir hatte ich geglaubt, dass du mich verstehst. Oder willst du, dass ich versauere? Na, siehst du! Und dass du mich brauchst, Schwesterchen, glaubst du wohl selber nicht! Also!" Er hatte sie an sich gezogen, ihr einen flüchtigen Kuss auf die Wange gedrückt und war in den Fahrstuhl getreten. Und sie hatte gefühlt, er würde ihr zwar fehlen, aber er hatte Recht.

‚Aber wozu könnte ich nützlich sein? Ob hier eine Robina existiert oder nicht, das ist so gleichgültig!

Niemand und nichts hat ein Recht, mir das Messer, mit dem ich das Seil zerschneide, zu entwinden. „Die da draußen ...“, und da käme wieder die Donassche Geste, „sind für ihre Entscheidungen verantwortlich!“

Stimmt das?

Aber da sind doch noch die Anderen, die hier das Funkfeuer, jene Kuppel mit der pulsierenden Lichtquelle zurückließen!‘ Langsam fand Robina abermals in die Wirklichkeit zurück. ‚Ja, die Anderen!‘ Sie richtete sich auf. ‚Sie könnten wiederkommen, mich finden! Und - und‘, Robina stieg eine heiße Welle zu Kopf, ‚ich wäre der erste Mensch, der Kontakt mit ihnen hätte!‘

Einen Augenblick lang kostete sie aus, wie sie in einem fremden Raumschiff auf der Erde landen und den entgegeneilenden Menschen fremde, intelligente Wesen als ihre Retter und Freunde vorstellen würde. Fast unbewusst drehte sie am Ring. Sie fühlte das Klicken, als die Sicherung wieder einrastete. Dann verzog Robina die Mundwinkel: ‚Was will Mandy festgestellt haben? Das Funkfeuer sei vor mehr als vierhundert Erdjahren errichtet worden, und nichts deute darauf hin, dass seine Erbauer in der Zwischenzeit auch nur einmal hier gewesen seien. Und von der Erde? Dort wissen sie zwar, dass wir den Boliden entdeckt haben, aber wer wird in zehn Jahren - eher werden sie auf keinen Fall hier sein können - dieses vagabundierende Mineralstäubchen finden? So gut wie ausgeschlossen ist das!'

Wieder spielte Robina am Ring.

‚Aber diese Anderen! Sie könnten morgen, in den nächsten Stunden kommen. So ein automatisches Feuer errichtet man nicht einfach so - um es dann völlig im Stich zu lassen. Die Energiequelle müsste doch wenigstens aufgefrischt werden.'

Als könnte sie es nicht erwarten, sprang Robina auf und wandte sich dem Ausgang zu. Ihre Bewegung war zu heftig gewesen. Sie stieß an die Decke, der Anzug schabte über hervorstehende scharfkantige Tetraeder. Robina stützte sich mit den Händen ab und drückte sich durch die Ausgangsöffnung. Das plötzliche Aufspringen vervielfachte den Kopfschmerz.

Draußen stand Robina und blickte zum Himmel. Schnell zogen die Sterne, kalt wie vordem. Keiner brach aus der Starre seiner Ordnung, veränderte die Position. Keine Hoffnung, dass ein wanderndes Lichtpünktchen künstlichen Ursprungs sein könnte.

„Verrückt", sagte Robina laut. Sie griff sich an den Kopf. „Die Arzneikassette werde ich holen!" Und ohne noch einmal zum Eingang der Grotte hinüber zu sehen, marschierte sie forsch drauflos, ungeachtet des unerträglichen Pochens in den Schläfen und der vier Stunden Wegs, die vor ihr lagen. -

Robinas optimistische Anwandlung währte nur kurze Zeit. Später hätte sie nicht zu sagen gewusst, wie sie zur Grotte zurückgekommen war.

Schon am Wrack hatte sie sich den Medikamentenkoffer und einen Konservenpack wie in Trance aufgeladen, hatte dann mechanisch, Schritt für Schritt, den

Rückweg angetreten. Das Pochen in den Schläfen hatte nachgelassen, einem Gefühl Platz gemacht, als bestünde der Kopf aus einem Gefäß mit Flüssigkeit, die nach jeder Drehung noch ein Stück weiter schwappte. Dieser Zustand hatte Robina taumeln lassen und sie an den Rand der Besinnungslosigkeit gebracht.

Sie spürte das unbändige Verlangen, den Kopf in kaltes Wasser zu tauchen. An der Grotte hatte sie mühsam die Schleuse geöffnet und erst wieder geschlossen, als Gas bereits ausströmte. Sie hatte den Helm abgerissen, sich mit Wasser übergossen - und dann wusste sie nichts mehr ... -

Später, irgendwann, befand sie sich in einem Pulk von Sternen, in dem sie mitflog, die dann auf sie zukamen, zu Feuerbällen anschwollen, ganz knapp an ihr vorbeiglitten, platzten und als Kristalle davon stoben. Aus dem All tauchte die leuchtende Bolidenschale auf. Und einen Augenblick lang befand sich Robina unter den Gefährten. Sie standen alle vier in der Steuerzentrale, hatten trotz der Meteoritenwarnung den Panzerschild von der Sichtscheibe genommen und starrten begeistert dem Unbekannten entgegen, das auf ungebräuchlicher Frequenz stereotyp Unverständliches sendete. Sie stürzten auf die helle Schale zu, das Bild fiel zusammen, Robina fiel außerhalb des Raumschiffes weiter, hinein in das Funkeln der Kristalle, die bedrohlich auf sie zu wuchsen, ihr die Obeliskenspitzen von allen Seiten entgegenreckten - und der Flug nahm kein Ende. Licht flirrte, dann schlug Robina auf. Sie lag auf dem Rücken, wieder kreisten Sterne, die jedoch nicht näher kamen. Einer löste sich, blähte sich auf zu einem

Raumschiff, einem kugeligen, wurde größer. Dann entstand ein Gesicht darin, das unübersehbar nah vor ihr stand, ihr zublinzelte, sie dann anpustete, sich in eine durchscheinende Blase verwandelte und platzte.

Robina riss die Arme empor, ruckte nach oben. Aber ihr Kopf hob sich nur wenige Millimeter, er schien riesig und schwer, gar nicht zum Körper gehörig. Dumpf und schmerzhaft schlug er auf.

Dann fühlte sie kaltes Blut, in dem sie lag. Sie wälzte den Kopf; es wurde ihr leicht. ‚So ist das also', dachte sie, ‚wenn es vorbeigeht, wenn das Seil aufspleißt.'

„Nein!" Sie hatte es geschrien und fuhr empor, kam einige Atemzüge lang zu sich. Sie spürte, wie es ihr kalt den Rücken hinunterrann, schlug erschrocken die Hand in den Nacken, griff in ihr nasses, strähniges Haar.

Sie sah sich um, es schien, als wolle der Kopf nicht dem Willen gehorchen: Ein Kanister - umgestürzt. Mit dem Kopf hatte sie in der Wasserlache gelegen.

Leise zischte ein Sauerstoffventil in ihrer Reichweite; sie drehte es zu. Es fiel ihr schwer, als sei die Kraft aus der Hand gewichen.

‚Etwas essen ...' Sie erfingerte mühsam die Behälter mit dem Konzentrat am Anzug, schüttelte sich angeekelt, als sie dabei den vollen Absorberbeutel berührte, hatte dann noch die Kraft, von der Stange des Nahrungsmittels ein Stück abzubrechen, in den Mund zu schieben.

‚Ich müsste eine Tablette ...' Sie sah sich um, und dann fiel ihr ein: Der Arzneikoffer lag draußen vor der Schleuse.

Robina gab der scheinbaren Schwere des Kopfes nach. Sie fand nicht die Kraft aufzustehen. -

Plötzlich ritt sie auf dem Rumpf des Beibootes, das mit ihr die Wände der Kristalle hinauf und hinab schoss, und sie lachte, und sie sah auch, wie ihre langen Haare hinter ihr herflogen.

Dann war es nicht mehr das Beiboot, sondern die Schaukel im Park der Schule. Neben dem Schiffchen, in dem sie lachend hockte, standen die Eltern und Ed. Der erste Schultag ... Ed würde sie einweisen, ihm stand das zu, denn er war ihr zwei Jahre voraus. Sie war mächtig stolz und freute sich auf die Schule. Und die Eltern glaubten, ihr mit der Schaukel und den anderen Rummelapparaten auf den Geschmack helfen und den Abschied erleichtern zu müssen.

Aber da war endlich wieder Ed, der große. Und der nahm seine Aufgabe ernst, die kleine Schwester, die ihn bewunderte, einzuführen.

Der Abschied, eine lästige Notwendigkeit, die sie gerade noch mit kindlichem Takt über sich ergehen ließ. Die letzten Mahnungen glitten an ihr ab. -

Einige Male kam Robina zu sich. Dann saß sie apathisch an den Sessel gelehnt, schob mechanisch einige Brösel von dem verstreut um sie herumliegenden Konzentrat in den Mund, trank einige Schlucke und verfiel alsbald wieder in ein dumpfes, zusammenhangloses Wachträumen. Wirres, von bohrendem Kopfschmerz überlagertes Zeug spukte durch ihre Erinnerung. Die Kindheit vermischte sich mit der jüngsten Vergangenheit, phantomgleich huschten Gesichter durch ihr Unterbewusstsein. Frank, die Gefährten aus der REAKTOM standen neben den Eltern, bei Ed oder Boris. Dazwischen Schulkameraden, Lehrer und immer wieder Kristalle. -

In den wenigen Augenblicken, in denen Robina zu klarem Bewusstsein fand, meldete sich die Vernunft. ‚Du musst aufstehen, den Anzug abstreifen, die Absorber erneuern!' Aber nicht einer der zaghaft klopfenden Gedanken setzte sie in Bewegung. Nicht einmal einen Blick zur Uhr brachte sie zustande, weil dazu das Heben des Armes notwendig gewesen wäre. Daran änderte auch die unbewusste Einsicht nichts, dass sie sich gehen lasse und dass der Schmerz das nicht entschuldige.

Öfter dachte sie daran, diesen Schmerz zu vertreiben, den Medikamentenkoffer in die Schleuse zu holen. Fast schien es, als gäben solche Gedanken neue Kraft. Einmal zog sie sogar den Helm ein Stück zu sich heran. Aber er erschien ihr unsagbar schwer. Sie hielt inne, der Kopf fiel zur Seite, und das Pochen hinter den Schläfen ergriff wieder Besitz von ihr. -

Robina kam zu sich. Sie fühlte sich benommen, aber eigenartig frei und leicht. Es war wie ein Schwindel, der sie umfasst hielt, als trüge sie ein riesiger Fallschirm, der ab und an von einer Bö gepackt wird oder in ein Luftloch sackt. Ihr fehlte jede Orientierung.

Aber da war noch etwas in ihr: Sie spürte grimmigen Hunger! Langsam öffnete sie die Augen und sah nichts. Es herrschte milchige Dämmerung. Ganz allmählich, wie in kleinen Portionen, nahm sie ihre Lage wahr. Sie probierte die Gliedmaßen, ja Finger um Finger, und sie stellte so fest, dass sie bäuchlings auf hartem glattem Untergrund lag und dass sich ihr Gesicht an die Helmscheibe drückte.

Zögernd stellten sich Erinnerungsfetzen ein, das Wrack, Arzneikoffer, Schleuse ...

Plötzlich wurde es Robina heiß. ‚Wo befinde ich mich?' Sie zog behutsam die Arme an. ‚Jetzt!', befahl sie sich, und sie versuchte den Kopf zu heben. Erst in diesem Augenblick bemerkte sie, wie kraftlos sie war.

Und dann erkannte sie die Umgebung: Rechts von ihr stand, schon ein Stück in der Ebene, der violette Oktaeder. Vor ihr breitete sich der erstarrte See, hinter sich wusste sie den Eingang zur Grotte.

Robina fühlte, dass sie vor Schwäche nicht in einem Zuge aufzustehen vermochte. Sie drehte sich seitlich, winkelte die Beine an und rollte sich in den Sitz. Es schien ihr, als schwanke alles um sie herum. Nur langsam kamen Kristalle und Höhleneingang, in dessen Richtung sie jetzt blickte, zur Ruhe.

Robina griff hastig zur Helmsicherung. Eingerastet! Das autonome Anzugsystem funktionierte, wie ihr ein Blick zur Kontrollskala am Gürtel verriet. Ein gelinder Schreck durchfuhr sie, als sie zur Uhr sah. Sie musste es mehrmals tun, vermochte nicht zu fassen, dass seit der Havarie 27 Tage verstrichen sein sollten, irdische Tage.

„Das ist nicht möglich!", murmelte sie immer wieder. „Wie bin ich nur hier heraus gekommen ...?"

Aufstehen konnte Robina nicht. Die Beine versagten den Dienst. Langsam kroch sie auf den Schleuseneingang zu.

Zuerst traf sie auf liederlich umherliegende Medikamente, dann sah sie den offenen, umgestürzten Koffer, darüber stand, sperrangelweit klaffend, die Außenluke der Schleusenkabine. Robina konnte in den Innenraum hineinsehen, ein Zeichen, dass auch die Innenluke nicht schloss, Druck und Atmosphäre der Kabine also entwichen waren.

„Eine schöne Schweinerei!", sagte sie laut.

Sie hangelte sich zur Schleuse empor, hatte Mühe, den schlaffen Körper hineinzuzwängen. Mit Anstrengung schloss sie die Luke. Dann schleppte sie sich zu den Ventilen der Lufttanks, nahm das Reserveventil, weil ihre Kraft zum Öffnen des Hauptschiebers nicht ausreichte, und ließ sich, als leises, anschwellendes Zischen den Raum erfüllte, erschöpft zurücksinken.

Noch bevor der Druckregler das Ventil schloss, löste Robina den Helmverschluss. Entfernt wurde ihr bewusst, dass sie damit schon wieder gegen das Reglement verstieß. Sie lächelte. Aber dann spürte sie, dass sich im Raum doch noch zu wenig Luft befand. Sie musste tief und schnell atmen.

Aber schon griff sie nach den herumliegenden zerdrückten Resten Nahrungskonzentrats. Sie stopfte sich das noch Verharschte mit beiden behandschuhten Händen in den Mund, kaute gierig und schluckte unter Beschwerden.

Nur allmählich meldete sich der Verstand. Sie fühlte, dass der Sättigungspunkt längst überschritten war, suchte noch einige guterhaltene Würfel, kaute sie bedächtig, nahm einen frischen Wasserkanister, hielt im Trinken inne, weil sie daran dachte, dass Wasser wahrscheinlich das sein würde, was die Dauer ihres Überlebens bestimmte, und dann lehnte sie sich beinahe zufrieden, ja froh, zurück.

Bald gab sie den Versuch auf, sich an die letzten Geschehnisse zu erinnern. Sie wusste nicht, wie sie den Helm aufgesetzt, die Schleuse verlassen und das Medikament eingenommen hatte. Es war eben geschehen, wahrscheinlich noch im richtigen Augenblick.

Und dann kamen langsam die Zweifel wieder.

‚War es wirklich der richtige Augenblick gewesen? Wäre es nicht vielleicht besser, sie hätte das Medikament nicht genommen oder ein falsches gegriffen?'

Sie sah sich vor dem Eingang liegen für ewig oder - oder bis zu dem Zeitpunkt, da man sie fand.

Nein, es gab da noch einen Funken Hoffnung!

Irgendwann hatte sie zum Helmverschluss gegriffen ... „Ich habe dazu einfach kein Recht", murmelte sie. „Niemand hat das, ich aber ganz bestimmt nicht! Ich wäre ein schöner Astronaut!"

‚Etwas Vernünftiges tun müsste ich', dachte sie. ‚Aber erst einmal aus den Anzug heraus ...'

Aber auch diesmal kam Robina nicht dazu! Sie schlief ein, wo sie saß, der Kopf fiel ihr auf die Brust, und sie schnarchte leise. -

Nach 14 Stunden erwachte Robina. Sie fühlt sich geistig erquickt nach dem langen Schlaf, stellte jedoch gleichzeitig eine körperliche Schwäche fest.

Sie konnte zwar aufstehen; es fiel ihr jedoch sehr schwer, unter der geringen Gravitation die notwendige Konzentration aufzubringen und ihre Kräfte so zu dosieren, dass sie sich rationell und ohne Gefährdung bewegen konnte.

Als Erstes kontrollierte sie die Atmosphäre in der Kabine, regelte nach, überprüfte den Wasserresorber und die Konservenbestückung. Dann warf sie mit Ekel alle Kleidungsstücke von sich, schnürte sie zu einem Bündel und legte es unter Verschwendung etlicher Liter Sauerstoffs in die Schleuse.

Sie bedauerte, Wasser sparen zu müssen, wusch sich dennoch gründlich und fühlte sich wie neugeboren.

Auf der Liege genoss sie bewusst mit geschlossenen Augen die Unbeengtheit, die prickelnde Frische der Haut in der sauerstoffangereicherten Atmosphäre, und dann fühlte sie abermals Hunger.

Später, noch unbekleidet, stellte sie sich ein lukullisches Mahl zusammen - laut Reglement nur für besondere Anlässe. „Es ist dies ein besonderer Anlass!“, rief sie laut. „Die Auferstehung der Robina Crux!“

Sie genehmigte sich ein Viertel Wein, einen gesäuerten Fisch, einen halben Hahn und eine Dose Craps, der Kulka-Höhlenfrucht des Mars.

Anschließend ruhte Robina, spürte, wie ihre Kräfte wiederkehrten, und mit den erwachenden Lebensgeistern reifte, vage noch, der Wunsch zu überleben.

Sie ertappte sich dabei, wie sie überschlug, wie lange wohl die Vorräte, begonnen beim Wasser, reichen würden, und sie stellte fest, dass ihr der Überblick fehlte. „Ich werde das ermitteln, exakt!“ Eine Inventur, jawohl, und alle Vorräte auf einen Haufen hierher. ‚Also, worauf wartest du, Robi, es gibt Arbeit!’

Zunächst ordnete sie die Gegenstände in der Kabine, dann wählte sie unter den geringen Möglichkeiten sorgfältig neue Kleider, unterdrückte einen leichten

Schauer, der sie befiel, als sie in den frischen Raumanzug stieg, und dann schleuste sie sich aus..

Draußen überraschte sie die Unordnung, die um die Schleusenkabine herum herrschte, und sie begann sorgfältig, beinahe pedantisch, die Medikamente einzuräumen und die Behälter zu stapeln. Sie kehrte sogar die Splitter hinweg, die sie beim Erweitern des Eingangs losgeschlagen hatte.

Befriedigt sah sie sich um, überprüfte ihre Ausrüstung und machte sich auf den Weg zum Wrack.

Von ihrem Gang brachte Robina ein Bündel Rohre mit. Es bedeutete einen Tag Schwerstarbeit, mit Hilfe dieser Rohre, die sie als Hebel und Rollen verwendete, die Schleusenkabine Zentimeter für Zentimeter, in die Grotte zu schieben. Als der Container seinen endgültigen Standort einnahm, gleich links hinter dem Eingang, fühlte Robina, todmüde zwar, zum ersten Mal, seit sie sich auf dem Boliden befand, so etwas wie Stolz auf das Geleistete.

Sie übersah ihr Reich: Den Container, der vom Eingang her genügend beleuchtet wurde, die geräumige Grotte mit den Vorratsstapeln, die sich im Halbdunkel verloren. Und sie fragte sich, ob es wohl je möglich sein könnte, dass ein Mensch für einen solchen Winkel so etwas wie ein Heimatgefühl empfinden könnte. -

3

Am dritten Tag, auf dem siebenten Marsch zurück zur Höhle, beladen mit fünf durch Gurte verbundenen Sauerstoff- und zwei Wasserkanistern, unter Schmerzen in Schultern und Füßen, kam Robina ein Einfall. Der Gedankenblitz löste gleichzeitig Bedauern darüber aus, dass sie seit jeher - auch in ihren eigenen Augen als jemand galt, der die Technik benutzte, ohne sich der Funktionsweise oder gar der vergegenständlichten Mühe bewusst zu werden, die in diesem oder jenem Gerät steckte.

‚Wie hat er immer geschmunzelt, der Lehrexperte Erp, wenn ich etwas Technisches zu erläutern hatte!'

Robina wollte sich aus Triebwerksteilen oder Rückstoßaggregaten und irgend etwas Rundem ein Vehikel bauen, etwas, das fuhr, das Mühe verkleinerte.

Dann sagte sie sich wieder: ‚Wozu das! Je länger etwas dauert, desto besser!'

Sie schrak vor dem Gedanken zurück, was danach käme: ‚Die Bilanz, na schön; und die schreckliche Gewissheit: Wie lange noch ...'

Robina wurde es heiß im Anzug, sodass sie die Temperatur herunterregelte. Sie hatte den Schritt verlangsamt, begann zu grübeln, ließ die Kanister zu Boden gleiten, stand noch unschlüssig und machte dann kehrt, langsam erst, dann schneller.

‚Die Kanister laufen mir nicht davon', beruhigte sie sich. ‚Ich muss das prüfen!'

So schnell hatte Robina die Wegstrecke zum Wrack noch nie zurückgelegt wie jetzt, getrieben von dem Gedanken an das Mobil.

Sie sah sich bereits auf dem Kristallsee herumsausen, ja sogar schräg stehende Flächen bezwingen, und sie ertappte sich dabei, wie sie diesen oder jenen Mineralkoloss auf die Möglichkeit hin taxierte, ihn mit dem Wunderauto zu bezwingen.

Was nach vier Tagen schwerster Arbeit, die sie nur durch Essen und Schlafen unterbrach und in die sie sich verbiss wie in keine vorher, stand, war alles andere als ein Wunderauto.

Zuletzt hatte Robina angefangen, regelrecht zu pfuschen. Sie konnte die Probefahrt nicht erwarten. ‚Die Feinarbeiten', so sagte sie sich, ‚kann ich nachholen. Hauptsache, es funktioniert!'

Es funktionierte zunächst nicht, obwohl sie alles genau durchdacht hatte.

Drei Rückstoßpistolen hatten sich gefunden, die mit verhältnismäßig wenig Mühe an einen Kanister angeschlossen werden konnten, aus dem sie kontinuierlich Treibstoff aufnehmen sollten. Lediglich das Abdichten der Schläuche hatte Schwierigkeiten bereitet, bis Robina entdeckte, wie gut sich dazu die wärmeverflüssigten Plastteile aus der Innenverkleidung des Landebootes eigneten.

Gefährlich hantierte Robina mit dem Brenner. Einmal qualmte der linke Handschuh beträchtlich, ein anderes Mal sengte sie sich beinahe ein Loch in den Stiefel. Aber sie frohlockte, als sich Rückstoßpistole und Kanister zu einer Dreieinigkeit verbunden hatten.

Schier unüberwindliche Schwierigkeiten wollte der Unterbau bereiten. Robina aß bereits den zweiten Tag Craps, weil sie drei der Konservendosen benötigte, Thermoplastdosen von 25 Zentimeter Höhe und etwa 15 Zentimeter Durchmesser. Unter irdischen Bedingungen würden sie als Räder wohl völlig ungeeignet sein, aber hier unter der geringen Schwerkraft die notwendige Festigkeit bieten.

Was dann wirklich zustande kam, glich eher einer Kreuzung zwischen einer Ministraßenwalze und einem dekadent-abstrakten Werk bildender Kunst aus dem 20. Jahrhundert.

Wehmütig gedachte Robina der eleganten und fast lautlosen Kraftfeldgleiter, die auf der Erde zu jedem Haushalt gehörten und von denen sie zwei in der REAKTOM hatten.

Immerhin schien es, als ließe sich das Vehikel durch Hin- und Herschwenken der vorderen Walze tatsächlich lenken und als würde es, zumindest auf der Ebene, leicht rollen.

Das stimmte! Zum Glück stand das Mobil zufällig in Richtung Wrack, sonst wäre es nach dem ersten Zünden wahrscheinlich auf Nimmerwiedersehen verschwunden. So krachte es lediglich an das Beiboot, wobei die vordere Walze abbrach und sich die meisten Drahtbindekonstruktionen lockerten.

Aber eigenartigerweise ärgerte sich Robina nur wenig. Früher hätte sie wahrscheinlich aufgegeben, auch kurz vor dem Ziel. Hier überwog die Freude den Misserfolg, denn schließlich war das Ding ja die zehn Meter gefahren - ganz aus eigener Kraft! Und sie, Robina, hatte das gebaut! Sie hatte eine Maschine gebaut, ein technisches Wunder vollbracht!

Die gesprungene Walze auszuwechseln, kostete sie noch einen Tag Arbeit und die Überwindung zu fünf weiteren Fruchtmahlzeiten. Sie konnte sich nicht entschließen, den Doseninhalt einfach wegzuwerfen, obwohl sie meinte, dass aus ihrem Leib bald Triebe dieses kräftigen Marsmooses sprießen müssten.

Aber auch der zweite Startversuch brachte noch

nicht den ersehnten vollen Erfolg. Sie hatte das Gefährt arretiert, sich darauf gesetzt und die Brenner nur haarbreit aufgedreht. Zunächst tat sich nichts. Sie gab mehr Gas, und da zeigte sich eine weitere Unzulässigkeit: Der unterschiedliche Schub der drei Aggregate stand im krassen Missverhältnis zur mäßigen Spurtreue. Dazu kam die geringe Schwerkraft. Das Ding begann sich zu drehen!

Es verging noch ein ganzer Tag, ehe Robina eine Dosiereinrichtung angebaut hatte, die ein gleichmäßiges Arbeiten der drei Düsen gewährleistete. Als sie dabei feststellte, dass vielleicht auch eine ausgereicht hätte, das Vehikel vorwärts zu bewegen, war sie auf ihre Erfindung bereits so stolz, dass sie einen solchen Gedanken mit der Bemerkung abtat, es stehe einem Schöpfergeist wie dem ihren nicht an, eine lahme Ente zu entwickeln. Der nächste Tag, der endlich den ersehnten Start brachte, wurde von Robina abermals mit der Reparatur ihres „Eselchens“, wie sie das Mobil liebevoll nannte, vertan: Sie hatte die erste Kurve zu eng genommen. Die Fliehkraft hatte sie abgeworfen, das Eselchen war quer über den See galoppiert glücklicherweise; denn hätte es die Längsrichtung gewählt, wer weiß, ob Robina es je wiedergefunden hätte, und hatte sich - auch das war ein Glücksfall - zwischen zwei Kristallblöcken verfangen, wo es fauchend und an der Verstrebung zerrend hing, als Robina, außer Atem vom schnellen Lauf, die Düsen abstellte. Also wurde der Einbau einer Schließfeder nötig, die die Treibstoffzufuhr unterband, wenn Robina den dafür vorgesehenen Hebel losließ.

Aber dann war es endlich so weit.

Robina fand, dass sie in diesen Tagen mehr technisches Können, vor allem aber mehr solchen Verstand erworben hatte, als während der vielen Jahre ihrer Ausbildung. Und darauf war sie mächtig stolz.

Bevor sie losfuhr, gönnte sie sich einige Minuten der Sammlung. Und erst da stellte sie überrascht fest, dass sie während der Arbeit an dem Fahrzeug nicht ein einziges Mal das Erdrückende ihres Schicksals empfunden hatte, nicht einmal Trauer um die Gefährten. Und auch jetzt dachte sie an die Katastrophe wie an etwas, das lange zurückliegt, das keinen unmittelbaren Schmerz mehr auslöst, das kaum noch berührt. Einen Augenblick lang befremdete sie das doch, dann spielte sie am Gashebel. Schnell würde sie die noch am Wrack lagernden Vorräte in die Grotte holen - für die Bilanz.

Aber zunächst vertat Robina einen Tag, Treibstoff und viel eigene Energie, um ihr Mobil zu erproben. Sie umrundete in Ufernähe den gesamten See, ließ, als sich Fahrroutine einstellte, die Vielfalt der Mineralstrukturen auf sich wirken, war zu drei unfreiwilligen Aufenthalten gezwungen, weil kleine Nachbesserungen und Reparaturen am Eselchen notwendig wurden, erreichte aber wohlbehalten das Beiboot.

Am nächsten Tag begann sie mit dem Transport. Und nun bewährte sich - was sie mit Stolz erfüllte -, dass sie den Antrieb des Eselchens überdimensioniert hatte. Sie band einfach einige Behälter an und schleifte sie hinter sich her.

Die erste Fahrt zur Grotte wurde ihr zum Vergnügen. Fast hätte sie übermütig Kurven gezogen, sie konnte sich aber noch rechtzeitig beherrschen, eingedenk der Tücken des Gefährts.

Und dann begann sie zu singen, alles, was ihr gerade einfiel, Volkslieder und Sentimental-Dorths, die modischen, das heißt vor Jahren auf der Erde modernen schnulzigen Schlager, die ihr normalerweise auf die Nerven schlugen.

Sie empfand wieder die herbe, eigenartige Schönheit dieses merkwürdigen Himmelskörpers, und ihrer bemächtigte sich ein Optimismus, der die Furcht vor dem Kommenden überdeckte.

Einmal dachte sie an Vater. ‚Wie er sich wohl hier verhielte? Ob ihn wenigstens diese Situation aus seiner lethargischen Scheinzufriedenheit gerissen hätte oder in die völlige Resignation?' Robina glaubte in diesem Augenblick fest daran, dass er wieder der Alte voller Elan und Zielstrebigkeit werden würde. Und sie nahm sich vor, ihn irgendwie vor eine solche Bewährungssituation zu stellen, ‚Ed wird da Rat wissen ...

‚Na, na, Robi, immer hübsch mit den Füßen unten bleiben! Wie ist es denn dir vor ein paar Tagen ergangen?' Mit leichtem Schaudern erinnerte sie sich des Griffs zum Helmverschluss.

Auch als ihr in den Sinn kam, dass sie Vater und Bruder mit an Sicherheit grenzender Wahrscheinlichkeit nicht mehr sehen würde, wurde ihre Hochstimmung kaum getrübt; außerdem fuhr sie durch eine Zone mit Gebilden, die halbkuglig wie erstarrte Blasen aus der Ebene ragten und hohes Fahrgeschick erforderten. Robina musste beträchtlich kurven, um auszuweichen. Besorgt sah sie sich um. Die Behälter hopsten hinterher; sie vertrugen die raue Behandlung sehr gut. ‚Würde gehörig poltern bei normaler Atmosphäre und Gravitation.' Und sie wünschte, sie könnte es hören.

Robina transportierte an diesem Tag alle Vorräte.

In den darauffolgenden Tagen schaffte sie es, das Wrack völlig auszuräumen. Sie hatte alles, was sich abmontieren ließ und einigermaßen brauchbar erschien, zur Grotte befördert.

Das Eselchen schleppte allerhand Nützliches: Einen Wasserspalter, Werkzeuge, einen kleinen, antiquierten Allesfressermotor, den Robina nicht als solchen erkannt hätte, wenn nicht eine Bedienungsanleitung dabei gewesen wäre, eine größere Menge Einschübe für elektronische Anlagen, mit denen sie nichts anzufangen wusste, und einen mit Prägungen verzierten Lederbeutel, der mit einer weichlichen, nachgiebigen Masse gefüllt zu sein schien. Er weckte Robinas Neugier. Mitten im Kramen und Demontieren knüpfte sie den Beutel auf. Überrascht stellte sie fest: Zweifelsfrei Samenkörner verschiedener Pflanzen durchsetzt mit staubtrockener Erde, die, in den Anzug geschleust, einen herben Geruch verbreitete. Obwohl kein Zweifel mehr bestand, kostete Robina. „Es ist Erde!“, sagte sie, und sie fühlte sich eigenartig angerührt. Dann schüttelte sie den Kopf, vertrieb die aufkommende Rührseligkeit. „Wer macht denn heute noch so etwas!“ Sie betrachtete den Beutel. ‚Er könnte Mandy gehören, sie hat so einen Hang zum Nostalgischen, und sentimental konnte sie auch werden.’ Keiner sang Dorths so gefühlvoll mit so viel Anteilnahme wie sie, was freilich die mäßige musikalische Begabung meist nicht ganz zu vertuschen vermochte. Wehmut überfiel Robina.

‚Mandy!’ Deutlich sah sie das runde, von krausem kastanienbraunem Haar umrahmte Gesicht vor sich. Im Gegensatz zum manchmal verträumten Sinnieren, zu den inbrünstigen Gesängen und dem sogar mitunter ein wenig peinlichen Händchenhalten mit Stef half Mandy oft mit trockenem freundlichem Spott, mit einem Rippenstoß und mit unübertroffener Schlagfertigkeit eine Situation zu klären, wie kein anderer der Besatzung.

‚Wie sie mich zu Frank geschubst hat!' Robina lächelte. ‚Muss mich wohl ziemlich dümmlich angestellt haben damals.'

„Seht, die Jungfer wird rot!" Als hätte Mandy neben ihr das wiederholt, was sie damals, nach der Begrüßung beim ersten Treff, recht taktvoll in dem Augenblick bemerkte, als Robina erfuhr, dass sie zu viert reisen würden, dass sie und Stef urlange - wie Mandy sich ausdrückte - befreundet sind und dass jener der Frank wäre, der mit von der Partie sein würde.

Und dieser Frank hatte Robina ziemlich ungeniert gemustert und dann wie nach dem Abschmecken einer Speise „na ja" gesagt, so als fehle noch eine Kleinigkeit, als sei aber die Sache im Ganzen doch gelungen.

Schnell legte Robina den Beutel zur Seite und schraubte weiter Verkleidungsteile ab. Sie wollte nicht weiterdenken, sie wollte die in ihr festgebissene geringe Hoffnung, dass die Freunde trotz allem noch leben könnten, nicht durch Grübeleien zerstören.

Es gelang ihr rasch, sich zu konzentrieren. -

Robina benötigte fünf Tage, an denen sie rastlos arbeitete. Sie nahm die Bestände auf, ordnete die Vorräte und stapelte die Behälter so, dass die Grotte nicht wie eine Lagerhalle wirkte. Dann zog sie sich mit den Listen in die Hermetikkabine zurück.

Sie genoss in einigen Stunden des Nichtstuns die Annehmlichkeiten ohne Raumanzug, doch dann stürzte sie sich in die Berechnungen.

Sie hatte ausschließlich einfachste Aufgaben zu lösen, trotzdem tat sie das sehr überlegt und gab dem Kleinrechner nur zögernd Daten ein.

Als sie sich dabei ertappte, lächelte sie, aber sie fühlte, dass sie sich mit diesem Heiterkeitsanflug etwas vormachte. In ihr lauerte Angst. Gleichgültig das Ergebnis die Rechnerei: Reichten die Vorräte 100 Jahre, bedeutete das, dass sich ihre Situation lebenslang aufrechterhalten ließ. Gingen die Reserven eher aus, konnte sie im wahrsten Sinne des Wortes mit tödlicher Sicherheit das Ende absehen.

Im Augenblick wusste Robina nicht zu entscheiden, was ihr lieber wäre. Sie entwarf eine Tabelle mit dem Tagesbedarf an lebensnotwendigen Dingen, sie addierte, zog unvermeidliche Verluste ab, kalkulierte Unvorhergesehenes ein, und dann fiel die Entscheidung bei Sauerstoff: 103 Jahre!

Bei den Nahrungsmitteln wurde es schwieriger, da Abwechslung gewährleistet sein sollte. Robina teilte nach einem reduzierten und einem optimalen Speiseplan auf und zögerte mit dieser Variantenrechnung die Entscheidung weiter hinaus. Als letzte Position hatte sie sich die Ermittlung der Wasservorräte gelassen.

Erst der zweite Tag brachte Gewissheit: Das Wasser würde bei sparsamstem Verbrauch, die ständige Regeneration inbegriffen, rund 35 Jahre reichen.

Die erste Empfindung nach dem entscheidenden Rechenvorgang war Sarkasmus. ‚Na schön', sagte sich Robina, ‚da hast du mit sechzig ausgedient und ausgelitten. Zur Halbzeit.' Sie gestand sich nicht ein, dass die Erkenntnis sie wie eine Keule traf. Früher, früher einmal schieden die Frauen mit 60 Jahren aus dem Arbeitsprozess. Noch früher lag die Lebenserwartung der Menschen bei 30, 40 Jahren. Da sind 60 ein stattliches Alter gewesen.

Robina hatte sich zurückgelehnt. Sie stierte auf den Datentaster vor sich, und ihre Gedanken glitten ab ...

'Was würden diese fünfunddreißig Jahre auf der Erde für mich bedeuten! Ich würde Kinder haben - zwei. Ich hätte mich bestimmt an die großen Felder gewagt. Vielleicht wäre ich bei einer der nächsten Raumexpeditionen wieder dabei gewesen. Vielleicht hätte ich mich aber auch, wenn die Hyperfelder bezwungen wären, zu einer intergalaktischen Expedition gemeldet, auf Nimmerwiedersehen ...

Hätte ich das?

Hätte ich es zuwege gebracht, die Erde zu verlassen - für immer? Mit einer großen Gruppe Menschen, vielleicht mit Frank. Wir wären gewiss zusammengeblieben, Frank und ich, nach der Heimkehr.

Ganz bestimmt wäre eine Expedition ausgerüstet worden, wenn die REAKTOM die Kunde von der Existenz der Anderen zur Erde gebracht hätte.'

Robina fiel ein, dass es diese Expedition geben wird, schließlich hatten sie die Nachricht über die Entdeckung zur Erde hin abgesetzt. 'Noch zu meinen Lebzeiten werden sie starten - und vermutlich den Boliden niemals finden.

Hier einen Stützpunkt einzurichten; Stefs Idee. Eine Basis für die Suche nach den Anderen - und unsere überschüssigen Vorräte für die Suchgruppe.

Nun, für sie wird trotzdem ein Teil übrigbleiben. Aber sie werden nicht herkommen. Ja, wenn wir hier unser Funkfeuer gesetzt hätten und Markierungsbojen unterwegs ... Wir hätten ihn dann wiedergefunden.'

Robinas Blick fing sich wieder am Datentaster. „Fünfunddreißig Jahre - mehr, als ich bisher gelebt habe. Und das ist bereits eine hübsche Weile."

Robina fühlte, dass ihr für diesen Zeitraum unter den gegebenen Bedingungen jede Vorstellung fehlte. Ihr wurde schon bang, wenn sie an den kommenden Tag dachte, einen Tag, für den sie noch keinen Arbeitsplan hatte. So genommen erschienen die 35 Jahre wie eine Ewigkeit. Allerdings konnte sie sich vage vorstellen, dass eine solche Zeitspanne auch verdammt kurz sein konnte, dann, wenn man mit der Zeit etwas anzufangen wusste. ‚Wie hieß das?' „Lebenslänglich!" Sie sagte es laut. ‚Eine Strafe für Schwerstverbrecher, früher. Aber selbst die hatten Kontakt mit anderen Menschen.'

Robina fühlte, wie sie fröstelte trotz der ausgeglichenen Temperatur in der Kabine. Dann straffte sie sich. „Ha, da brauche ich mit Proviant und Sauerstoff überhaupt nicht zu sparen!"

Wenig später, kleinlaut, beugte sie sich zum Datentaster und begann, ihre Energiebilanz zu berechnen. Ihr war plötzlich bewusst geworden, dass sich hier die Lebenserwartung noch einmal verkürzen könnte.

Für diese Bilanz benötigte Robina zwei Tage. Sie kam schlecht zurecht mit dem Rechnen.

Was der Reaktor noch hergeben würde, ließ sich in etwa ablesen, aber da gab es noch das mechanische Stromaggregat, den dazugehörigen Treibstoff.

Sie musste die Sauerstoffbilanz ändern, da sie den Einsatz des Gases bei der Verbrennung herkömmlicher Brennstoffe vergessen hatte. Sie lächelte, als sich dadurch der Vorrat von 103 auf 97 Jahre verringerte.

Schließlich wurde mit einiger Sicherheit klar, dass die Energie, die in der Kabine die Lebensbedingungen garantieren sollte, etwa 63 Jahre reichen würde.

‚Warum haben wir ausgerechnet so wenig Wasser hertransportiert?' Diese Frage meinte sie nicht ernst; denn sie wusste, dass noch weitere Transporte folgen sollten. Maschinen hatten sie vorgesehen, eine Auswahlbibliothek und noch Wasser.

Jetzt, da sie an die Bibliothek dachte, hätte sie losheulen mögen. Welch ein Zeitvertreib wäre das gewesen!

‚Quatsch - wenn, hätte ...', Robina seufzte.

‚Was wohl Boris empfindet, wenn er von mir hört? Gewiss weiß er, dass ich zur Besatzung der REAKTOM zählte - freilich, aufregend ist so ein Raumstart nicht, aber immerhin mit einem so modernen Schiff ... Er wird auch wissen, dass zwei Männer und zwei Frauen an Bord gingen. Ob er der Meinung ist, ich sei über den Berg - ob er überhaupt gemerkt hat, dass er mir weh getan hat, als er mich verließ?

„Dir geht alles zu sehr unter die Haut, Robi", hatte er öfter gesagt, „du musst trainieren, versuchen, die Dinge leichter zu nehmen, jeder Situation das Beste abgewinnen, weißt du."

Längst wird er der Meinung sein, dass ich an unsere Zeit wie - wie an einen, na, schönen Ausflug, an glückliche Ferien zurückdenke, so wie er vielleicht. Und - hat er nicht Recht? Ist es nicht wirklich das Beste so?

Frank hat gewusst, taktvoll hingenommen, dass mir das noch anhängt, noch eine Weile anhängen würde. Nur einmal hat er davon gesprochen, ein paar Sätze nur. „Du wirst es ganz überwunden haben, wenn wir daheim sind. Hier im Raum hast du zuviel Muße zum Grübeln. Unsere Zeit, Robi, kommt daheim. Pass auf, das erste Frühjahr verbringen wir in der Südsee. Es gibt da noch einiges Unberührte, wieder Paradiesisches. Und wenn wir gemeinsam durch die Wellen flitzen, abends mit Freunden am Feuer sitzen oder unsere Filme aufbereiten ..." Sie werden am Feuer sitzen, Frank, deine Freunde, die Sporttaucher, aber ohne ihren Freund, den Raumfahrer, der so gut zu grillen verstand, und ohne Robina. Ab und an werden sie noch von ihm sprechen. Boris von mir nie ...' -

Nur schwer konnte sich Robina am nächsten Tag zu einer Tätigkeit aufraffen. Sie räumte lustlos die Kabine auf, sortierte ihre Berechnungen. Dann entschloss sie sich, nach draußen zu gehen, ohne Ziel.

Es dauerte lange, bis sie sich umgezogen hatte; immer wieder versank sie ins Sinnieren.

Oft stellte sie sich die Frage, ob es vorteilhaft sei, zu wissen, wann alles vorbei ist - für bestimmte Situationen wahrscheinlich. Man konnte sich die Zeit einteilen, ein Maß finden, zwischen persönlichem und gesellschaftlichem Tun. Man kannte das Ziel.

‚Und', dachte Robina, ‚könnte es auch zur Resignation, zum Verschlampen führen? Vater dürfte es - vielleicht - nicht wissen, Ed fände es nützlich. Ich ...

Oder ob dieses Wissen die Menschen ändern würde, ob sie, angestachelt durch die Angst, etwas nicht mehr zu schaffen, zielstrebiger, in ihrem Wirken effektiver werden könnten?' Robina schränkte ein: Natürlich unter normalen äußeren Bedingungen.

Ob aber nicht die vielen, scheinbar nebensächlichen Dinge am Rande des Alltags, die das Leben spritzig machen, verschwänden, weil dafür die Zeit zu schade sein könnte, weil sie für's große Ziel geopfert würden? Jede Begegnung mit einem lieben Menschen konnte die letzte sein. Die Wiedersehen ließen sich programmieren. Müßiger Gedanke, Robi! Hier gibt es nichts zu programmieren.'

Draußen in der Grotte fasste sie den Entschluss, die Vorräte zu ordnen, damit sie bequemer zu erreichen seien. Nur ganz entfernt dachte sie daran, dass sie dadurch die Dauer der kommenden täglichen Verrichtungen weiter verringerte.

Später ging Robina in die Ebene hinaus, hatte einen Augenblick das Verlangen, mit dem Eselchen zu fahren, schritt aber dann lustlos, ohne Ziel, auf das gegenüberliegende Ufer zu, dessen Struktur an den Spitzensaum eines historischen Gewandes erinnerte.

Der Untergrund spiegelte. Ein alter Spiegel mit zahlreichen Narben, größeren und kleineren. Splitter, weißlich schimmernd auf dem dunkel reflektierenden Grund, lagen umher. Nur allmählich wurde Robina bewusst: von Meteoriten herausgeschlagen.

‚Ja - erinnerte sie sich -, dieser Raumsektor ist meteoritenaktiv, hatten wir festgestellt. Klein sollen sie sein, die Geschwindigkeit verhältnismäßig gering zu der des Boliden. Ein Einschlag würde nur von der Wirkung einer - einer - wie hieß das? - Pistolenkugel früherer Zeiten sein. Also bei aller Relativität tödlich.'

Ohne zu erschrecken, wurde Robina gewahr, dass in ihrer Rechnung ein Fehler sein konnte: Es müssen gar nicht 35 Jahre werden, es konnte jetzt, heute und hier eintreten.

Robinas Gedanken plätscherten oberflächlich. Sie erheiterte sich ein wenig an ihrem Spiegelbild, das sie im klobigen Anzug aus der Froschperspektive zeigte und das, je nach der Helligkeit der Untergrundpulsation, bald brillant, bald blass erschien.

Dann dachte Robina an den spiegelnden Metallfußboden der historischen Bar im Alexhotel, an die „gestohlenen Stunden“ mit Boris. ‚Ja, du wolltest es so, Boris. Möglichst wenige Kollegen sollten nach deinem Willen von der Liaison erfahren. Es ginge, wie du sagtest, nur uns zwei etwas an - stimmte ja auch. Es gäbe dem eine besondere Würze. Und, Spaß hat mir die Heimlichtuerei gemacht. Allerdings, mein lieber Boris, später habe ich das anders gesehen. Du hast dafür gesorgt, dass ich es anders interpretieren musste, später, als es vorbei war. Vor dem Entstehen eines moralischen Zwanges wolltest du dich schützen. Die Meinung der Kollegen über dich galt dir nämlich etwas. Ja, und wir leben halt in einer Zeit, in der wir Techtelmechtel auf lange Sicht nicht mögen. Du Dummkopf! Als ob ich dir jemals übelgenommen hätte, dass es mit uns nichts geworden ist. Freilich, ich wäre schon bereit gewesen, glaube, dass es bei mir für's Leben gereicht hätte.'

Robina spürte deutlicher denn je, auch deutlicher als in jener Zeit mit Frank in der REAKTOM, dass sich die Sache mit Boris nicht reparieren ließe, selbst wenn er mit ausgebreiteten Armen unter der Luke des Raumschiffes stünde. Jäh brach Robina ihre Gedanken ab. ‚Niemand wird je unter einer Raumschiffluke stehen, Robi, ja, niemals mehr wirst du ein Raumschiff zu Gesicht bekommen!'

Lange saß sie dann am anderen Ufer an einen rosaroten Spat gelehnt und starrte in die Finsternis des Raumes hinaus.

Dann wurde ihr bewusst, dass ein winziger dieser Sterne, die um sie herum im Gleichmaß vorbeizogen, hinter den glasigen Flächen der Kristalle aufstiegen und dort, wo ihr Licht tangierte, blitzende Beugungsreflexe hervorriefen, dass einer davon die Erdensonne, ihre Sonne war. Frank hatte sie ihr gezeigt, ein Stern etwa siebenter Größe, so wie das Reiterlein im Großen Wagen von der Erde aus betrachtet - wer sieht das schon mit bloßem Auge! ‚Was soll es auch! Ich werde sie aus der Vielzahl ohnehin nicht herausfinden, und vielleicht ist das ganz gut so ...

Ich dürfte nicht so lange herumsitzen, müsste mich bewegen, Gymnastik treiben. Die Muskeln werden erschlaffen bei dieser geringen Gravitation.'

Robina rührte sich nicht. Sie empfand es als wohlig, die Auflast des Körpers kaum zu spüren. Der harte, kristalline Untergrund erschien dadurch weich wie Schaumstoff.

‚Wozu werde ich wohl je wieder größere Muskelkräfte brauchen? Vielleicht passt sich mein Körper für alle Zeiten - für die fünfunddreißig lumpigen Jahre - den Verhältnissen hier an? Bisher habe ich keine Beschwerden. Das wären neue Erkenntnisse für die Raummedizin. So lange hat noch keiner unter solchen

Bedingungen gelebt. Leider werden meine Erfahrungen keinem nützen, weil keiner sie kennt.

Wenn es wenigstens gelungen wäre, die Bahnparameter dieses Kristallhaufens genauer zu bestimmen. Die Wahrscheinlichkeit, ihn zu finden, ist eins zu mehreren Tausend. Na, immerhin, er leuchtet, und er hat seine Funkekliptik wie ein Kreisel seine Rotationsebene. Aber in sie zu geraten, sie zu orten, wäre ein großer Zufall.

Bleiben wieder nur die Anderen ...'

Spielerisch drückte Robina den Frequenzsteller. Nach einer Minute schwirrte klar dieser langgezogene - ‚wie hatte Stef gesagt? - Hawaiiton' im Helm. Der Teufel mochte wissen, warum gerade Hawaii! Robina nahm sich schulterzuckend vor, die Anderen oder das, was sie stellvertretend für sich auf dem Boliden zurückgelassen hatten, zu besuchen. -

4

Obwohl Robina zwei Mal an einer Exkursion zur Kuppel teilgenommen hatte, ging es ihr nicht schnell genug, am Morgen des folgenden Tages mit dem Frühstück und dem Ankleiden fertig zu werden. Hastig verstaute sie Proviant, betankte das Eselchen, und sie fühlte sich unternehmungslustig.

Der Weg führte zuerst zum Wrack, und dann galt es, die Kristallwildnis zu überwinden, ein Unterfangen, dem sich noch keiner der Mannschaft der REAKTOM unterzogen hatte. Bei den drei Besuchen waren sie unmittelbar neben der Kuppel auf der ebenen

Deckfläche eines Würfels gelandet und dann von dort aus auf die Stufenpyramide, die das Bauwerk trug, hinaufgestiegen.

‚Würde sich dieser Kristalldschungel überhaupt durchdringen lassen?'

Am Wrack bemühte sich Robina, den matt blinkenden Körper ohne Emotionen zu betrachten.

Einen Augenblick lang packte sie die Versuchung, gleich mit dem Eselchen die schräg stehende Wand des großen Kristalls hinaufzufahren. Dann war es ihr doch zu risikovoll, und sie entschloss sich wie Tage zuvor, wieder die Treppenkaskade zu nehmen.

Als sie erneut oben stand, schien es, als ob Trauer und Wehmut sie erdrücken wollten. Sie dachte daran, welche Hoffnung sie in diesen Standort gesetzt hatte und ertappte sich dabei, wie sie sehnsüchtig hinüber zum anderen Ufer sah, ob nicht vielleicht doch die „große Laterne" aufgehen, gleich einem Riesenstern an einer der Kristallflächen Reflexe erzeugen würde. Dann jedoch wandte sie sich abrupt ab und zwang ihre Blicke in Richtung Kuppel.

Nach einiger Mühe konnte sie das Bauwerk im Gewirr geometrischer Formen ausmachen. Sie suchte mit dem Fernglas im überschaubaren Vordergrund eine Trasse und konzentrierte sich auf den Weg.

Obwohl sich die Hindernisse verhältnismäßig leicht überwinden ließen - es fand sich stets ein Vorsprung -, spürte Robina bald, wie ihre Kräfte schwächer wurden. Und sie befand sich erst auf dem Hinweg. Das fehlende Training rächte sich.

Schon als sie meinte, die Orientierung verloren zu haben und umkehren zu müssen, sah sie von einer Erhöhung aus, ziemlich nah, die Kuppel.

Jetzt, auf dem letzten Teil der Strecke, empfand Robina echtes Vergnügen, diese wahrlich märchenhafte Welt zu entdecken. Und sie bedauerte, dass nicht mehr Menschen Gelegenheit hatten, dies alles zu sehen. ‚Stereoskopisch müsste das festgehalten werden.'

Der letzte Teil des Weges erwies sich als sehr schwierig und kräftezehrend. Und ausgerechnet die hochgeschossene Stufenpyramide, die die Kuppel trug, ragte steil aus einem Meer kopfgroßer Spate.

Robina schickte sich an, die Pyramide zu umrunden. Die Spate wurden abgelöst von einem Untergrund, aus dem überdimensionale Mineralrippen sprossen, die immer wieder umgangen werden mussten. Das Gelände war wellig, und mehrmals glitt Robina aus.

Am Fuße der Pyramide taten sich zahlreiche Spalte und Höhlen auf, von denen ein Teil tief in den Untergrund führte. Die dritte von Robina abgesuchte Seite der Pyramide zeigte jene Unregelmäßigkeiten, an die sie sich zu erinnern glaubte und die sie seinerzeit für die Erstbesteigung genutzt hatten. Ein Teil des Massivs hatte sich hier abgespaltet und lag in wüsten Trümmern zwischen den Kristallrippen. Die von Rissen durchzogene Fläche, nicht völlig eben und auch nach oben hin geneigt, musste mit einiger Anstrengung und Geduld auch im Alleingang zu erklimmen sein.

Robina benötigte dazu zwei Stunden, und erschöpft rastete sie dann geraume Zeit auf der oberen Plattform.

Kurz vor ihr wuchs die glasklare halbkugelige Kuppel aus dem gelblichen Material des Kristalls, unverrückbar, scheinbar mit ihm verschmolzen.

Ursprünglich musste sie schlierenfrei durchsichtig gewesen sein. Jetzt wies sie eine Anzahl weißlicher Flecke auf, die sich rau anfühlten: Einschläge.

Robina umkreiste gedankenversunken die Kuppel. Sie hielt die linke Hand an die Oberfläche und ließ sie nach Kinderart daran entlang schleifen.

Fast bereute sie, den beschwerlichen Ausflug unternommen zu haben. Was hatte sie erwartet, was für ein Ergebnis sollte der erneute Besuch bringen?

Vier Mal hatten sie das Plateau besucht, zwei Mal war sie selbst dabei gewesen. Sie hatten fotografiert, herumgerätselt, gesponnen, alle möglichen Vermutungen und Varianten durchgespielt. Betreten konnte den Bau niemand: kein Eingang. Das hatte Stef quadratzentimeterweise untersucht. Es schien, als hätten die Unbekannten nach Vollendung der verkleideten grauen Apparatur im Inneren die Kuppel wie eine Käseglocke übergestülpt, dann den Parabolspiegel von außen angebracht und danach ab, via Weltraum auf Nimmerwiedersehn.

Und Robina wurde es bei dem Gedanken wieder bang: Das alles musste sich vor mehr als 400 Erdenjahren abgespielt haben. Nichts deutete darauf hin, dass diese Bauleute in der Zwischenzeit dem Boliden einen weiteren Besuch abgestattet hatten. Blieb die Frage nach dem Sinn der Anlage. Und wie hatten sie gerade dieses Problem diskutiert!

Die ungeheure Sendeleistung? - wohl zur Überbrückung großer Entfernungen. Nach Art des stereotypen

Signals konnte es aber nur ein Funkfeuer, eine Raumboje sein. So etwas richtet man nur ein, wenn man es als Wegmarkierung oder zur Kennzeichnung eines Gefahrenpunktes braucht. Zum anderen: Der Funkleitstrahl ist extrem stark gebündelt, praktisch also nur zu finden, wenn man ihn in einem definierten Raumsektor erwartet!

Robina beendete ihre Gänge. Sie lehnte sich bäuchlings an die Kuppel, legte den Helm an die Fläche und starrte nachdenklich in das Innere.

‚So zieht sich also, erzeugt durch die Bewegung des Boliden auf seiner Bahn, durch seine Eigenrotation und durch die Richtung der Antenne, eine gewaltige spitzkegelige Spirale aus gebündelten elektromagnetischen Wellen wie ein Drehspan durch den Raum - wozu? Niemand der Besatzung der REAKTOM hatte die Frage befriedigend beantwortet. Vielleicht ist der Bolid tatsächlich so eine Art Wegstein?'

Robina gingen alle diese Spekulationen durch den Kopf, die Hoffnungen, die sich daran knüpften, aber auch die Enttäuschungen.

Drinnen in dem von der Kuppel überspannten Raum tat sich - wie auch bei den vorhergehenden Besuchen - nichts. Der Fußboden zeigte, von außen gesehen, nicht ein Stäubchen. Das Kuppelmaterial erwies sich von solcher Reinheit, dass Robina mühelos auf der gegenüberliegenden Seite, also zwei Mal durch die Kuppelwand hindurch, Einzelheiten erkennen konnte.

Vielleicht hätte der große Laserbrenner, den die REAKTOM mitführte, das Material bezwungen - oder ein Sprengsatz. Doch Stef hatte gemeint, ein Werk zu zerstören, dessen Sinn sich einem zwar verschließt, das aber zweifellos nichts Unsinniges darstellt, sei nicht menschengemäß, nicht *mehr* menschengemäß. Und obwohl jeder darauf brannte, den Apparat im Inneren der Kuppel zu untersuchen, hatten sie sich selbstverständlich seiner Meinung angeschlossen.

Frank hätte geschworen, dass es ein Sender sei, der nach dem Josephson-Effekt funktioniere, in Dimensionen allerdings, die Funkmechaniker der Erde als völlig unerreichbar ansahen. Niemand der anderen drei kannte diesen Effekt näher. Und wenig genug hatte Robina von Franks Erläuterungen behalten. Ihr Ausflug, das wurde ihr nun bewusst, hatte sich als unsinnig erwiesen.

‚Aber habe ich mir wirklich etwas davon versprochen? Das Ergebnis stand doch von vornherein fest! Nun, es hat mich einen Tag gekostet von den vielen, die noch kommen werden, die bereits jetzt mit gähnender Leere drohen. Ich bin durch eine Märchenwelt gestolpert und bin mir nun gewiss - ja, ja, das wusste ich vorher schon -, dass ich von dem fremden Bau nichts, aber auch gar nichts zu erwarten habe - im Gegenteil! Er wird mir grausame Hoffnung schüren und immerwährende Enttäuschung sein.'

Robina hieb mit flachen Händen an die Kuppel. Das Bauwerk war eins mit dieser toten, kalten Welt, auch wenn von ihm dieser warme, wimmernde Ton ausging - immer wieder.

Robina fühlte sich leer. Sie war matt von dem Marsch, nichts zwang sie zurück zur Grotte. Ihr graute vor dem Weg. Am liebsten wäre sie geblieben, wo sie sich befand, bis alles vorbei sein würde.

Einen Augenblick lang dachte sie: ‚Wenn sie dann

noch einmal kämen, vielleicht in hundert Jahren mich hier vor ihrer Kuppel als wohlerhaltene Leiche fänden, würden sie sich über ihr menschenfeindliches, eigennütziges Bauwerk ärgern ...'

Laut sagte Robina: ;„Ihr könnt mich mal!", und sie begann forsch mit dem Abstieg. -

5

Hätte sie jemand gefragt, Robina wäre nicht in der Lage gewesen zu antworten, wie sie die folgenden Tage und Wochen verbracht hatte. Meist lag sie lethargisch in der Kabine, nahm Medikamente - „für Flugphasen in trivialen Räumen", wie es im Reglement hieß -, kleine Pillen, die einen Wachschlaf hervorriefen, eine Art Dösen, so tief, dass die Zeit verrann, ohne dass man Langeweile empfand aber wiederum nicht tief genug, um beispielsweise ein Alarmsignal zu überhören.

Robina meinte, dass dieses Zeug, das ohne Nebenwirkung sein sollte, in ihrer Situation das Richtige sei.

Die täglichen Verrichtungen hatte Robina auf das Notwendigste reduziert. Nur im Unterbewusstsein dämmerte ihr manchmal, dass sie so eigentlich nicht mehr lebte, allenfalls vegetierte.

Zuweilen - meist nach den primitiven Mahlzeiten - lief sie ziellos in die Ebene hinaus, strich stundenlang umher, registrierte wie in Trance die Schönheit der Minerale, ohne sie voll zu erfassen unter dem Einfluss der Droge. Sie hätte nach solchen Ausflügen nicht zu sagen vermocht, was sie eigentlich gesehen hatte.

Mitunter, wenn die Wirkung der Droge nachließ,

überlegte sie, ob sie vielleicht den Verstand verlöre. Aber sie sträubte sich nicht dagegen, empfand es ganz angenehm so. Und sie griff gewohnheitsmäßig, meist unterbewusst - wie früher süchtige Raucher zur Zigarette -, zu der Box mit den kleinen Kugeln, die ein Gefühl der Leichtigkeit aufkommen ließen, die das Zeitrad in schnellem Gang hielten.

Wäre nicht der Zähler in der Kabine gewesen, Robina hätte längst die Zeitorientierung verloren. Wenn sie ihn ablas und er ihr mehrere verstrichene Tage anzeigte, frohlockte sie.

Dieser Zähler war es auch, der sie jedes Mal daran erinnerte - und das übersah sie nie -, dass es wieder einmal soweit sei: Jeden Freitag raffte Robina sich auf, fuhr beinahe schlafwandlerisch mit dem Eselchen zum Ort ihrer Katastrophe, zum Wrack, erklomm dort über die Kristallkaskade die mächtige schräge Wand und ging, nun schon mit traumhafter Sicherheit, den komplizierten Weg zur Kuppel. Dort verharrte sie stundenlang, lauschte sitzend, den Kopf an den Bau gelehnt, dem aufschwellenden Ton, der aus den Hörern ihres Helms drang.

Sie starrte in den schwarzen Himmel, ohne zu denken, meist erfüllt von einem kindischen Glücksgefühl, das dieses Signal hervorzurufen schien.

Öfter war sich Robina des Obskuren, des Idiotischen ihres Handelns, ihres unwürdigen Lebens bewusst, aber stets fehlte ihr die Kraft, sich davon frei zu machen, und jeder Versuch erstickte unter der Frage: Wozu auch? Und indem sie diese Frage stellte, griff sie zur Droge und hatte dann für etliche Stunden keine Fragen mehr. -

Es kam der Tag, an dem aus der kleinen Öffnung der Box keine Kugel mehr rollte. Es dauerte eine Weile, bis Robina das erfasste. Dann erinnerte sie sich träge: ‚Es müssten noch welche sein, nur wo?'

Immer noch benommen, aß sie etwas, stand dann auf, um einen Sauerstoffbehälter anzuschließen, und warf sich erneut aufs Lager. Sie griff mechanisch abermals zur Box, erinnerte sich, als ihre Hand leer blieb, dass die Kugeln ja ausgegangen waren, und schleuderte in einem plötzlichen Wutanfall den Behälter von sich.

So wurde Robina langsam richtig wach.

Sie lag noch eine Weile bäuchlings, spürte, wie sie sich beruhigte, und sie bemerkte, dass es in der Kabine unangenehm roch. Und dann - nach Wochen - nahm sie zum ersten Mal wieder ihre Umgebung bewusst wahr. Sie benötigte ein gutes Quantum an Selbstbeherrschung, um sich nicht sofort zu übergeben.

Wieder ging ihr Blick über die leere Box.

Danach zwang sie sich, die Kabine, vor allem deren Fußboden, gründlich zu mustern. Das heißt, der eigentliche Fußboden war kaum zu sehen! Leere Konservenbehälter überdeckten ihn, Lachen verschütteter oder ausgelaufener Flüssigkeiten standen zwischen Kleidungsstücken, dem Datentaster und den Teilen des schmutzten Raumanzugs.

Ekel erfasste Robina. Sie blickte an sich hinunter. Auf Brust und Oberschenkeln klebten gelbe Fle-cke eines angetrockneten Obstsaftes. Sie fuhr sich mit gespreizten Fingern durch das Haar und blieb darin stecken. Und da übergab sie sich, mitten hinein in den Unrat vor ihren Füßen.

Später begann sie aufzuräumen. Sie hatte ein Containernetz vor die Luke gebreitet und verstaute allen Unrat darin - leere Behälter und beschmutzte Kleidungsstücke.

Dann säuberte sie den Fußboden, konnte sich nicht entschließen, das Schmutzwasser wieder in den Resorber zu gießen und quittierte so wehmütig den Verlust von mindestens acht Wochen Leben.

Danach stellte sie den Eimer nach draußen in das Netz, wo der Inhalt sofort zu einem Block gefror. Robina sah die Eisnadeln knistern.

Sie räumte weiter auf, ergänzte die Vorräte, und dann saß sie auf dem Lager, und sofort stürzten die quälenden Fragen auf sie ein.

Sie ertappte sich, wie ihre Hand mechanisch nach der Box tastete, dem einzigen Behälter, den sie nicht weggeworfen hatte. Gleichzeitig fühlte sie aber, wie wohl ihr selbst die unangenehme Tätigkeit getan hatte, und sie nahm sich vor, sich nie wieder so lange Zeit dem Medikament auszusetzen, war sich jedoch im Klaren, dass sie - für alle Fälle - den Vorrat suchen würde. ‚Und warum nicht gleich?'

Draußen stolperte Robina über das Netz.

‚Das Zeug müsste weg, unwiederbringlich fort, dass ich es nie mehr sehe! Platz genug böte der Bolid. Aber ab und an stieße ich darauf - oder andere.' Robina packte erneut Ekel. Sie sagte inbrünstig „Schwein!" und sann nach einer Möglichkeit, sich des Unrats gänzlich zu entledigen.

Dann kamen ihr die Signalraketen in den Sinn. Und beinahe mit Elan stürzte sie sich auf die Aufgabe, den Müll in den Raum zu befördern.

Ein wenig belustigt stellte sie fest, dass gar nicht mehr der Wille, sich von dem Unrat zu befreien, sie trieb, sondern die Aussicht, damit etwas zu tun.

Sie bündelte die Raketen, trug sie in die Ebene hinein. Dann schleifte sie das Müllnetz dorthin, band es an das aufgerichtete Raketenbündel und zündete.

Da die Projektile nicht gleichmäßig brannten, begann der Container zu torkeln, fing sich und fauchte schließlich um Haaresbreite über die Randkristalle hinweg in den Raum.

Robina freute sich über ihren Erfolg. Sie lächelte. ‚Wenn das einmal jemand findet!' Und ihr fiel ein, dass sie sicher einen erneuten Verstoß gegen das Reglement begangen hatte; freilich wurde ein derartiger Fall nicht ausdrücklich vermerkt.

Dann begann Robina die Kugeln zu suchen, ‚nur so', sagte sie sich, ‚damit ich etwas zu tun habe.'

Später, noch erfolglos bei der Suche, überlegte sie, dass sie sie auch im Wrack übersehen haben könnte, ‚und dorthin', beschloss sie, ‚gehe ich morgen.' -

Sie ging zu Fuß. Während des Marsches begann sie zu singen, ein uraltes Wanderlied, von der Mutter gelernt. Ihr war, als liefe Ed vor ihr, so wie früher, wenn sie zur Freiwoche manchmal in den Schutzgebieten strolchten. Selten dabei Vater. Wochen-, ja monatelang blieb er in seinem Einsatzort in Afrika, schlug oft den regulären Heimurlaub aus. Nicht schnell genug ging es ihm dort. Er erzählte vom Aufbauwillen in den Staaten der Afrikanischen Union, ärgerte sich, wenn die sogenannten Fortgeschrittenen den Solidaritätsverpflichtungen zögerlich nachkamen.

Vater sang am lautesten, fröhlich, ausgeglichen - eben wie Besuch. Fast alle Käfer kannte er und Pflanzen. ‚Und wie wir an ihm hingen, Ed und ich.

Und nach dem Verfahren - ein anderer Vater kam zurück. „Ach, lasst ihn nur", hatte Mutter beruhigt, wenn er wieder einmal ablehnte mitzukommen. „Vater hat zu tun!" Und ihr fiel dann immer etwas ein, das ablenkte. Sie hat uns bestimmt gern gehabt - gehabt? Sicher haben wir nicht richtig gehandelt, Ed und ich, dass wir sie einfach gehen ließen. ich werde ...

Nichts wirst du, Robi, zu spät!' Sie schwieg betroffen. Dann zwang sie sich weiter zu singen.

Später, nachdenklich, verlangsamte sie den Schritt. ‚Ich muss etwas tun, das mich ausfüllen könnte, etwas Sinnvolles. Sonst könnte ich wirklich gleich ...' Ihre Hand strich über den Helmverschluss.

‚Aber was sollte hier schon sinnvoll sein?

Fotografieren! Ja, diese wunderliche Welt festhalten. Das hatte ich mir doch vorgenommen. Ich werde fotografieren, die Bilder in Serien zusammenstellen ...

Für wen?

Na, für die Anderen, wenn sie wiederkommen!

Aber die kennen den Boliden. Die Menschen müssten das sehen, diese Pracht! Die Menschen! In Tausend Jahren vielleicht, vielleicht in Millionen Jahren. Und wenn sie herkommen, brauchen sie meine Bilder nicht. Ich müsste zu ihnen - mit den Bildern. Fotografieren ist also nichts Sinnvolles.'

Dann befand sich Robina am Wrack. Beim Herumsuchen nach den Medikamenten fiel ihr wieder Mandys Beutel mit der Erde in die Hände. Sie packte ihn ein. Dann fand sie drei der kleinen Plastikboxen. Sie ließ eine Kugel in den Handschuh gleiten. Unwillkürlich ging die andere Hand zur Anzugschleuse. Dann ließ sie die Kugel zurückrollen in die Box. ‚Wozu jetzt, du fühlst dich doch wohl, Robi, oder?'

Vor dem Rückmarsch sah sie die schräge Kristallwand empor. Sie nahm wahr, dass sich darauf auch einige Sterne spiegelten, ab und an überstrahlt von den Lichtpulsationen. Und dort, in halber Höhe, befand sich der hässliche Fleck mit der Gleitspur.

‚Hier bist du gescheitert, Robi, ein für alle Mal. Ab hier stirbst du - vierunddreißig Jahre lang, länger, als du gelebt hast.' Robina überfiel Mutlosigkeit. ‚Du hast noch nichts geschafft in deinem Leben, wirst nie mehr etwas schaffen. Nutzloses Leben ...'

„Nein!" Robina straffte sich. „Immerhin durfte *ich* erfahren, dass es außer uns Menschen noch andere vernünftige Wesen im Raum gibt. *Wir* haben das festgestellt, die Hypothese bestätigt! Und ich bin im Augenblick der einzige Mensch, der einzige von sieben Milliarden, der das weiß!

Wahrscheinlich wissen die Anderen gar nicht, dass es uns Menschen gibt!' Plötzlich war Robina dieser Gedanke gekommen. ‚Ja, es ist fast sicher, dass sie es nicht wissen!' Eine fiebrige Erregung bemächtigte sich ihrer. ‚Wer mitten in der Raumöde einen solchen Stützpunkt errichten kann, der muss auch in der Lage sein, eine andere Zivilisation aufzusuchen, wenn er weiß, dass es sie gibt. Aber das haben sie nicht getan!

Ich bin also der einzige Vertreter von *zwei* Zivilisationen, der um deren Existenz weiß!' Robina schloss die Augen. „Das ist ungeheuerlich", flüsterte sie.

Dann schaltete sie spontan den Außenlautsprecher

auf volle Lautstärke und schrie: „Ihr werdet es erfahren, dass es uns gibt. Ich, Robina Crux, werde dafür Sorge tragen!“

Später, auf dem Weg zur Grotte, bedauerte Robina, die Abfälle in den Raum befördert zu haben. ‚Acht Wochen Leben ...‘ -

Unter den Vorräten befanden sich mehrere Kanister roter Signalfarbe. Robina besprühte systematisch alle leeren Dosen und Kästen, auch jene, die in absehbarer Zeit leer werden würden, mit dieser Farbe und stapelte die Behälter vor der Grotte.

Danach begann sie, vom Grotteneingang aus, einen etwa 50 Zentimeter breiten Streifen quer über die Ebene zu ziehen, darauf bedacht, so wenig wie möglich von der Farbe zu verbrauchen.

Der Streifen störte beträchtlich das Ebenmaß der Fläche. Nicht nur, dass sich das grelle Rot von dem farblos Glasigen knallig abhob, die Farbe verhinderte auch die Abstrahlung der Lumineszenz. Jeder müsste bei Annäherung an den Boliden diesen Streifen bereits aus großer Entfernung erkennen!

Sehr befriedigt kroch Robina an diesem Tag auf ihr Lager. Die Idee, sie sei der einzige Träger einer außerordentlichen Information, hielt sie gefangen.

Der nächste Teil der Aufgabe ließ sich schwierig an. Robina verbrachte drei Tage damit, eine Konstruktion zu ersinnen, mit deren Hilfe sie die steilen und glatten Flächen der Kristalle erklimmen konnte.

Den ersten Tag verbrachte sie am Zeichentaster und knobelte vergeblich.

In der Ausrüstung befanden sich zwar Berghaken, aber sie ließen sich nicht in die Kristallwände einschlagen. Mit der kleinsten Düse des Plasma-brenners konnte Robina mühelos beliebig tiefe Löcher in die Minerale schmelzen. Nur würden dabei die Energievorräte des Geräts beträchtlich angegriffen, und der Brenner könnte in ihrem Leben, dachte Robina, noch wertvollere Dienste leisten.

Als sie am Abend ohne Ergebnis zu einem Spaziergang aufbrach und mit einigem Bedauern den kleinen Berg gefärbter Behälter vor der Grotte betrachtete, gerieten ihr wieder der Unratcontainer und unter einigem Ekel der Kübel mit dem trüben Eis in den Sinn.

‚Eis!'

Robina kam eine Idee, vage noch, aber so bohrend, dass sie nicht einschlafen konnte. Sie brannte darauf, zu probieren. Aber es war laut Reglement - und, was ihr wichtiger schien, laut selbst auferlegter Disziplin - Schlafenszeit, und es gab keinen zwingenden Grund, den Tagesablauf zu verändern. Seit sich Robina für eine wichtige, für die *wichtigste* Position in der Verständigung zweier Zivilisationen hielt, war sie streng darauf bedacht, die Regeln einer gesunden Lebensweise unter extremen Bedingungen einzuhalten. Als der Schlaf sie weiter floh, nahm sie ein Kügelchen ...

Das Gerät, das Robina sich ausgedacht hatte und das sie am nächsten Tag gleich an dem Oktaeder vor der Grotte ausprobieren wollte, war einfach und schien wie vieles Unkomplizierte ausgezeichnet zu funktionieren. Es bestand aus einer Dauerwärmebatterie, wie sie in Raumanzügen verwendet werden, einem mit Wasser gefüllten Thermosbehälter und einer Plastplatte.

Zunächst wurde die Mineraloberfläche erwärmt, dann die Plastplatte angelegt, zwischen diese und den Kristall einige Tropfen Wasser gegossen, die sich verteilten und nach wenigen Augenblicken hart an die Flächen froren. Der an die Platte geschweißte Haken hielt allen Reiß- und Hiebversuchen stand. Es dauerte zwar, die Platte anschließend mit der Wärmebatterie wieder abzutauen, aber Zeit spielte keine Rolle.

Robina fühlte Befriedigung. Nur mit geringem Bedauern dachte sie an den Wasserverlust; der sie annähernd weitere 40 Tage ihres Lebens kosten würde.

Sie fertigte zwei dieser Platten. So konnte sie, diese abwechselnd ansetzend und mit einem Seil gesichert, die glattesten und steilsten Wände bezwingen.

‚Ed würde staunen! Was pflegte er manchmal zu sagen? Technisches sei mir wesensfremd. Und nun benutze ich meine eigenen Erfindungen!'

Robina malte sich aus, derartige Haftplatten könnten künftig direkt an den Anzugschuhen angebracht werden - mit automatischer Bewässerung und Abtauung natürlich. Dann lachte sie, hängte sich ihr Marschgepäck über, band drei der roten Kanister an das Eselchen und fuhr, diesmal einen Kurs nach links einschlagend, auf die Gruppe von Obelisken zu, hinter denen damals die REAKTOM hätte aufgehen müssen.

Wenige Stunden später prangte auf dem höchsten Gipfel ein rot leuchtender Kanister, Zeugnis vernünftigen Wirkens, ein Produkt der Zivilisation, die sich Menschheit nennt.

Eine Weile stand Robina in der Ebene mit dem Blick zum Obelisken und betrachtete ihr Werk. Ein kindlicher Stolz erfüllte sie. -

6

Wenn sich einige Wochen später jemand dem Boliden genähert hätte, einer, der ihn von früheren Besuchen her kannte, er wäre überrascht gewesen.

Vielleicht hätte er aus der Ferne angenommen, das Kristallwachstum sei auf geheimnisvolle Weise reaktiviert worden, an den Spitzen der Gipfel rund um die große Ebene sei Korallenachat ausgeflossen oder ein Eisen-Gel. Den Irrtum würde er erst nach der Landung bemerken, wenn er erstaunt feststellte, dass rote, innen verschmutzte Hohlkörper aus Polymeren an den Flächen klebten, unzweifelhaft Zeugen unerklärlichen Wirkens von Wesen, denen eine gewisse Vernunft offenbar nicht abzusprechen war, falls sich hinter diesen Merkwürdigkeiten ein Sinn entdecken ließe.

Oder bestand dieser Sinn vielleicht nur darin, eben auf ein solches Wesen hinzuweisen? Wer aber sollte so primitiv auf sich aufmerksam machen?

Ein Notsignal! Ja, eine andere Möglichkeit schien ausgeschlossen. Wer andere Mittel hätte, verhielte sich anders. Also suchen wir einen Schiffbrüchigen, und - spätestens hier würde den Besucher Erregung befallen - es kann nur ein Wesen einer fremden Zivilisation sein; wenn von uns jemand hier wäre, wüssten wir das!

So liefen Robinas Gedanken. Und sie fragte weiter: Wenn dieser Jemand aber nicht jetzt, sondern in 40 oder meinetwegen auch in 400 Jahren käme, könnte er dann immer noch die gleichen Schlussfolgerungen ziehen? Er würde auf jeden Fall suchen.

‚Und er wird auch die Leiche finden. Meine Leiche - verwest, wenn ich in der Kabine sterbe, erhalten aber, wenn es in der Raumkälte geschieht. Letzteres wäre für ihn aufschlussreicher.'

Robina wunderte sich nicht wenig, dass sie so über das Ende, über *ihr* Ende spekulieren konnte. Als ginge es um etwas, das sie nicht berührte.

‚Donas, der Lehrfreund, hätte seine helle Freude an mir. So muss ein Raumfahrer sein! Der Tod ist Kalkül seines Verhaltens, er beendet einen biologischen Prozess, zerstört ein kleines Teilsystem, das in diesem Falle Mensch heißt. Alles zu seiner Zeit, auch die Emotionen - vor allem diese!' Und dabei war Donas keinesfalls ein fühlloser Klotz. Blumen mochte er, und mit seinen Kindern ging er um, dass Robina mehr als einmal neidvoll zusah.

Und was Robina nie für möglich gehalten hätte, als die kleine Mannschaft der REAKTOM verabschiedet wurde, zeigte er sich - und er schämte sich dessen nicht - gerührt, und das, obwohl sie mit mehr als siebenfacher Sicherheit reisten.

Im Augenblick empfand Robina, als begriffe sie nun erst Donas, ihren mitunter poltrigen Lehrer.

Sie war sich jedoch keineswegs sicher, ob sie jederzeit in den verbleibenden Jahren so zu denken vermochte oder ob es erneut Perioden geben würde, in denen sie der Gedanke an das Letzte niederwürfe. Vielleicht versetzte nur die Idee ihrer Mission sie jetzt in die Lage, sich so zu verhalten.

In einem glaubte sie sich sicher: Versänke sie erneut in den Bann der Kügelchen, würde es ihr sehr viel schwerer fallen, abermals aufzuerstehen.

‚Also: Der Fremde brauchte neben der schönen Leiche notwendigerweise Informationen über deren Herkunft - aber woher zum Beispiel wüsste er, dass es eine Sie ist und kein Er oder Es?'

Je weiter sie dachte, um so klarer wurde Robina, dass viel zu tun blieb, um möglichst viele Fragen des Fremden zu beantworten.

Und zum ersten Mal dachte sie an die verbleibenden 34 Jahre nicht in der Furcht, wie diese lange Zeit zu überstehen sei, sondern in der Angst, sie könnten nicht ausreichen.

Sie war sich schlüssig, dass sie die Informationen nicht irgendwie ungeordnet konservieren durfte, sondern ein System brauchte.

Lange saß Robina vor dem Eingang der Grotte und grübelte. Ihr gegenüber stieg am anderen Ufer über einem Trümmerberg - wie alle 43 Minuten - der hellste Stern auf. Robina hatte sich nicht gemerkt, zu welchem Raumsektor er gehörte.

Im Augenblick kam er ihr besonders hell vor. Sie verfolgte ihn mit dem Blick, bis er über dem Grotteneingang hinter dem Kristallmassiv verschwand. Es fiel ihr das biblische Märchen ein: Drei Könige folgten einem Stern. Sie lächelte. ‚Wo sollten hier drei Könige herkommen? Die hatten immerhin ein Morgenland, hier ist nichts. Und außerdem bin ich wohl ein etwas missratenes Gotteskind. Niemand wiegt mich, und ein Esel ist auch nicht da. „Entschuldige!“, sagte sie laut und klopfte auf den Rahmen ihres Gefährts.

Plötzlich spukte ihr neben dem Märchen noch etwas anderes durch den Kopf: Eine zweite Geschichte, die mit der ersten verknüpft schien, nein, die die erste interpretierte!

Robina dachte angestrengt nach, sie fühlte, es war irgendwie wichtig, dass es ihr einfiele.

Dann erwog sie, dass es sich um eine phantastische Geschichte eines Klassikers dieses Genres handeln könnte. Auf den Namen des Schriftstellers kam sie nicht, aber nach und nach erinnerte sie sich an den Inhalt: Da hatte nach dem Willen des Autors eine Forschergruppe am Rande der Ökosphäre einer untergegangenen Sonne einen Planeten entdeckt. Auf ihn hatten sich ehemalige Bewohner eines sonnennäheren Himmelskörpers geflüchtet, weil sie Schutz suchten vor zunehmender Strahlung - oder so ähnlich. Sie erkannten dann, dass es keine Rettung gab, ihre Sonne glühte einer Nova entgegen. Und so beschlossen sie, ein Zeugnis ihrer Existenz zu hinterlassen.

‚Clarke hieß der Autor', fiel Robina ein, ‚Arthur C. Clarke.' Und das alles erfuhren die Expeditionsteilnehmer eben aus Aufzeichnungen.

‚Aber *wie* hatten diese Wesen Kunde von sich hinterlassen?' Robina erinnerte sich nicht. ‚Was konnte eine Supernova, wenn auch eine weit entfernte, überstanden haben? Hier gibt es keine Supernova!'

Wieder ging drüben der Stern auf.

‚Was hat diese Geschichte eigentlich mit den drei Königen zu tun? - Ja, einer der Teilnehmer, hatte berechnet, das war die Pointe, dass der plötzlich aufgetauchte helle Stern, dem die Könige folgten, zeitlich identisch gewesen sei mit der Supernova, die dort in dem fernen Sonnensystem eine Zivilisation auslöschte. Ja, so ähnlich hatte Clarke sich das ausgedacht, beeindruckend phantastisch! Jener Expeditionsteilnehmer, der Gläubige, begann danach an Gott zu zweifeln.'

Robina hatte diese Geschichte fasziniert. Schließlich sollte damals, so verkündete es der Prophet, von diesem Bethlehem aus - der Stadt, zu der die drei zogen - das Heil über die Menschen kommen, der ewige Friede. ‚Und ausgerechnet ein solcher Stern, der anderen Unheil brachte, sollte den Weg gewiesen haben? Zu Clarkes Zeiten sicher eine Quelle tiefen Zweifels.

Also, Robi, Stern hin, Stern her - was könnte man hinterlassen, das die Zeiten überdauert? Nun, mich als Leiche neben dem roten Strich, das ist gut, aber das hatten wir schon. Dann finden sie - dem Strich folgend - die Grotte mit der Einmannschleuse, den Geräten und den restlichen Vorräten. Daraus können sie auf einiges schließen, auf Weniges.

Also hinterlasse ich in der Kabine beschriebene Datenraster, die sie entziffern müssen und auf die ich alles Wissenswerte der Menschheit aufschreibe, zumindest das, was ich dafür halte und was ich weiß.

Aber wenn sie die Grotte nicht finden, wenn sie zum Beispiel einstürzte?' Robinas Blick ging hinüber zum Trümmerberg am anderen Ufer. Dort waren eine Menge Kristalle zusammengebrochen. ‚Ein größerer Meteorit - und alles wäre zerstört.

Ich könnte die Raster, wenn es soweit ist, neben mich legen, die Fremden hätten so alles beisammen. Vielleicht nicht alles an eine Stelle auf der Ebene. Auf das Kuppelplateau - in den Hohlspiegel der Antenne! Aber auch die ist gegen einen Einschlag nicht gefeit. Etwas Großes müsste man schaffen, etwas, das schwerlich mit einem Schlag zerstört werden kann.

Die Ebene beschreiben! Da fehlte es jedoch an Übersicht, außerdem rieselte das Geschriebene im Laufe der Jahrzehnte zu.'

Robina machte sich keine Illusionen. Es konnten Jahrhunderte vergehen, bis dieser Kontakt zustande kam oder bis sich wieder Menschen hierher verirrten, obwohl es nach dem Untergang der REAKTOM nicht an Aktivitäten fehlen würde, einen Rettungsversuch zu unternehmen, zumal der Raumsektor als Ort der Katastrophe in nunmehr anderthalb Jahren auf der Erde bekannt werden wird.' Müde gab Robina ihre Überlegungen für diesen Tag auf.

Am nächsten Tag, einem Freitag, zog Robina schon früh hinaus. Beinahe unbewusst, fast wie zu Zeiten des Drogeneinflusses, schlug sie den Weg zum Wrack ein, diesmal allerdings mit dem Eselchen. Unterwegs schalt sie sich albern, redete sich ein, den Zustand überwunden zu haben, ein für alle Mal, und trotzdem, die Kuppel zog sie magisch an. Dann gab sie nach. ‚Warum auch nicht? Es ist ein Ausflug, schafft Bewegung, einfach Training. Und dabei lässt es sich überlegen.'

Als sich das Wrack bereits in Sicht befand, schoss Robina der verrückte Gedanke durch den Kopf, den Spiegelungseffekt erneut zu überprüfen. Sie gab Gas.

Aber erst im letzten Augenblick, als es allerhöchste Zeit war, abzubremsen, kam die Gestalt im Raumanzug auf ihrem merkwürdigen Untersatz in wenig sportlicher Haltung auf sie zugerast.

Nach dem Stopp tippte sich Robina an den Helm ob so viel Dummheit und malte sich aus, wenn sie an der Wand abermals gescheitert wäre. Dann zuckte sie mit den Schultern. ‚Die Wand ist eben mein Schicksal.

Ich werde mir dann, wenn es so weit ist, hier ein Denkmal setzen - oder gleich, das ist dasselbe! Na, mit der Aufschrift etwa: Hier kam um Robina Crux, eine hoffnungsvolle, junge Erdenbürgerin.'

Plötzlich gab Robina ihre Spinnereien auf. ‚Die Wand! Ich benutze die Wand! Dass ich nicht gleich darauf gekommen bin!'

Der Gedanke beschäftigte sie so stark, dass sie ihr Vorhaben, die Kuppel zu besuchen, aufgab.

Solche Wände haben - zumindest in großen Teilstücken - seit jeher die Zeiten überdauert. Robina strich mit beiden Händen über die glatte Fläche. „Das wird gehen!" Sie blickte nach oben. ‚Meine Eishafter werden mir beste Dienste dabei leisten.

Ich muss das vermessen!' Und Robina maß den Rest des Tages. Da sie die Haftplatten nicht mitgenommen hatte, musste sie die Höhe der Kristallwand bestimmen, indem sie die Kaskade empor kletterte und das Messband mehrmals herunterließ.

Die aus der Ebene emporragende Kristallfläche war 361 Meter lang und 33 Meter hoch. Sie wies nur wenige Vorsprünge auf, sodass insgesamt eine Nutzfläche von 11900 Quadratmetern zustande kam.

Robina malte einen Quadratmeter auf die Fläche und schrieb sinnloses Zeug darauf. Dabei stellte sie fest, dass die Übersichtlichkeit gebot, nicht weniger als vier mal vier Zentimeter je Buchstabe zu verwenden, wodurch also auf den Quadratmeter 625 Zeichen und notwendige Leerräume entfielen. Das entsprach etwa neun normalen Schreibtasterzeilen oder - auf der gesamten Wand - 3600 Seiten.

Robina stöhnte. „Das müsste reichen", brummelte sie ergeben. Mit einem Mal spürte sie Angst vor dem gewaltigen Vorhaben. ‚Was, um alles in der Welt, soll ich da schreiben?' Sie wurde sich ihrer Verantwortung bewusst. ‚Mit dem, was ich schreibe, mit diesem Rüstzeug, suchen die Fremden den Kontakt zu den Menschen, beurteilen diese nach meinem Geschreibsel!'

Robina wurde es unheimlich. „Das schaffe ich nie im Leben", rief sie laut, und Niedergeschlagenheit bemächtigte sich ihrer.

Dann spielte sie gedanklich alle möglichen Varianten durch. Sollte sie nach Fachgebieten ordnen und eine Art populärwissenschaftlichen Almanach fabrizieren oder schreiben, wie es ihr einkam, oder nacheinander Herausragendes aufzählen, oder ...?

‚Und was erfahren sie vom Zusammenleben der Menschen, von deren Problemen?'

Robina glaubte, dass die vielen ihr unlösbar erscheinenden Fragen sie erdrücken, lähmen müssten. Sie gab ihr ursprüngliches Vorhaben, sofort mit dem Schreiben anzufangen, auf.

‚Hier brauche ich - wie bisher zu keiner Arbeit in meinem Leben - ein ausführliches Konzept!' Dieser Gedanke saß, obwohl bis zum Beginn noch viel Zeit blieb. Sie stellte erschrocken fest, dass sie an diesem Tag ihren Vorsatz, geregelt zu leben, vernachlässigt hatte: Seit drei Stunden schon sollte sie schlafen.

Auf dem Weg zur Grotte bockte das Eselchen, sodass sie erst, das Gefährt schiebend, nach weiteren zwei Stunden und dann wirklich todmüde zur wohlverdienten Ruhe kam. -

Robina vollbrachte zwei Tage lang nichts Sichtbares. Sie knobelte. Das tat sie auch dann noch, als sie feststellte, dass sich ihre Gedanken im Kreise drehten. Konnte sie, die sich nur für mäßig gebildet hielt, eine solche Verantwortung tragen? Einmal griff sie sogar zur Kügelchenbox, ließ jedoch das Medikament zurückrollen.

Später ging sie ziellos in die Ebene hinaus und kehrte nach Stunden müde und niedergeschlagen zurück.

Mehr denn je dachte sie in diesen Tagen an die Erde, ihre Erde. Ja, auf einmal, in der Schwärze des Raumes, in dieser eiskalten Unwirtlichkeit empfand sie, was sie eigentlich in dieser Deutlichkeit noch nie gefühlt hatte: Selbst auf ihrem Heimatplaneten hätte sie gegenüber manchen Altersgefährten einen Nachholebedarf gehabt. Theres zum Beispiel hatte bereits vor dem ersten Lehrjahr mit ihren Eltern die halbe Erde bereist, kannte viel Sehenswertes.

Robina wurde ein weiteres Mal bewusst, dass es wohl an Vaters späterer Haltung gelegen hatte, dass sie und Ed, überhaupt die gesamte Familie, doch anders gelebt hatten als die meisten Bekannten. Aber nie hatten sie darunter gelitten. ‚Vielleicht Mutter doch ...? Und Ed? Ed ging auf in seiner Ausbildung, hatte dort so einen Ehrgeiz entwickelt, dass er keine Versäumnisse beklagte, solche sicher gar nicht bemerkte. Ja, Mutter wird das empfunden haben, schließlich war sie über Nacht gegangen, als sie uns versorgt wusste.

Freilich, die Ausbildung - Exkursionen eingerechnet - prächtig. Aber da war immer die Diskrepanz zwischen den Wünschen und den Möglichkeiten, die der Lehrplan zuließ - wohl ein ewiges menschheitsimmanentes Problem. „Nun, Robi, *jetzt* würdest du nötig mehr Kenntnisse, mehr Eindrücke von der Erde brauchen. Wenn du noch dort wärst, würde dir deine Halbbildung gar nicht auffallen.“ Mit einiger Bitternis murmelte sie weiter: „Fische, alle Binnenwasserfische kann ich beschreiben und angeben, wie man sie fängt. Dafür hat Vater gesorgt mit seiner Angelei. Für die Anderen dürfte das nur von mäßigem Interesse sein.‘“

Robina gab sich einen Ruck. ‚Das Manko lässt sich eben nicht decken. Entweder ich schreibe etwas auf, oder ich lasse es sein, das ist die Alternative. Doch wenn ich es lasse, bin ich nicht wert gewesen, die REAKTOM besichtigt, geschweige denn an ihrem erfolgreichen Flug - ja, er war erfolgreich - teilgenommen zu haben.’

Eigenartigerweise bereute Robina auch jetzt nicht einen Augenblick lang, sich für die Expedition entschieden zu haben. -

7

Nach 23 Tagen, die sie, nachdem sie sich entschlossen hatte, in fiebriger Strebsamkeit verbrachte, hing Robina in der Wand.

Sie war mit sich ins Reine gekommen, hatte viele Bedenken über Bord geworfen und sich gesagt: Wenn sie den Anderen einfach mitteilte, wer das war, Robina Crux von der Erde, dann würden sie sich selbst ein Bild über Qualität und Vollständigkeit der Informationen machen können. Und Robina hatte sich entschlossen, das aus ihrem kurzen Leben dem Kristall anzuvertrauen, was sie für mitteilungswürdig hielt, was sie kennen gelernt hatte aus eigenem Erleben und aus dem der Eltern, Eds und der Freunde. Das Ganze chronologisch geordnet. Und nicht trocken sollte es werden.

Sie hatte ein Konzept angefertigt, ein recht dürftiges, wie sie sich eingestand, hatte beschlossen, auf einem Raster alles vorzuschreiben und erst dann mit dem Brenner auf den Kristall zu übertragen.

Die Technologie hatte sie ausprobiert. Es klappte vorzüglich. Mit kleinstem Energieeinsatz ließen sich saubere, millimetertiefe Rillen in die Flächen schmelzen und mit Geschick und Übung auch exakte Buchstaben. Dass es sich sehr umständlich anließ und auch lange dauern würde, kam Robina gerade recht.

Sie hatte überlegt, wie sie zunächst für die Sprache der Menschen Verständnis schaffen könne. Sie wollte einfach darzustellende Symbole verwenden, von denen man annehmen konnte, dass sie die Anderen zu deuten verstünden. Und zum Erlernen der Sprache würde sie an diese Symbole die Namen schreiben.

An den Anfang setzte sie das Alphabet der Intersprache und die Ziffernfolge von null bis neun.. Danach zeichnete sie: Dreieck, Viereck, Kreis - und setzte die Namen hinzu.

Sie schloss einfache geometrische Beziehungen an, strapazierte Pythagoras und Euklid, Thales und verschiedene, ihr noch geläufige Konstruktionen.

Auf den nächsten „Seiten“ stellte sie die wenigen, ihr bekannten Symbole aus dem periodischen System der Elemente dar, malte Atommodelle.

Dann versuchte sie sich am Sonnensystem, hob die Erde besonders hervor und setzte einige Zeichnungen hinzu, die Raumfahrt betreffend. Sie machte deutlich, auf welchen Planeten sich bereits Observatorien befanden, und kennzeichnete besonders die Mondstadt und die dort befindliche Raumschiffreede. Sie gab auch eine Darstellung der Zeitberechnung und der Route, die die REAKTOM zurückgelegt hatte.

Sie zeichnete den Boliden als eine Art Seeigel, darauf einen Strichmenschen mit ihrem Namen und in kurzer Entfernung einen Explosionsherd mit drei Menschen, die sie anschließend deutlich durchstrich. Dabei befiel sie erneut Wehmut. Es war ihr erstes konkretes Bekenntnis zur Katastrophe. Als sie darüber erschrak, machte sie anschließend ein dickes Fragezeichen daneben, obgleich die Fremden damit sicher nicht viel anfangen konnten.

Obwohl grober Vereinfachung bewusst, versuchte sie sich auch im Biologischen. Sie symbolisierte die Zweigeschlechtlichkeit, wobei sie bei der Menschendarstellung nur eine Art beleibter Strichmännchen zuwege brachte, was sie sehr enttäuschte. Sie tröstete sich damit, dass ihr eigener Körper, die Leiche einer knapp 60-jährigen Frau, als bestes Anschauungsobjekt wahrscheinlich noch vorhanden sein würde. Nun war Robina während der Ausbildung nie eine Koryphäe in künstlerischer Betätigung gewesen. Trotzdem zeichnete sie Tiere und Pflanzen. Sie hatte sie auf dem Datentaster, so gut es ging, entworfen und übertrug sie nun nach dem Quadratverfahren.

Als sie später ihr Werk betrachtete, begann sie die Fremden von Herzen zu bedauern. Sollten sie später die Erde besuchen, würden sie - allein auf Robinas Darstellungen hin - unter größter Vorsicht landen, aus

Angst vor klobigen, furchterregenden Fabelungeheuern.

Robina zeichnete Häuser und Möbel, Fahrzeuge und andere Gebrauchsgegenstände. Die Zeichnungen erschienen ihr nicht viel besser als jene, die sie in den ersten Jahren auf der EVO produziert hatte. Sie erinnerten an Höhlenzeichnungen der Steinzeitmenschen.

Eine Geschichtsdarstellung sollte die Einleitung abschließen: Robina plante, ein breites Band historisch bedeutender Ereignisse quer über den Kristall zu ziehen.

Sie spürte ihre Besessenheit, ihren Übereifer, ja die Hektik, mit der sie die Arbeit anging. Sie war sich des Unsinnigen einer solchen Einstellung bewusst, die dazu führte, dass sie - müde und zerschlagen von der meist mehr als zehnstündigen ungewohnten und nicht ungefährlichen Arbeit - auf die abendliche Rückkehr zur Grotte verzichtete. Sie kroch einfach in's Wrack und schlief dort im Skaphander.

In der ersten Woche fuhr sie nur zurück, um die Vorräte zu ergänzen - und einmal benötigte sie eine Ersatzdüse für den Brenner.

Robina tat nichts gegen diese Lebensweise, zumindest nicht in den ersten Wochen; die Leistungen an den einzelnen Tagen stellten sie nicht zufrieden, sie nahm sich immer mehr vor, als sie schaffte. Dass sie viel, viel Zeit hatte, zählte nicht.

In der Tat war die Technologie des Feuergravierens nicht sehr effektiv. Da Robina den Ehrgeiz entwickelte, so gut zu arbeiten, wie sie es vermochte, benötigte sie für einen Buchstaben mehr als eine Minute. Für das Umsetzen einer Seite bedeutete das einen Zeitaufwand von 39 Stunden. Robina befürchtete, dass ihr Leben, die Frist, die ihr noch verblieb, zur Vollendung ihres Lebenswerkes, wie sie es nicht ohne Stolz nannte, nicht mehr ausreichen könnte.

Nach 211 Tagen zog Robina den letzten Strich an der Geschichtsszenerie: noch einmal eine Darstellung des Raumfluges, und zwar des interstellaren.

Am schwersten waren ihr die Aussagen zu Kriegen gefallen. Wie sollte sie den Anderen begreiflich machen, dass die Menschen dieses Stadium ihrer Entwicklung endgültig überwunden hatten? War es möglich, dass die Fremden aus ihrer Darstellung falsche Schlüsse zögen? Etwa zu der Meinung kommen könnten, auf der Erde herrschten noch immer Zank und Hader oder die Menschen könnten in ihre Urgewohnheiten zurückfallen bei einer Landung ihnen fremder Wesen?

Diese wichtige Entwicklungsphase der Menschheit wollte Robina jedoch nicht überspringen. Wie konnte sie ausdrücken, dass trotz aller nationalen Unterschiede, trotz noch vorhandener sozialer Unterschiede im Lebensstandard zwischen den Staaten und trotz der damit auftretenden Disharmonien längst eine Entwicklung begonnen hatte, an deren Ende Harmonie herrschen und jeder das haben würde, was er brauchte. Aber wie das auf einem kalten glatten Stein ausdrücken? Schließlich half sich Robina damit, dass sie nach der Darstellung des letzten großen Krieges eine Leerseite folgen ließ und dann zwei gegeneinander gerichtete Panzer zeichnete, die sie kräftig durchkreuzte. Nach einer weiteren Leerseite zeichnete sie viele Menschen, die sich die Hände reichen.

Nachdem Robina das Geschichtsrelief vollendet

hatte, seilte sie sich ab und lief etliche Meter in die Ebene hinaus. Als sie zur Wand hinüberblickte, schoben sich Bilder aus Filmen und Büchern: alte Säulen und Wände der Ägypter und der Inkas in ihre Erinnerung.

Der gesamte obere Teil der glatten Kristallfläche gab einen ähnlichen Eindruck wieder - so empfand jedenfalls Robina. Einzelheiten konnte sie von ihrem Standort aus nicht mehr erkennen, aber ein Beobachter, der aus der Ebene käme, würde ihr Wirken auf dem Kristall keinesfalls übersehen. Die Einteilung in Seiten gaben der Wand einen eigentümlichen Schmuck, eine Ornamentik, die durch die huschenden Lichter und die durch die Zeichen gestörte Reflexion dem Kristall etwas Einmaliges verlieh. Nun würde auch nie wieder durch Spiegelwirkung der Wand ein Unfall geschehen, obwohl unwahrscheinlich, dass sich ein derartiges Ereignis wiederholen könnte.

Dann versank Robina in den Anblick der Wand. Lange stand sie und starrte, ihre Gedanken glitten ab. Sie sah sich im Institut, sah Willfart hereinkommen, Willfart, der so wohlwollend lächeln konnte, so als wolle er stets sagen: „Na, Mädchen, wo fehlt's denn? Wenn was nicht klappen will, wende dich an Arnulf Willfart; der macht das leicht!" - ‚Ja, bei ihm blieb man wohl ewig ein Mädchen.

Als der erste Versuch gelang, war es so und auch dann, als sich herausstellte, souveräner Arnulf, dass die kleine Crux ein überschweres Magnetfeld besser beherrschte als du! Ich war halt deine Schülerin, du hast mir beigebracht, wie man sein Denken beherrschen muss, wie die Feldschwächen bei wogendem Antimedium schnell ausgeglichen werden. Zum Abschied hast du mir auf den Weg gegeben: „Mach mir keine Schande, Mädchen! Halt den Sack mit dem Antihel schön zu, wie du es bei Willfart gelernt hast!“

Der Willfart! Und er hätte alle, mich inbegriffen, sicher in den Leistungen übertrumpft - an seine Biostromintensitäten reichte keiner heran. Nur nicht verzetteln hätte er sich dürfen. Bei dieser Arbeit ist vorläufig noch oberstes Prinzip: Nur auf das Feld konzentrieren! Sonst besteht im Ernstfall Lebensgefahr!'

Plötzlich kam Robina ein beklemmender Gedanke. ‚Hatte Frank Anlass gehabt, unkonzentriert zu sein? Wohl nicht! Tiefgreifende Probleme gab es keine.

Robina überschlug, ob *sie* etwa einen Anlass gegeben, ob sie - vielleicht durch ihre Abwesenheit - bei Frank irgendwelche Emotionen hervorgerufen hatte, die ihn ablenkten, eine Unaufmerksamkeit nach sich zogen, eine tödliche.

‚Aber - die Abwesenheit war nichts Besonderes, beunruhigt konnte er dadurch auf keinen Fall sein. Zwischen uns stand nichts.'

Flüchtig erinnerte sich Robina der Zärtlichkeiten, die sie noch am Abend vorher getauscht hatten. Wieder beschlich sie Wehmut und - zum ersten Mal auf dem Boliden - ein unbestimmtes Sehnen.

‚Meine Güte, Frank und ich. Ein lieber Kamerad, aber eben Computersympathici, wir beide. Sicher, Zuneigung entsteht daraus schnell, Liebe, Achtung, das Bedürfnis nach Zärtlichkeiten, aber ohne Höhen und besondere Tiefen, eben wie man miteinander alt wird, wenn man das Altern zwischen sich und der Arbeit teilt. Für eine Raumfahrt ideal.

Arnulf Willfart wollte zumindest in diesen Zusammenhängen nichts von Computern wissen. „Ich ziehe meine Kraft aus der Erfahrung“, so oder so ähnlich pflegte er anzugeben. Und das Ergebnis: himmelhoch jauchzend, zu Tode betrübt. Das zehrt an der Denksubstanz. Jedes halbe Jahr neu und stets endgültig entflammt.

Wie komme ich jetzt eigentlich auf Willfart? Ja - irgendwie würde er eine Verbindung sehen zwischen seiner Lehrtätigkeit und der Tatsache, dass ich imstande bin, so etwas hier zu vollbringen. Auch Donas wäre zufrieden mit mir, aber ohne sich etwas darauf einzubilden.'

Robinas Blick glitt über die Wand. ‚Dabei ist das Halten eines pulsierenden Feldes vom Kraftaufwand her ein Kinderspiel gegen das da! Sie nickte dem Kristall zu. Und erst jetzt spürte sie, wie zerschlagen und ausgepumpt sie war. Auf der Stelle hätte sie einschlafen mögen. ‚Wenn ich so weitermache, schaffe ich die vierunddreißig Jahre gar nicht.'

Wie eine Glocke stülpte sich Erschöpfung über sie. ‚Nur ein paar Tage Pause machen. Noch habe ich über dreißig Jahre, doch schon jetzt könnte sich einer ein Bild machen, wenn er das sieht, liest, deutet.'

Zu ihrer Erschöpfung gesellten sich Stolz und eine gewisse Zufriedenheit. Sie übersah die Unzulänglichkeiten und überging ihre Wissenslücken. Das, was sie geschaffen hatte, kam ihr auf einmal bedeutend vor, eine Leistung, die nur sie, Robina Crux, zu vollbringen hatte, nur sie. -

8

Robina stand zu ihrem Entschluss, ein paar Tage zu pausieren - allein auch deshalb, weil sie das nächste, schwerere Vorhaben noch einmal durchdenken wollte.

Sie schlief an dem darauffolgenden Tag sehr lange, betrieb eine ausgiebige Körperpflege, gönnte sich ungeachtet ihrer Tabelle ein ausgesprochen reichliches Mahl und fuhr dann erneut in Richtung Wrack.

Obwohl sich an der Wand, in deren Umgebung und im Raum nichts, aber auch gar nichts geändert hatte, schien bereits aus der Ferne die Fläche heller zu leuchten, wärmer. Robina blieb stehen und schaute, und eine tiefe Befriedigung überkam sie.

Dann lenkte beinahe beschwingt, das Eselchen zur Kaskade und schlug danach, fast unbewusst zunächst, mit einem gewissen Trotz, den Weg zur Kuppel ein.

Später machte sie sich vor, dass das nicht so wichtig sei, und nahm sich Zeit. Minutenlang stand sie vor besonders schönen Kristallen und wich öfter vom direkten Weg ab, machte Abstecher und entdeckte einen faustgroßen Kubus, den sie für einen Diamanten hielt. An einer Stelle, von der aus sie linker Hand bereits einen Teil der Kuppel sehen konnte, legte sie abseits vom gewohnten Weg eine Rast ein.

Robina lehnte sich an ein Bündel weißlicher Säulen, die - aus kristallisiertem, weichfasrigem Asbest - bequem den Rücken stützten. Vor ihr stand eine Riesentreppe wunderbarer, ebenmäßiger Pyritwürfel. Dahinter lag schräg ein rötlicher Obelisk, ein Spat vielleicht. Darüber erhob sich ein Teil der Stufenpyramide mit der Kuppel. Rechts setzte sich über amorphe Ausflüsse und Trümmer der Weg fort.

Robina ließ sich in den Sitz rutschen, machte es sich bequem und begann zu frühstücken. Als sie ein Bein streckte, rollte ihre Trinkpatrone den leicht abschüssigen Boden hinunter, auf die Pyrittreppe zu. Robina griff danach, verfehlte, haschte abermals, aber so heftig, dass der Impuls genügte, sie empor zu reißen. Sie glitt dem Behälter nach und schob mit den vorgestreckten Händen eine kleine Welle feinen Splitts vor sich her. Bei dem ersten der goldglänzenden Würfel endete die Rutschpartie. „Hoppla", sagte sie.

Im Begriff, sich aufzurichten, stutzte sie. Wie bei einer Sanduhr verrieselte der Splitt vor ihren Händen, einen Trichter bildend. Gleichzeitig nahm Robina den zentimeterbreiten horizontalen Spalt wahr, der sich unter dem Kristall hinzog. Der sicher schwere Klotz lag nicht auf der Grundfläche auf! Argwöhnisch wurde Robina aber erst, als sie den Verlauf des Spaltes verfolgte und feststellte, dass er sich rechts von ihr auch, und zwar jeweils als Grenze zwischen zwei der Würfel, nach oben fortsetzte.

Robina gingen einige Möglichkeiten durch den Kopf, wie wohl ein solcher Spalt unter den hiesigen Bedingungen entstanden sein könnte. Zum Beispiel während der Kristallisation durch Schrumpfung, oder die Kaskade war durch eine Erschütterung - bei einem Meteoritentreffer - auseinandergebrochen, oder bei der Urkatastrophe, die nach Stefs Theorie aus einem ehemals großen planetaren Hohlkörper, der in seinem Inneren diese phantastischen Gebilde hervorgebracht hatte, den Boliden heraussprengte.

Langsam richtete sich Robina auf. Mit den Händen fegte sie den Splitt entlang dem horizontalen Spalt hinweg. Der Schlitz war etwa einen Meter lang. Auch links von ihr zog er sich schnurgerade nach oben.

Robina trat zurück. Mit einiger Mühe konnte sie ein Viereck entdecken, das der Spalt, oben nach hinten versetzt, in der Kaskade beschrieb, wobei der obere horizontale Schlitz vom unteren ebenfalls einen Meter entfernt sein mochte. Es schien, als sei der Würfel von seiner Umgebung losgelöst.

Zunächst wusste Robina mit ihrer Entdeckung nichts anzufangen. Sie spürte nur, dass all ihre Spekulationen über die Entstehung dieser Merkwürdigkeit haltlos wurden. Risse und Spalte ja, aber nicht so viereckig exakt.

Dann wurde sich Robina klar, und jeder Irrtum schien ausgeschlossen, dass sie ein weiteres Zeugnis fremden vernünftigen Wirkens vor sich haben musste, eines, das nur sie entdeckt hatte, das der Mannschaft seinerzeit bei der Untersuchung des Boliden entgangen war. Gleichzeitig wurde Robina bang, mit ihrer Entdeckung nichts Rechtes anfangen zu können.

Aus Unentschlossenheit fegte sie weiteren Splitt von den Fugen weg. Dann begann sie die Kaskade zu erklettern, um auch zwischen den zwei senkrechten Spalten steckende Kristallsplitter zu entfernen. Sie war dabei aus einer gewissen Scheu heraus bemüht, sich nicht innerhalb des scheinbar Losgelösten zu bewegen. Den oberen Spalt säuberte sie, indem sie sich von oben herab beugte.

Eine Sekunde verlor sie die Balance und verlagerte instinktiv das Schwergewicht auf die rechte, fegende

Hand. Plötzlich gab die Stufe nach, klappte nach hinten. Robina stürzte kopfüber darauf, griff angstvoll nach Halt an den Kanten, fand ihn nach panischen Fehlgriffen und hing dann an den oberen Rändern zweier senkrechter Wände, zwischen denen der viereckig ausgeschnittene Kaskadenteil nach unten absackte.

Dann trat Ruhe ein. Robinas Füße berührten den abgestürzten Kristall. Wenig Splitt rieselte nach.

Nach dem ersten Schreck verlagerte Robina behutsam ihr Gewicht auf die Beine, ohne die Ränder loszulassen. Sie befürchtete, dass der Boden unter ihr weiter nachgeben könnte.

Langsam belastete Robina weiter. Dann hielt sie die Hände nur noch zur Vorsicht über die Kanten, jeden Augenblick gewärtig, der Sturz setze sich fort. Behutsam begann sie zu wippen. Der Untergrund blieb in seiner Lage. „Uff", stöhnte Robina erleichtert und ließ die Arme sinken.

Erst jetzt musterte sie aufmerksam die Umgebung und stellte zunächst erfreut fest, dass dieser ausgeschnittene Teil der Pyritkaskade abklappen *musste*, wenn er oben belastet wurde. Deutlich zeichneten sich an den Seiten zwei Stummel eines Rundmaterials ab, die offenbar ein Scharnier bildeten. Robina spürte Erregung: Vor ihr lag zweifelsfrei wieder ein Zeugnis vernünftigen Wirkens.

Vorsichtig tat sie einen Schritt nach oben, und sie fühlte einen Hub unter den Füßen. Sie drehte sich um. Langsam, wie in Zeitlupe, klappte der Stein empor. Aber bevor er wieder eins mit der Pyritkaskade wurde, hatte Robina eine Öffnung dahinter gesehen.

Auf Überraschungen gefasst, betrat sie das ausgeschnittene Stück erneut. Nachdem sie die Mitte überstiegen hatte, begann sich der Untergrund langsam zu bewegen. Sie balancierte sich aus. Wie bei einer Wippe gelang es ihr, das Kippen zu beeinflussen.

Es taten sich eine Öffnung und eingemuldete Stufen auf, an die sich der Schwingkörper anglich. Ein niedriger Gang führte nach unten: Die Wände verwaschen farbig, lumineszierten intensiv. Manchmal zeichneten sich Schlieren ab, oft zeigte sich das Ebenmaß durch empor führende Schlote und Metallintrusionen gestört.

Robina zögerte. ‚Was wird geschehen, wenn ich weiter gehe? Der Würfel wird empor klappen! Und - wird er sich von der anderen Seite bewegen lassen? Anzunehmen!. Der Mechanismus ist sicher nicht gegen unbefugtes Betreten geschützt, eher gegen Naturunbilden.'

Obwohl Robina annahm, der Rückzug würde ihr nicht abgeschnitten, wollte sie sich sichern. Sie trat abermals hinaus, band das Seil an einen Berghaken, den sie in die mulmigen Asbestsäulen getrieben hatte, prüfte die Festigkeit und ließ dann den Würfel abermals nach unten wippen. Beim Hochklappen würde sich das Seil einklemmen, und durch Zug müsste sich dann der Klotz auch von innen bewegen lassen.

Augenblicke später erwies sich die Vorsichtsmaßnahme als unbegründet. Die Unterfläche des Verschlussstücks, ziemlich roh bearbeitet, hatte oben eine Vertiefung wie eine in einem gefliesten Bad eingelassene Seifenschale. Wenn man mit beiden Händen dort anfasste, was Robina natürlich sogleich probierte, ließ sich der Stein mühelos nach unten ziehen.

‚Hände!' Bei dem Gedanken wurde es Robina eigenartig wohl. Sie glitt vorsichtig nach unten, aber nur sieben oder acht Meter. Rechts im Gang befand sich eine Vertiefung, einer runden Türfüllung nicht unähnlich. Über einen Spalt hinweg führte sie in eine Kabine aus milchglasartigem Material. Der Vergleich mit einem Fahrstuhl drängte sich nachgerade auf. Sechs durch einen Ring zusammengefasste fingerkuppengroße Mulden in einem Tableau an der linken Wand verstärkten den Eindruck noch: Sensoren!

Aus der Anlage schloss Robina, dass es ein Schrägaufzug sein mochte, der der Treppe parallel lief.

„Lieber nicht!", beantwortete sie sich selbst die Frage, obwohl sie brennend gern ausprobiert hätte, ob die Einrichtung funktionierte. Sie begann, mit einem zunehmenden Ziehen in der Magengegend, die merkwürdigen Stufen abwärts zu steigen.

Es wurde beschwerlich. Der Gang, höchstens ein Meter und 70 hoch und nicht so regelmäßig beschaffen, wie es zunächst den Anschein hatte, verlief steil, und die Stufen ließen sich miserabel steigen. Sie zwangen zu Trippelschritten, weil sie zu niedrig, nicht breit genug waren und die Mulden verunsicherten.

Aber immerhin, es war eine Treppe, die irgendwohin, zu irgend etwas führte, und das zählte.

Flüchtig dachte Robina: Die Abmaße lassen Schlüsse auf den Körperbau der Bauherren zu.

Entdeckereifer und blanke Furcht wetteiferten in Robina - und aufflackernde Hoffnung, Hoffnung, vielleicht doch nicht die gesamten 35 Jahre ...

Und auch Freude verspürte sie. Freude darüber, dass es ihr vergönnt war, wenn auch rein zufällig - aber was bedeutete das schon - dem Geheimnis des Funkfeuers näher zu kommen wie kein anderer. Der nächste Mensch, der den Boliden betreten würde, bekäme Kenntnis von Robina Cruxs Entdeckung, jawohl! Und wenn es noch so lange dauerte.

Die Treppe fiel mit nahezu 50 Gon ab. Robina bereute, die Stufen nicht gezählt zu haben, aber das ließ sich nachholen. Als sie mit dem Zählen begann, hatte sie vielleicht schon 100 hinter sich. Und noch immer war das Ende nicht abzusehen.

Wieder führte der Weg an einer Tür vorbei, auch hier Sensoren. ‚Ein weiterer Zugang zum Fahrstuhl?'

Aber auch jetzt konnte sich Robina nicht entschließen zu probieren, obwohl ihr die Waden schmerzten. Mit einem Seufzer ging sie weiter.

Die Treppe verlief schnurgerade und führte wahrscheinlich unter die Stufenpyramide, auf der die Kuppel stand.

Als Robina nach der 73sten gezählten Stufe überlegte, welche horizontale Entfernung wohl noch zwischen ihr und der Kuppel liegen mochte, glaubte sie vor sich zu bemerken, dass die Treppe nach einem vertikalen Knick wieder nach oben führte. Langsam und aufmerksam ging sie weiter.

Nahe bei der Knickstelle blieb sie plötzlich mit einem erstickten Schrei stehen. Da war etwas! Auf der oberen Stufe kamen ihr - Füße entgegen, die jetzt verhielten.

Nach wenigen Augenblicken fasste sich Robina. Sie rief mit belegter Stimme: „Komm, komm doch!"

Als sich oben nichts rührte, tastete sie sich einen Schritt vor.

Und da tat es der Andere ihr gleich. Da lachte Robina gezwungen auf. Verdammte Spiegelei. Ihre Füße! Erneut hatte eine Reflexion sie genarrt.

Sie stand vor einer glatten Wand, die den Gang abschloss. Rechts prangte ein roter Ring mit einer Sensorenmulde.

„So, Robi, jetzt haben sie dich erst einmal!“, sagte sie. Sie setzte sich, ihr Puls schlug noch bis zum Hals.

‚Welche Art von Sensoren könnten das sein, Druck, Wärme?‘ Sie zuckte mit den Schultern. „Entweder ausprobieren oder umkehren!“ Sie war viel zu neugierig, um das Letztere ernsthaft in Betracht zu ziehen.

Sie probierte und erkannte nicht, worauf der Sensor ansprach: Die Wand fiel zur Seite um, drehte sich in der linken Ecke und verschwand im Stoß.

Ein kleiner Raum, vielleicht vier Meter mal vier Meter groß, dem Eingang gegenüber eine zweite Tür, an der linken Wand ein Sensorentableau ...

Ohne zu zögern trat Robina ein. Hinter ihr klappte die Tür empor. Der rote Ring rechts von ihr blickte sie, die erschrocken herumgefahren war, scheinbar beruhigend an.

Über dem Sensorentableau befanden sich durch eine Art Ziergitter abgedeckte kleine Öffnungen. Alle Wände waren im Gegensatz zu denen im Gang glatt bearbeitet. Und hier fiel auf: Jedem Sensor war ein Schildchen zugeordnet, auf dem sich fremdartige – ‚natürlich, was denn sonst‘, Robina lächelte über ihre Einfalt - Zeichen befanden. „Ihre Schrift ...“ Lange stand sie vor dem Tableau. Sie fühlte sich angerührt, spürte, dass ihr Tränen in die Augen stiegen.

Dann trat sie auf die andere Tür zu und öffnete sie

entschlossen. Blendende Helle schoss ihr entgegen.

Robina trat durch die Türöffnung. Ein mäßig großer, kreisrunder Raum befand sich dahinter. In der Mitte umschloss ein Mäuerchen eine Öffnung im Fußboden von vielleicht vier Meter Durchmesser. Mitten in dieser Öffnung führte ein Rohr oder eine Säule aus der Tiefe nach oben und verschwand in der niedrigen Decke. Außer einigen Schildern, die von dieser Decke baumelten, und zwei Nischen, in denen sich ebenfalls Tafeln mit Aufschriften und Fensterchen befanden, war der Raum leer. Robina glaubte, gegenüber durch den aus der Öffnung flirrenden Lichtglast eine weitere dieser runden Türen auszumachen.

Das Licht pulsierte heftig, und es schien Robina sicher, dass auf den hängenden Tafeln Warnungen standen. Sie drückte die Abblendflüssigkeit in das Helmfenster und trat zögernd an die niedrige Mauer.

Die trotz der Blende noch schmerzende Helligkeit verhinderte eine genaue Beobachtung. Robina sah in einen Raum hinab, dessen Boden etwa zehn Meter unter ihr lag. Die Säule mündete in eine erhabene Fläche, die Deckfläche eines Körpers offenbar, der eine gigantische Lichtquelle darstellte. Zweifelsohne ging von deren Seitenflächen die immense Lichtstrahlung aus. Beim Vorbeugen gewahrte Robina, dass die Wandung des unteren, ebenfalls runden Raumes aus einer glasigen Masse bestand. Sie ahnte mehr, als dass sie sich dessen gewiss war: Sie hatte die Lumineszenzquelle vor sich. ‚Von hier aus also wird der Bolid mit Licht durchsetzt. Dieses Licht ließ den harmlosen Mineralienbrocken für uns zum Boliden werden.' Robina kam der Meinungsstreit in den Sinn, den sie ausfochten, als sie den Himmelskörper entdeckten. Ein Bolid ist ein hellstrahlender Kosmosvagabund, ein Kometenkopf. Und aus großer Entfernung betrachtet? Auf jeden Fall schien er selbst zu leuchten.

‚Wie lange haben wir über die Lichtquelle gerätselt! Kaltes Licht dieser Intensität, wozu? Na gut, Frank war der Meinung, es handele sich um einen optischen Orientierungspunkt, mit dem Funkfeuer dazu also um einen elektrooptischen. Und wie wird das Licht erzeugt? Stef hatte behauptet, es sei Lumineszenz.'

Robina beugte sich erneut nach unten. „Hast Recht gehabt, Stef!" Traurigkeit überfiel sie. Die Entdeckung stand der gesamten Mannschaft zu. „Der Würfel da unten ist eine Lumineszenzdiode, auch wenn diese Dinger bei uns noch so klein sind, dass sie nur unter dem Mikroskop hergestellt werden können."

Mit einem Mal empfand Robina große Ehrfurcht vor dem Wirken der Anderen. Und wieder wurde sie sich des eigenen Unvermögens, ihrer Unwissenheit bewusst. Es kam ihr wie Frevel vor, in diesen Raum eingedrungen zu sein. Sie fühlte jetzt mehr denn je Angst, mit all dem Wunderbaren nichts anfangen zu können oder durch Ungeschick etwas zu verderben. Sie kam sich klein vor angesichts der Lichtflut der fremdartigen klotzigen Maschinerie, und ihre Kritzelei draußen auf der Kristallwand erschien ihr auf einmal lächerlich.

Zaghaft und eingeschüchtert umrundete Robina das Rondell. Sie blieb vor den Nischen mit den Aufschriften und Fensterchen stehen, und sie dachte einen Augenblick lang daran, dass es irdische Forscher gegeben hatte, die aus weit weniger Anhaltspunkten komplizierte Schriftsprachen entziffert hatten, ohne Computer. Ein wenig niedergeschlagen schritt sie weiter.

Die gegenüberliegende Tür ließ sich mühelos öffnen. Dahinter war eine Fahrstuhlkabine, an deren linker Wand sich wieder ein Tableau mit sechs Sensoren befand, farblich und mit Schildern gekennzeichnet.

Robina stand vor der Entscheidung: Fahrstuhl oder Umkehr. Eine Treppe gab es nicht.

‚Sechs Sensoren - sechs Möglichkeiten ... Oder noch mehr durch Kombinationen.'

Mit Todesverachtung durchschritt Robina die Tür, betrat forsch die Kabine und berührte den oberen Sensor. Es tat sich nichts. Der nächste - nichts. Robina fuhr mit dem Finger rasch über die nächsten beiden - abermals keine Reaktion.

Übertrieben, als wolle sie den Finger durch den Sensor spießen, drückte sie den fünften Auslöser.

Gespenstisch - Robina erschrak - klappte die Tür aus der Wand, und die Kabine ruckte so überraschend an, dass Robina in die Knie ging. ‚Wie müsste das erst wirken', dachte sie, ‚wenn es bei voller Schwerkraft geschähe. Quatsch! Dann wäre die Eigenmasse der Kabine ja auch größer.

Möglicherweise betreiben sie die Anlage mit Antigravmotoren.' Robina sah sich um: Völlig glatte, fugenlos ineinander übergehende Wände - Boden und Decke wiesen dagegen feine Spalte auf, als ließen sich dort Öffnungen herstellen. „Ich werde das wohl nie ergründen", murmelte sie. Auch über die Fahrrichtung der Kabine war sie sich nicht im Klaren. Nur der Anruck deutete darauf hin, dass es nach oben ging.

Unvermittelt, stauchend, hielt die Kabine.

Ohne Überlegung und bevor die ihr sattsam bekannte Furcht sie überfiel, berührte Robina hastig den sechsten Sensor und nicht den Knopf auf der Tür.

Der Fahrstuhl sauste nach unten, hielt.

Diesmal öffnete Robina die Tür konzentriert. Sie befand sich auf dem Rondell mit der Balustrade und atmete erleichtert auf. Beinahe vergnügt fuhr sie abermals nach oben.

Enttäuschendes hinter der Tür: Ein winziger Raum lag vor ihr mit grauen Wänden, einem beschrifteten Tableau, noch einer Tür gegenüber - ,eine Schleuse vielleicht?' Beherzt trat Robina auf diese Tür zu, öffnete sie und - hätte beinahe einen Freudenruf ausgestoßen. Stattdessen sagte sie: „Na also!"

Sie befand sich im Inneren der Kuppel.

Hinter Robina schloss sich die Tür. Eine Sekunde lang dachte sie daran, dass sich wahrscheinlich sowohl die untere Galerie als auch die Kuppel mit Atemmedium füllen ließe; die Schleusenanlagen sprachen dafür.

Scheu umrundete Robina die Apparatur. Aber viel mehr, als sie bereits von außen gesehen hatten, entdeckte sie nicht. Ihr fiel lediglich auf: Dort, wo die zehn Zentimeter dicken Drähte, die nach Stefs Auffassung eine supraleitende Sendeschleife bildeten, zusammenstießen, befanden sich Kühlrippen.

Mit einem Blick auf ihr Außenthermometer stellte Robina fest: Etwa 23 Grad wärmer in der Kuppel als draußen im Kosmos.

Robina empfand nicht geringe Hochachtung vor der Energiequelle, die den gesamten Boliden so strahlend erhellte, eine so gewaltige Funkleistung gestattete und nun auch noch auf die Dauer extrem hohe Wärmeverluste ausglich.

Noch während Robina diesen Überlegungen nachhing, stellte sie fest, dass die Temperatur rapide stieg.

Einer Eingebung folgend, schaltete sie das Funkgerät auf Empfang. Der Ton lag an, steigerte sich zum Diskant, riss ab.

Robina hielt das Thermometer dicht über den Block. Die Temperatur blieb eine halbe Minute lang konstant, begann dann aber langsam, dann immer schneller zu sinken. Nach Ablauf der Sendepause wurde die Temperatur des Kuppelinnenraumes erreicht.

Gespannt wartete Robina bis zum Wiedereinsetzen des Signals.

Kurz nach erneutem Temperaturanstieg setzte auch der Ton wieder ein. Und abermals kam es zum Maximum, wenige Sekunden, bevor der Ton abbrach. Es bedurfte wahrhaftig keines weiteren Beweises, dass zwischen dem anschwellenden Ton und dem Temperaturanstieg eine direkte Proportionalität bestand.

Wenngleich sich Robina nicht in der Lage fühlte, die elektrophysikalischen Zusammenhänge voll zu begreifen, soviel war ihr klar: Frank hatte sicher richtig vermutet, dass hier eine für menschliche Dimensionen unvorstellbar hoch entwickelte Anwendung des Josephson-Effektes vorlag. Die Ankopplung der Antennen, die Schleife und Erwärmung dort, wo sich die supraleitenden ungleichen Metalle berührten - wodurch der Sendestromfluss zustande kam -, ließen kaum einen anderen Schluss zu.

Aber mit der Freude über ihre Entdeckung überkamen Robina wieder Zweifel: Sie fragte sich, ob nur sie mit diesen Erkenntnissen nichts oder wenig anzufangen wusste, ob es objektiv so sein musste, einfach weil sie ein *Mensch* war. Oder könnten an ihrer Stelle Frank, Stef oder auch Mandy mit dieser Maschinerie etwas Sinnvolles beginnen?

Später, nach etwa zwei Stunden, die sie mit Grübeleien und ziellosem Umrunden der Apparatur verbracht hatte, begab sich Robina auf den Rückweg.

Sie nahm an, dass sie längst nicht alle Räume entdeckt haben konnte, sich ja irgendwo die Energiezentrale befinden müsse; und auch die Leuchtdiode musste einen Zugang haben. Die zwei Türen im Treppengang? Kaum! ‚Aber das werde ich sehen ... Gäbe es überhaupt etwas zu verbergen? Aus welchem Grund? Die Energiezentrale ist das Herz der Anlage. Na schön. Wenn sie geschützt wäre - normal! Aber was könnten sie noch verstecken? Offenbar hatten die Hausherren festgelegt, was betreten werden durfte und was nicht. Das muss von jedem zivilisierten Wesen akzeptiert werden. Es sei denn, das Aufgefundene sei herrenlos. Nichts deutet jedoch auf einen solchen Umstand hin. Aber' - überlegte Robina flüchtig weiter - ‚eigentlich auch nichts auf das Gegenteil. Dass die Anlage so gut funktioniert, ist kein Kriterium.'

An der Treppe zauderte Robina. Dann tastete sie entschlossen den Sensor an der linken Tür, die sich aber erst öffnete, nachdem sie, des Wartens überdrüssig, bereits mehrere Stufen erstiegen hatte.

Komplizierter wurde es mit der Bedienung des Tableaus in der Kabine. Nach mehrmaligem Probieren setzte sie sich jedoch in Bewegung.

Bevor er oben anlangte, hielt der Lift zwei Mal. Da

Robina stets annahm, sie sei oben, öffnete sie die Tür. Nach dem Drücken des Sensors taten sich jedoch gleich zwei Öffnungen auf: Die eine gab rechts den Zugang zur Treppe frei, links zweigte ein Gang ab, der schräg nach oben führte. Robina fühlte sich zwar versucht, wenigstens einem der Gänge zu folgen, verschob es jedoch auf später.

Als sie die Oberfläche erreichte, atmete sie erleichtert auf. Es befand sich wieder Himmel über ihr, wenn auch schwarzer. Und das Beklemmende, stets etwas Unbekanntes um sich zu haben, schwand.

Mit widerstrebenden Gefühlen schlug Robina den Weg zur Grotte ein. Sie hatte etwas für die Menschen Neues entdeckt, aber ihr würde diese Entdeckung keinen Nutzen bringen, würde ihre Zeit auf dem Boliden wohl um keinen Tag verkürzen. -

9

Robina Crux stand in der Ebene, 50 Meter vor der Wand, und betrachtete durch das Fernglas ihr Werk der vergangenen Tage.

Aus der Ferne sah die Buchstabenfolge sehr regelmäßig aus, und Robina überlas: *An dieser Wand havarierte am 251. Tag des Jahres 2217 Robina Crux von der Erde, dem dritten Planeten einer Sonne des Typs G 2, wahrscheinlich mit den Polarkoordinaten Radiant Hochwert 13 Teile des vierhundertteiligen Vollkreises und Radiant Rechtswert mit Nulllinie Siebengestirn ...*

Robina kontrollierte die an dieser Stelle eingefügte Skizze des sogenannten Sternenhaufens, des einzigen

Orientierungsmerkmals, das von der Erde und vom Boliden aus in beinahe gleicher Konstellation auszumachen war. Es hatte sie große Mühe gekostet, die Koordinaten auf dieses Gestirn zu transformieren, und sie war sich keineswegs sicher, die an sich einfache, aber für sie ungewohnte Berechnung richtig ausgeführt zu haben.

... 48 Teile, bezogen auf die Ekliptikebene dieser Galaxis und deren Mittelpunkt. Die Entfernung, die Eigenbewegung des Boliden vernachlässigt, muss zum Zeitpunkt der Havarie etwa 1, 07 Parsec betragen haben.

Vorausgesetzt, ihr Geschreibsel wäre vollständig und richtig zu entziffern und die Rechnung stimmte, müsste von den Anderen mit einiger Mühe die Sonne aufzufinden sein, zumal eine Verwechslung mit einem anderen Stern wegen der Randstellung in der Galaxis selbst bei ungenauer Angabe unwahrscheinlich schien.

Robina wusste um die Bedeutung gerade dieser Information. Und nur mit Mühe zerstreute sie Zweifel an ihren Berechnungen; denn selbst konnte die Sonne nicht identifizieren. Schließlich aber würden die Anderen über entsprechendes Instrumentarium verfügen, mit dem der Stern zu finden sein würde.

Ich bin die Tochter des Dago Leu, Automatist, im Eiweißwerk PROTAN in Neusund an der Ostsee, auf ehemals deutschsprachigem Territorium, und der Mary Crux, zum Zeitpunkt unserer Abreise Servicin im Kurzentrum Kaukasus, in Sotschi am Schwarzen Meer...

‚Wen soll das schon interessieren', dachte Robina. ‚Und welcher Fremde weiß, was das ist, Automatist und Servicin, Neusund und Sotschi!

Na, wenn schon! Es geht um meine Eltern, ohne die ich nicht wäre. Und wenn die Anderen in diesem Zusammenhang etwas nicht begreifen, erfahren sie doch, dass wir Menschen einen Familiensinn haben; vielleicht ist es bei ihnen ähnlich.

Mein Bruder, Ed Leu, zwei Jahre älter als ich, war als Konservator im RENOV-Konsortium tätig, später, nach einem Unfall, als Optikwart in der Station MARS 7.

Ich bin achtundzwanzig Jahre alt, habe bisher nicht die vorgeschriebenen drei Jahre mit einem Gefährten zusammen gelebt, um die Familienstandsbezeichnung „monogam" führen zu dürfen, und bin als Feldoperator ausgebildet. Gemeinsam mit meinem Bruder besuchte ich die Evolutionsschule in Kiel, von der aus ich direkt in das Institut für kosmische Antriebsstoffe auf der Insel Fehmarn überwechselte. Dort habe ich Fähigkeiten als Feldoperator erworben und bin im Jahre 2210 mit den Gefährten Stef Man, Frank Malus und Mandy Weeing zum Test des ersten Raumschiffes der Erde mit Antimaterieantrieb in das Gebiet des Doppelgestirns Proxima Centauri aufgebrochen. Das Raumschiff hat sich bewährt!

Nach siebenjähriger Fahrt haben wir gewendet, nachdem eine Reihe neuer Erkenntnisse gewonnen waren. Am 3778. Tag sind wir auf diesen Himmelskörper gestoßen, den wir fälschlicherweise als Boliden bezeichnen.

Siebzehn Tage später bin ich hier verunglückt, wahrscheinlich durch den gewaltigen Schub einer Energiewelle, die die Reaktion der Antimateriereserven mit der Materie unseres Raumschiffes hervorgerufen hat. Unser Schiff wurde dabei wahrscheinlich atomisiert.

Ich habe bereits 273 Tage nach irdischer Zeitrechnung hier verbracht, habe - meinen Vorräten zufolge - voraussichtlich noch etwa 12 500 Tage zu leben.

Den Zugang zum Sender des uns fremden Funkfeuers habe ich entdeckt...

Wieder überprüfte Robina eine an dieser Stelle eingefügte Skizze.

Mit meinem Schicksal habe ich mich abgefunden ...

Lange, nachdem Robina die nahezu drei Seiten Text gelesen hatte, stand sie noch immer auf derselben Stelle. Sie hatte das Glas abgesetzt und starrte zur Wand. Dem letzten Satz sinnierte sie hinterher. ‚Wirklich?', fragte sie sich.

‚Niemals kann man sich mit einer solchen Situation abfinden. Aber niemand soll mich für einen Feigling halten! Sie werden glauben, dass ich mich dreingefunden habe, weil sie es nicht anders wissen. Keiner kann es nachempfinden! Also, weshalb soll ich mich nicht ein wenig als Held ausgeben?'

Und sarkastisch dachte sie: ‚Vielleicht werde ich wirklich noch einer ...'

Dann empfand sie plötzlich, dass sie den Text ja nicht für die Anderen, sondern für - Menschen geschrieben hatte. Sie zuckte mit den Schultern. ‚Niemand kann aus seiner Haut.'

Die Befriedigung, die Robina unmittelbar nach der Fertigstellung der drei Seiten empfunden hatte, war verraucht. Sie fühlte sich bedrückt, und lustlos schlenderte sie zum Wrack.

Später raffte sie sich auf und schlug, obwohl der Tag zur Neige ging, den Weg zur Kuppel ein.

Die Abzweigungen auf der Treppe, wohin führten sie wohl? Großer Elan stellte sich nicht ein, aber sie hatte ein Ziel, und das vertrieb das nutzlose Grübeln.

Robina stieg die Treppe bis zur ersten Tür nach unten, rief die Kabine und trat durch sie hindurch in den Gang auf der anderen Seite. Ohne an eine Gefahr zu denken, schritt sie die leichte Steigung hinan.

Nach fünfminütigem Marsch befielen Robina Zweifel. Als sie daran dachte umzukehren, befand sie sich jäh am Ende des Ganges. Eine schräge Wand verschloss ihn, in ihr befand sich, ähnlich wie an der Treppe, eine Griffmulde. Der Boden senkte sich unmittelbar vor der Wand zu einer Kuhle.

Ohne viel zu überlegen, fasste Robina in die Vertiefung und zog. Sie hängte sich an, aber erst als sie ruckweise zerrte, entstand Bewegung über ihr. Splitt rieselte, dann senkte sich langsam die Wand. Robina spürte, dass es knirschte. Sie zog eine Platte herab, die sich einigermaßen in die Bodenkuhle einfügte. Über Robina stand der schwarze Himmel mit seinen blitzenden Sternen. Weit am Horizont – ‚ja, ist das nicht der Obelisk, der den Einflug markiert?'

Vorsichtig stieg Robina nach draußen. Sie stand in der Ebene - nun doch überrascht. Ein zweiter Ausgang also. Die Anlage ist kein Provisorium! So etwas wird von denen, die es gebaut haben, nicht aufgegeben! Wer so darauf bedacht ist, dass der Eingang erhalten bleibt, möchte sich naturgemäß den Zutritt zu seinen Geräten unter allen Umständen offen halten.

Robina dämpfte bewusst ihre Freude.

Und die andere Tür, ein dritter Ausgang?

Wieder schwenkte das Kristallschott hinter ihr zu, und wieder befand es sich an einem Pyritwürfel von vielleicht drei Meter Kantenlänge, der aus einem zerklüfteten, düsteren Spatmassiv wuchs. Die Schluchten und der Pyrit schluckten das Licht.

Robina befand sich in einer Bucht des kristallinen Sees. Rechts, in vielleicht drei Kilometer Entfernung, stieg das Massiv empor, zu dem ihre Wand gehörte. Links zog sich die bizarre Uferlinie, an der entlang der Weg zur Grotte führte.

‚Nun, auf jeden Fall ist für mich der Marsch zur Kuppel bequemer und auch kürzer geworden!'

Es machte Robina zunächst Mühe, die Tür von außen zu öffnen - bis sie herausfand, dass sie sie in der oberen Hälfte regelrecht anspringen musste.

Plötzlich, beinahe schlagartig, überfiel Robina Müdigkeit. Sie vergewisserte sich, dass es vier Stunden über die Schlafenszeit war, und schleppte sich, die Bucht abschneidend, zum Wrack.

Dort schwang sie sich auf das Eselchen und fuhr überschnell zur 'Grotte.

Sie stieg in die Kabine, kuschelte sich auf das Lager, dachte noch, dass es wunderbar sei, den zweiten Eingang entdeckt zu haben. Aber nicht diese Tatsache an sich stimmte Robina so froh, sondern die Hoffnung, die sich logischerweise - so meinte sie - daran knüpfte: Bei so viel Aufwand würden die Fremden regelmäßig die Station aufsuchen. Und mit dieser Hoffnung schlief Robina ein. -

Als sie erwachte, begann Robina zu grübeln. Die euphorische Stimmung hatte nicht angehalten.

Die Tatsache, dass der Bau zwei oder drei Ausgänge hatte, bedeutete noch nicht, dass die Anderen bald kommen würden, im Gegenteil.

Aber immerhin fühlte sich Robina ausgeruht, sie dachte an ihre Schreiberei, obwohl sie mit dem Inhalt der ersten drei Seiten, die sie als Einleitung betrachtete, keineswegs mehr zufrieden war. Das Weitere wollte sie besser vorbereiten, bevor sie wieder an die Wand ging.

Robina legte sich zurück. ‚Von unserem Zusammenleben müssten sie erfahren, wie wir arbeiten, wohnen, leben ..., gelebt haben ...'

In Robinas Gedanken schob sich die Flotte der Luftschiffe. Sie empfand ihr Erstaunen von damals nach - über die Versammlung von 1700 solcher mächtigen Flugapparate. Ed hatte ihr bestätigt, dass es bis auf wenige Ausnahmen alle waren, die auf dem alten Kontinent überhaupt existierten.

Ja, Ed, er hatte es erreicht, dass sich die Schwester, wenn sie sich „artig“ verhielt, in der Leitgondel des Dispatcher-Fesselballons aufhalten durfte, so lange sie zuschauen wollte.

„So etwas, Robi, siehst du nicht alle Tage. Es ist erst das zweite Unternehmen dieser Art überhaupt - und mein erstes!“ So hatte Ed ihr den Besuch schmackhaft gemacht.

Am frühen Abend vorher schlenderte sie durch die alte verlassene Stadt. Die untergehende Sonne tauchte die grauen Blöcke in warmes Licht. Dort, wo sich noch Glas in den Fenstern befand, blitzten Reflexe auf.

Die Schritte hallten auf hartem Beton. Wohin man den Kopf auch richtete, überall traf der Blick auf senkrechte oder horizontale Betonflächen. Sie bildeten Schluchten und Bahnen, bebaut mit parallel zueinander stehenden fünfgeschossigen Häusern, aufgelockert durch uniformierte Flachbauten; manchmal überragt von einer elfgeschossigen ehemaligen Wohnmauer.

Robina hatte sich vorgestellt, dass zwischen diesen

Wänden in wenig geräumigen Gevierten Kinder getollt hatten, dass Blechkästen schnurrend und tuckernd umherfuhren, stinkige Auspuffgase minutenlang zwischen den Blöcken standen, dass aus den nicht klimatisierten Räumen durch die geöffneten Fenster allerlei Dünste und Geräusche drangen und dass, gewollt oder ungewollt, stets ein Nachbar Vorgänge in der Wohnung des anderen miterlebte.

„Du bist ungerecht, Robi", hatte Ed auf ihre Bemerkung geantwortet. „Die Menschen haben sich hinter diesen Wänden durchaus wohl gefühlt, genau wie wir heute in unseren Wohnungen. Es war für sie ein Fortschritt, so zu leben. Sie haben hier geknobelt, geliebt, gearbeitet, sich entspannt, Informationen erhalten, sich ausgetauscht, haben ihre Nachkommen gezeugt, die unsere Ahnen sind. Eine sehr rationelle Angelegenheit, so zu bauen - und worauf es ankam: Es ging schnell. Bedenke bitte, in jener Epoche flossen Milliarden in die Rüstung. Es wurde da eben - natürlich oft gegen besseres Wissen - das Sparsamste verwirklicht. Klar, Fehler wurden gemacht ... Aber der Fortschritt war es auch damals! Und ich sage dir, wenn wir diese Dinger nicht aus Sicherheitsgründen aufgeben müssten, weil unter anderem die Armierungen verrottet sind, ich bin sicher, etliche wären heute noch bewohnt. Schau dir historische Städte an: Ist es da nicht - wenigstens zum Teil - noch so?"

„Na ja - aber doch nicht so dicht aufeinandergerückt!", hatte Robina schwach widersprochen. Wie oft konnte sie Eds Logik nichts entgegensetzen.

Dann zeigte ihr Ed die bereits für das Unternehmen vorbereiteten Stadtteile. Die Fenster- und Türöffnungen zugemauert, die Ankerplatten der Plast-traversen hässlich und liederlich angesetzt. Neuerrichtete, grobgefügte Verbindungstunnels und Schächte verwischten den Eindruck dessen, was Ed soeben noch vom menschlichen Wohnen dargelegt hatte.

„Und das lohnt sich?", hatte Robina gefragt.

„Ja, sonst würden wir es kaum machen. Was wollen wir damit? Es einfallen lassen? Umbauten Raum aufgeben? Hast du eine Vorstellung, wie viel Schweiß das einst gekostet hat? Vielleicht Betonstaub in die Atmosphäre mischen durch Sprengung? Wegräumen, urbar machen, Mutterboden auffüllen, pflanzen und doch nur wieder eine flache Landschaft hinterlassen. Und wohin mit den Trümmern? Ich glaube schon, dass wir die optimale Lösung gefunden haben."

Schweigend waren sie um die eintönigen Vierecke geschritten. Wild wucherten Blumen auf den spärlichen Grünflächen neben den Eingängen. Gras und Unkräuter sprossen über den Beton, drangen aus den Ritzen zwischen den Gehwegplatten. Anflugkiefern standen herum, halb mannshoch.

Wie lange würde es dauern, bis die Natur das alles in ihren grünen Mantel hüllen, allein damit fertig werden würde? Nur die Elfgeschosser könnten sich noch eine Zeit behaupten. ‚Nun ja, man müsste das Gebiet sperren. Jahrzehntelang wäre es den Menschen verloren. Ed wird schon Recht haben.'

„Wie lange wohnt hier schon niemand mehr?", hatte Robina aus ihren Gedanken heraus gefragt.

„Fünf bis sieben Jahre. Die Letzten sind wohl erst vor drei Jahren ausgezogen. Sie sollen nicht so leicht zu überzeugen gewesen sein. Die damals gerade im Verwaltungsaktiv arbeiteten, hatten es nicht leicht. Einige alte Leute sollen sich sogar geweigert haben. Komm - wir gehen hier einmal rein!“ Ed hatte Robina in die provisorische Öffnung eines Tunnels gezogen. Neben dem Eingang stand bereits die Verschlussklappe.

Sie liefen den grobgefügten Gang entlang, bis sie sich im Parterre eines fünfgeschossigen Blocks befanden. Von neuinstallierten Leuchtplatten an den Decken strahlte mattes Licht.

„Ist hier noch alles so ...?“, hatte Robina ein wenig scheu gefragt. Irgendwie hatte sie Ehrfurcht vor dem, was kreative Menschen einst geschaffen hatten. Vielleicht rührte dieses Gefühl daher, dass sie annahm, sie selbst werde nie in der Lage sein, etwas Schöpferisches zu vollbringen.

„Ja. Nur die Türen sind ausgebrochen und die Wände einheitlich gespritzt. Aber hier bleibt die ursprüngliche Raumaufteilung.“

„Das waren also die Wohnungen ...“ Robina, nachdenklich geworden, schlenderte durch die türlosen Räume.

„Hier werden in allen Etagen Pilze gezogen, alle Edelsorten. Und du weißt, da stehe ich drauf! Neuerdings züchten sie sogar Pfifferlinge. In vier solchen Blöcken werden derartige Kulturen angelegt. Frische Pilze - das ganze Jahr über!“

„Das reicht für die Stadt.“

„Das lange Hochhaus gegenüber wird Flüssiggasspeicher - zum Abfangen der Winterspitze in der Energieversorgung. Andere sind Obstlager, Magazine irgendwelcher Materialien. Zum Teil wurden Zwischenwände und Decken herausgenommen. Ja - eine Gaststätte bleibt auch."

„Ich denke, das bricht bald alles zusammen?"

„Die Spreizanker- vor allem aber der Halt von außen verhindern das. Die Experten sagen, mindestens ein Jahrhundert wird es wieder fest sein."

Später hatten sie vom 11. Stock eines Hauses hinuntergesehen auf die tote Stadt. Nur am Ostrand rissen Scheinwerfer Gebäudeteile aus der fortschreitenden Dunkelheit, von dort klirrte auch Arbeitslärm herüber.

Robina hatte Ed von der Seite betrachtet: Ein kindlicher Stolz lag in seinem Gesicht, Freude offenbar, hier dabei sein zu können. Robina empfand in diesem Augenblick, es sei gar nicht jener Ed, zwei Jahre älter als sie, und der sich nie besonders herzlich zu ihr verhalten hatte. In seinem Blick lag etwas wie Zärtlichkeit.

„Hast du Vater das gezeigt?"

„Ich wollte es, habe ihn gebeten. Er meinte, das würde bestimmt im Videor übertragen werden. Wird es natürlich, zumindest in den Nachrichten. Das reichte ihm." reichen, hat er gesagt."

Robina hatte mehr geahnt als gesehen, dass Ed nach diesen Worten mit den Schultern gezuckt hatte.

„Übermorgen wird er fünfundfünfzig Jahre alt. Die Hälfte des Lebens ..."

Da hatte sich Ed ihr zugewandt, ihren Blick gesucht. „Mach dir nichts daraus, Robi, wir haben uns, und da sah ich doch heute, als ich dich abholte, so einen Langen, der auf der Treppe stand, so in Gedanken, als wolle er die Quadratur des Kreises lösen. Ständig hat er zu uns herübergeblinzelt - der Boris, nicht? Vater ändern wir nicht mehr."

Robina, verlegen, hatte nach einer Weile gefragt: „Wie kann man nur so werden?“

„Wenn ich ganz ehrlich bin“, Ed hatte sich wieder zum Fenster gedreht, „in mir steckt das auch ein bisschen. Du arbeitest deine sechs Stunden, normalerweise nicht eben schwer, machst deine Arbeit gut - Routine. In der Freizeit gehst du deinen Interessen nach, Sport, Spiel, absolvierst übers Jahr viermal deine eine Woche Verwaltungsarbeit oder den territorialen Koordinierungsdienst. Na gut, Vater ist in seiner Freizeitgestaltung auch einseitig. Aber geangelt sollen schon die Steinzeitmenschen haben, sagt man. Es ist ein Sport, der nie aussterben wird, solange es Menschen und - Fische gibt.“

„Aber - so lebt man doch gar nicht mehr richtig.“

„Sag' das nicht. Seine Arbeit macht er gut. Es ist nicht seine Schuld, dass der Automat ihm nicht mehr abverlangt.“

„Und das da?“, hatte Robina gefragt und in die Nacht hinaus gewiesen. „Warum machst du das?“

Ed lachte, eine Sekunde blitzten seine Zähne.

„Du hast dich selbst bei RENOV beworben!“ Robina war hartnäckig geblieben. „Hättest sicher auch irgendwo einen Automaten bekommen. Bis an dein Lebensende hättest du den betreuen können - und fischreiche Seen gibt es wieder genug.“

„Beruhige dich, Schwesterchen!“ Ed hatte ihr auf die Schulter geklopft. „Es gibt genügend Leute, die sehen, was auf sie wartet. Du hast deine Felder, die noch Generationen beschäftigen werden. Und ich werde morgen dabei sein, wenn Berge versetzt werden, du wirst sehen. Hunderttausende sind im Kosmos, auf den

Planeten, bauen neue Maschinen, Siedlungen. Wir können auf das Mittun solcher Väter verzichten, aber nicht vergessen: Vater hat einen Beitrag geleistet, und keinen kleinen. Es ist, glaube ich, im Augenblick die schwierigste Aufgabe für die Menschen, wirklich alle sozial gleichzustellen, die Disharmonien zu beseitigen."

Robina war Ed in diesem Augenblick von Herzen dankbar. Und auf einmal wurde ihr klar, weshalb er sie fast immer, wenn er zu einem neuen Einsatzort zog, zu sich holte. Sie sollte nicht fühlen, dass sie keine Familie hatte. Er litt genauso darunter wie sie, wollte ihr zeigen, dass sie zusammen gehörten. Sie hatte seine Hand gesucht und sie gedrückt. „Aber allein lassen sollten wir solche nicht", hatte sie leise bemerkt.

„Nein - sicher nicht. Aber ich war dabei, als Vater unlängst einen Beauftragten der Koordinierungsgruppe abfahren ließ, so einen jungen, der danach ganz verstört schaute. Er wollte weiter nichts, als Vater zu einer Zusammenkunft einladen, auf der es um die Soliaktion Standard ging. Vater sollte dort von seinen Erfahrungen berichten.

„Ja, ich weiß davon", hatte Robina bestätigt. „Er hat es mir selbst erzählt - voller Bitternis, rechthaberisch. Er hat es nicht verarbeitet - und gerade das ist ein wunder Punkt. - Wir hätten Mutter nicht weggehen lassen sollen."

„Du warst fünf, ich sieben - was hätten wir da ausrichten können? Es ist ihr sicher schwer genug angekommen. Hast du Nachricht von ihr?"

„Vor einem halben Jahr etwa hat sie mich angerufen. Sie meinte, es ginge ihr gut. Sie lebt monogam - mit einem Servicer zusammen."

Obwohl Ed noch etliches erklärte, hatte sich Robina die Dimensionen des Unternehmens nicht vorstellen können. So beschloss sie, den nächsten Tag noch zu bleiben und sich alles an Ort und Stelle anzusehen. Ed versprach, das alles zu regeln, obwohl es die Objektleitung - schon aus Gründen der Sicherheit - nicht so gern sähe, wenn Fachfremde zugegen sind.

Dann gingen sie über eine Stunde zu Fuß zum Hotel. Es lag auf einem bewaldeten Hügel außerhalb der Stadt. Über ihre Köpfe hinweg zischten in rascher Folge Gleiter, die Gäste zwischen der Stadt und der Herberge beförderten.

„Na, Robi, schau dir das an!“ Ed hatte zum Hügel gewiesen, von dem die Lichterkette des Hotelbaus herüberstrahlte. „Das ist noch gar nicht so alt, trotzdem bauen wir heute schon anders, wieder rationeller. Aber niemandem würde einfallen, deshalb solche Bauten zu verschrotten. Sie bleiben bewohnt, bis es aus Sicherheitsgründen nicht mehr geht. Es ist eben menschlich: Wir hängen an dem, an das wir gewöhnt sind.“ „Schon gut, Ed, ich gehe in mich.“

Eine Weile schritten sie schweigend. Dann fragte Ed: „Sag mal, Kleine, was ist das nun mit dem Boris?“ Die Frage kam zögernd, so als hätte er Bedenken, sie zu stellen.

Robina empfand, nach dieser direkten Frage gab es kein Ausweichen. „Was soll sein? Wir haben uns noch nicht entschließen können, unserem ZS die Information zu geben, dass wir monogam werden wollen.“

„Du Schalk, das habe ich nicht gefragt. Ich wollte wissen, ob ihr euch mögt.“

„Ich glaube - schon.“

„Und - also - warum nur habt ihr dann eurem ZS die Vorinformation nicht gegeben?“

„Man kann sich auch so mögen.“

„Robi, mir machst du doch nichts vor, hm?“

Robina antwortete nicht. Hätte sie Ed auseinandersetzen sollen, dass *sie* wohl diese Information in den Computer gesteckt hätte. Was nützte dem Bruder, wenn er wusste, dass Boris bisher immer wieder auswich; schließlich schluckt der Zentralspeicher nur, wenn *beide* einwerfen. Sollte sie Ed sagen, dass sie schon seit Wochen einen Baby-Clip mit sich herumtrug, sich aber bisher nicht entschließen konnte, mit Boris darüber zu sprechen? Freilich, Ed hätte sicher Verständnis für sie, würde dieses und jenes raten. Aber was sollte es? So nahe geht mir Boris' Unentschlossenheit nun auch wieder nicht, und - da hat er Recht - mögen kann man sich auch, ohne gleich den Computer darauf aufmerksam zu machen.

Das Hotel war einer jener Bauten, wie sie am Anfang des Jahrhunderts in großer Stückzahl, nur wenig abgewandelt, errichtet wurden.

Von Ed aufmerksam gemacht, hatte Robina die Fassade bewusst gemustert, den Blick über die horizontal „aufgefädelten“ Wohnkugeln gleiten lassen, von denen eine jede vier Appartementzellen enthielt. Sie musterte die dünnen, scheinbar zerbrechlichen Grashalmtürme, die den Bau flankierten. Die Spannseile hatte die Dunkelheit verschluckt. In der Tat sah das Hotel wie eine Rechenhilfe für Riesenkinder aus, auf den Speichen die Kugeln regelmäßig verteilt. Robina wusste aus eigener Erfahrung, wie angenehm es sich darin wohnte, von allen Seiten Licht, Luft, Gleiteranflug aus allen Richtungen möglich. Und was machte es schon, dass diese Bauten ein Zeitalter der Verschwendung repräsentierten, die Epoche nach der allgemeinen Abrüstung, als die Menschen in ihrer Entwicklung einen Sprung nach vorn taten. Das machte diese Hotels nicht weniger wohnlich.

Und dann hatte Robina mit Ed diskutiert, dass man wahrscheinlich das Wohnen an sich gar nicht isoliert betrachten dürfe, sondern nur im Kontex mit der jeweiligen sozialen Struktur.

Falls man jenen Menschen, die sich familiär abgekapselt durchaus wohl fühlten, damals beizubringen versucht hätte, dass es einen Unterschied gibt zwischen individuellem Wohnen und Wohnen schlechthin, dann hätten sie das vielleicht noch lächelnd zur Kenntnis genommen. Aber danach handeln? Heute hier, morgen dort übernachten, nur Tage da wohnen, wo es der Alltag verlangt, sich dort versorgen, ungezwungen von der nächsten freien Wohnmöglichkeit Besitz ergreifen. Und nur gelegentlich, wenn es ohne Hast passt, wenn sich ein Anlass bietet, kommt man nach Hause. Würden sie so gehandelt haben? Sie strebten alle nach Hause, damals, in übervollen Transportmitteln, mit dem eigenen Fahrzeug, auf Kosten der Freizeit.

‚Müßige Gedanken, Robi. Ein historischer Prozess liegt zwischen damals und heute. Sie hatten nicht die Voraussetzungen. Wohnraum, jahrhundertelang knapp, wurde zum Spekulationsobjekt. Mangelnde Baukapazität, hohe Kosten, Mobiliar nur für die Räume, die dringend gebraucht wurden, und nicht für solche, die nur gelegentlich belegt werden. Und Geld, das man dazu benötigte und das man verdienen musste.'

Am Abend hatten Ed und Robina in einer Live-Illusion an einem Karneval in Havanna teilgenommen. Später suchte Robina rechtschaffen müde ihr Appartement auf, bestellte sich für den nächsten Tag derbere Kleidung und schlief dann bald ein. -

Am darauffolgenden Morgen hatte Ed eilig Robina am Dispatcherballon abgesetzt, ihr noch eingeschärft, dem Mann ja nicht auf die Nerven zu gehen. Ed hatte die Transporte einzuweisen.

Und dann begann etwas, das sich Robina in den kühnsten Träumen nicht ausgemalt hätte. Freilich, gehört hatte sie von derartigen Technologien, aber technische Einzelheiten waren meist nicht tief in ihr Bewusstsein gedrungen.

Ein herrlicher Tag. Die Sonne, eben aufgegangen, schälte ringsum frisch leuchtendes Grün aus dem Nachtdunst. In der Stadt begann sich das Leben zu regen, in den Bäumen lärmten Vögel, ab und an stieg ein Gleiter auf. Bunt hingetupft lugten Fassadenteile der Wohnhäuser aus dem Grün, Sonnenreflexe sprangen auf.

Von ihrem hohen Standort - aus der Gondel des Fesselballons heraus - hatte Robina einen Überblick, wie er besser nicht sein konnte.

Vor dem Ballon lag in westlicher Richtung, sodass Robina die Sonne im Rücken hatte, die gestorbene Stadt. In der Nacht hatte man die letzten Baufahrzeuge abgezogen. Grau und tot standen die geometrisch ausgerichteten Gebäude mit den grob zugesetzten Fenster- und Türöffnungen. Die zusätzlichen Beton- und Plastanbauten ragten als Türme empor oder verbanden, die Straßenzüge regellos unterbrechend, einige der Gebäude.

In dieses graue Durcheinander schien die freundliche Sonne. Robina fühlte förmlich die Wärme, die den Beton erfasste, sah Arme aus den weitgeöffneten Fenstern sich den Strahlen entgegenrecken, Gesichter, die die Sonne froh machte. Kinder drängten aus den Eingängen, Fahrzeuge rollten ...

‚Ja, die Menschen damals empfanden gewiss nicht anders als wir heute.'

Dann hatte Robina in die Wirklichkeit zurückgefunden. Am Pult des Dispatchers liefen jetzt ständig Signale ein. Er sprach, gab Informationen weiter. Eine ganze Weile ging das so. Er fragte etwas in Reihenfolge ab, erst danach sah Robina auf einigen Dächern der Häuser Menschen, vielleicht die Einweiser. Einer davon konnte Ed sein.

Schon empfand Robina leichte Ungeduld, da rauschte die Flotte heran. Es war, als stiege hinter dem Wald eine riesige weiße Wolke auf, die sich ausbreitete und rasch auf die Stadt zu schwoll.

Dann konnte Robina Einzelheiten ausmachen: Jedes der Luftschiffe schleppte einen riesigen Container voller - das wusste sie von Ed - Lausitzer Sand.

Im Nu waren sie heran. Über Funk eingewiesen, verteilten sie sich über der toten Stadt, hingen übereinander, in Warteposition etliche, im raschen Abflug die, die ihre Last bereits abgeworfen hatten. Das dezente Pfeifen der Triebwerke und ein leichter Staubschleier lagen in der Luft.

Und von hinten, vom Wald her, drangen neue Geschwader vor. Bald würden sich der Kreislauf geschlossen haben, und pausenlos Hunderttonnenportionen zwischen die Bauten stürzen.

Aber auch unter den Schiffen und auf den Dächern der Blöcke tat sich etwas. Spezialgleiter schwebten umher, knapp über dem Neuaufgeschütteten, und sie sprühten Flüssigkeiten auf die noch über die Massen hinausragenden Fassaden, und auch von den Dächern rieselte es herab. ‚Der Festiger', hatte sich Robina erinnert. Die Erdmassen wurden gehärtet, verliehen so den notwendigen Halt.

Drei Stunden harrte Robina aus. Dann wurde der Dispatcher abgelöst, für sie eine Gelegenheit, die Gondel zu verlassen. Nicht eine Minute hatte sie sich gelangweilt. Da wurde in der Tat Gewaltiges geleistet. Dort, wo die selbstgrabenden Container sich füllten, würde ein neuer See entstehen, ein Kleinod in dieser etwas eintönigen Landschaft. Und hier unter den Augen der Zuschauer wuchs ein Berg, ein stattlicher Berg, über den elfgeschossigen Häusern bis 50 Meter hoch.

In den drei Stunden hatte Robina erlebt, wie aus der Ebene heraus dieser Berg angekippt wurde, wie die Luftschiffe zur Grobplanierung die Container gleich riesigen Schrappern über den aufgeschütteten Boden schleiften. Und sie hatte gesehen, wie die ersten fünfgeschossigen Bauten unter dem Sand verschwanden, aber nicht unwiederbringlich, sondern den Menschen weiter nützend.

Schon im nächsten Jahr würde der Hügel begrünt sein, eingeschlossen in das künstliche Mikroklimafeld, würde bestimmt im Winter zum Schneefallgebiet erklärt werden. Und im Inneren des Berges - viele nutzbringende Einrichtungen und Vorräte: ein Zauberberg.

Etliche solcher Stadtteile werden so verwandelt werden. Das Beispiel wird die Skeptiker überzeugen. -

Als sich Robina am Abend von Ed verabschiedete und den Heimflug antrat, hatte ihr der Bruder mitgeteilt, dass an den Flanken des Berges die Bepflanzung mit mutierten Schnellgewächsen im vollen Gange sei und dass sich, wie Kontrollen gezeigt hätten, der Verfestiger gut bewährte.

„Als Nächstes sollen Küstenstädte verbergt werden, dann komme ich in deine Nähe, Robi" Ed hatte das begeistert gesagt. Offen blieb, ob die Nähe der Schwester oder die neue Aufgabe seinen Enthusiasmus bewirkte. Wie Robina ihren Bruder kannte, konnte es eigentlich nur die Aufgabe sein. -

10

Robina riss sich nur schwer aus der Erinnerung. Aber sie hatte das Gefühl, dass sie hier eine Zäsur anbringen sollte, schon weil sie das, was sie da auf Band gesprochen hatte, nicht mehr übersah. Erst recht war sie sich nicht im Klaren darüber, inwieweit eine solche Geschichte geeignet sein mochte, einem Erdfremden einen Eindruck von dem Geschehen auf dem dritten Planeten des Sonnensystems zu vermitteln. Schließlich rang sie sich zu der Meinung durch: Niemand könne das wissen. Sie würde das Gesprochene eine Weile ruhen lassen, es dann überarbeiten, auf den Raster übertragen und dann in die Wand brennen - basta.

Robina machte es sich bequem und hörte sich ab. Ein Pfeifton war da - ‚Rückkopplung?'

Hastig schaltete sie ab, drückte die Taste jedoch nicht gehörig durch, sodass der nerventötende Ton mit einer kurzen Unterbrechung abermals die Kabine durchheulte. Das gleiche Malheur passierte ihr beim zweiten Schalten. Ärgerlich setzte sie sich auf, da durchfuhr sie ein Gedanke. Sie empfand ihn so ungeheuerlich, dass ihr das Blut zu Kopfe schoss und sie ein leichter Schwindel erfasste.

Der Ton brach plötzlich ab, dann setzte nach einer Pause ihre Stimme ein, stockend, mit holprigen Formulierungen. Robina hörte nicht zu. Sie überlegte. Dann sprang sie auf, legte hastig einen neuen Tonträger ein und stellte den Kontakt her zwischen dem Aufnahmegerät und ihrem Funkempfänger.

Wenig später lag sie wieder auf der Liege und lauschte dem anschwellenden Ton der Anderen, der jetzt in drei Folgen vom Band kam. Robina drückte die Taste und schaltete sofort wieder ein. Naturgemäß wurde der Ton unterbrochen.

Obwohl eindeutig, reichte Robina der Test nicht. In großer Hast entfernte sie das Speichergerät aus ihrem Anzug und legte es aufnahmebereit neben das erste.

Sie wiederholte das Spiel mit der Taste in kurzen und längeren Abständen, hackte das stetige, melodische Signal erbarmungslos in Stücke.

Obwohl das Ergebnis von vornherein feststand, war es Robina wie eine Offenbarung: Vom zweiten Tonträger wurde die Zerstückelung exakt wiedergegeben.

„Na wartet, Freunde!“, rief sie.

Fieberhaft nestelte sie an ihrem Anzug, riss - und pfiff dabei auf's Reglement - die Nottasche auf und zerrte die Tabelle mit dem Raumkode hervor.

Schnell warf sie eine kurze Zeichenfolge auf einen Taschentaster und stürzte sich dann in den Anzug. Erst bei der Verschnürung der Fußgelenke, die einer besonderen Sorgfalt bedurfte, kam sie zu sich.

„Zu spät für heute", murmelte sie nach einem Blick zur Uhr. „Ich muss dazu frisch sein."

Aber dann konnte Robina nicht einschlafen.

Später griff sie zur Box und schluckte ein Kügelchen. Noch bevor sie der Schlaf ergriff, sah sie klobige Raumschiffe mit geöffnete Luken auf sich zuschweben. Mit einem Lächeln auf den Lippen schlief sie ein. -

Robina bereitete den Ausflug zur Kuppel sorgfältig vor. Sie packte alle möglichen Gerätschaften zusammen, von denen sie meinte, dass sie ihr für ihr Vorhaben irgendwie von Nutzen sein konnten. Sie nahm sich genügend Proviant mit, um eventuell auch außerhalb der Grotte übernachten zu können. Es hatte sich ihrer eine Spannung bemächtigt, wie sie sie bisher nicht kannte. Sie ertappte sich dabei, wie sie zitterte.

Erst unterwegs auf dem Eselchen verließ sie die Nervosität, Ruhe überkam sie.

Robina sagte sich wiederholt, dass sie sich keinen übertriebenen Hoffnungen hingeben dürfe, aus zwei Gründen: Erstens war die Funkanlage sehr solide ausgeführt, und zweitens hatte sie keinerlei Ahnung, welche Entfernung zwischen dem Boliden und einem bewohnten Stützpunkt wohl zu überwinden wäre - oder ob es diese Anderen überhaupt noch gab.

Robina benutzte den Eingang, der auf die Ebene mündete. Im engen Gang stieß sie immer wieder mit ihren Gerätschaften an. Ein Glück nur, empfand sie, dass kein Lärm übertragen wurde.

Am Fahrstuhl stutzte sie. Sie fand die Tür geschlossen, und es dauerte Minuten, bis sie die Kabine herbeigerufen hatte. Es war logisch, dass sie letztens den Lift am Gang verlassen hatte, also hatte er, nach allem, was sie von derartigen Dingen verstand, an der gleichen Stelle zu stehen. Weitere Gedanken machte sich Robina freilich nicht. Eine Automatik vielleicht ...

Sie betrat, erneut geblendet von der Lichtflut, die Balustrade, und bevor sie zur gegenüberliegenden Tür gelangte, kontrollierte sie die Aufschriften: keinerlei Veränderungen. „Dann eben nicht“, sagte sie, und sie fuhr mit einer Sicherheit, als sei sie in dem Bau heimisch, nach oben in die Kuppel.

Nur wenige Augenblicke fühlte sie sich vom Anblick der Maschinerie gefangen. Dann begann sie, die Apparate bedächtig zu umkreisen.

Lange musterte sie die mächtigen Schleifen, die Auskopplung im Dach, die zur Antenne führten. Dorthin war nur schwer zu gelangen. Und die Schleife selbst? Es soll ein Supraleiter sein! Schon der Terminus flößte Robina Respekt ein.

Immer wieder betrachtete sie den Aufheizer. So hatte sie das Aggregat getauft, das offenbar, begleitet von kontinuierlich steigender Wärmeentwicklung in der Schleife, die Sendeenergie erzeugte. Zwei etwas mehr als daumendicke Rohre führten von dort weg, bogen nach etwa einem halben Meter rechtwinklig ab und verschwanden im Fußboden.

Auch die Anderen würden für einen Stromkreislauf zwei Leiter benötigten. Freilich zweifelte Robina, ob sie mit den Rohren jene beiden Leiter, die zum Aufheizer führten, auch tatsächlich vor sich hatte. Ebenso konnte darin eine Flüssigkeit pulsieren, ein Gas - oder wer weiß was. „Wir werden sehen", sagte sie, und sie setzte forsch den Brenner an. Nach wenigen Sekunden hielt sie inne. „So nicht, Robi", rief sie. Ihr lautes Sprechen sollte dabei Furcht und Ungewissheit übertönen.

Robina stellte ihr Anzugfunkgerät auf Empfang, wartete den Ton ab. Und als er aufklang, schaltete sie erneut den Brenner ein.

Obwohl das Rohr sehr bald zu glühen begann, schmolz es nicht. Und wieder stieg der Ton in ihrem Helm an, unverfälscht wie vordem.

Unter dem Brenner entstand Weißglut, der Untergrund begann zu sprühen.

Dann kam Robina ein Einfall. Sie fingerte hinter sich - ohne die Lage des Brenners zu verändern - und zog aus ihrer Werkzeugtasche ein großes Messer.

Als der Ton abermals anschwoll, hieb sie zu. Der Stahl der Klinge verschwand in dem weißglühenden Rohr wie in Butter. Der Ton jedoch stieg weiter an.

Langsam zog Robina das Messer aus dem Schnitt. Der Ton jedoch stieg weiter, blieb dann plötzlich hängen, ohne das Maximum erreicht zu haben, und dann sackte er wieder ab.

Es klang Robina wie Musik in den Ohren. Sie setzte den Brenner ab und atmete auf.

Langsam erlosch die Glut. Das Signal war in seiner tiefsten Lage gleichsam verröchelt. Obwohl die Pausenzeit lange vorüber war - es kam kein Ton mehr.

Zum ersten Mal nach der Havarie fühlte sich Robina unsagbar glücklich. Sie warf Brenner und Messer so impulsiv von sich, dass sie über den glatten Boden schlitterten. Dann sprang sie auf, landete unter der Kuppel, stieß sich ab, stand Kopf; dazu rief sie: „Ich habe sie, ich habe sie!"

Später lehnte sie froh erregt und atemlos an der Kuppelwand und flüsterte noch immer: „Ich habe sie."

Nur langsam klang die Euphorie ab. Robina kroch auf allen vieren zum Messer hin, nahm es auf und krabbelte zum durchschnittenen Rohr.

Außer dem feinen Schnitt zeigte sich dort nichts, weder eine Verfärbung noch eine Verformung. Robina schien jedoch, als sei auf der Schnittfläche des massiven Drahtes ein radialer Übergang von Hell nach Dunkel auszumachen, wobei sich die hellere Partie wie ein Ring außen herumzog.

‚Leiter und Isolierung in einem?' Robina zuckte mit den Schultern. „Meine geringste Sorge!" Sie sah zur Uhr. Bereits seit 15 Minuten sendete die Apparatur nicht mehr. „Robina Cruxs Signal!" Wieder empfand sie eine große Freude.

Sie fühlte keinerlei Gewissensbisse, auf diese rabiate Weise in fremdes vernünftiges Wirken eingegriffen zu haben. „Selbsterhaltungstrieb ist das. Niemand kann das übel nehmen!"

Und dann kam wieder Angst auf, als sie das Messer erneut in den Spalt einzuführen begann.

Als sie die Schneide etwa vier Millimeter gesenkt hatte, stiebte ein mächtiger blauer Funke auf. Robina fuhr zusammen und riss das Messer empor.

Nachdem sich ihr Herzschlag beruhigt hatte, sagte sie verächtlich: „Was hast du erwartet, Dummkopf, wie sich ihr Strom verhält?“ Und forsch hieb sie das Messer in den Schlitz. Nur ein kleiner Blitz entstand.

Sofort setzte der Ton ein. Er stieg normal an, erreichte sein Maximum, riss ab.

Robina hielt verkrampft das Messer, dann, sich dessen bewusst, ließ sie es zwar los, aber im Schnitt stecken. Nach der üblichen Pause setzte der Ton ein.

„Es funktioniert“, flüsterte Robina. Und dann begann sie mit dem eigentlichen Versuch: Sie ließ das Signal anschwellen, zog mit einem Ruck das Messer, der Ton blieb hängen, sackte ab, verröchelte.

Robina packte der Spieltrieb. Ungeachtet der Funken, die sie verursachte, stellte sie mit der Messerklinge Kontakt her oder unterbrach ihn. Es entstand eine misstönende und auf die Nerven gehende Melodie.

Wenn Robina den Ursprungston nach oben auslaufen ließ, schaltete sich die Anlage ab und erst nach der Pause automatisch wieder ein. Wahrscheinlich gab es, von außen nicht sichtbar, einen Temperaturfühler am Aufheizer, der die Kontaktgabe regelte. Wenn aber der höchste Punkt nicht erreicht wurde, gab es auch keine Abschaltung, und Robina konnte somit beliebig lange ihre nervenden Musikstücke intonieren - für sie das Schönste, was sie je gehört hatte. Sie spielte so lange mit der Anlage, bis ihr langsam klar wurde, dass sie etwas Vernünftigeres mit ihrer Entdeckung anfangen musste. Schließlich konnte sie nicht Tage herumsitzen und mit dem Messer hantieren. Und tage-, monatelang musste die Melodie gesendet werden. Einen Apparat brauchte sie, der das für sie besorgte. Den Hilferuf wollte sie senden, den jeder - irdische - Raumfahrer kannte, das alte, bewährte SOS nach Morse.

Robina probierte mit dem Messer eine entsprechende Modifikation, die sie sich zunächst mühsam aus dem Kode zusammenstellte.

Doch sie musste feststellen, ihr Signal würde nur schwer zu entziffern sein. Sie konnte jedoch getrost davon ausgehen, eine Raumschiffbesatzung der Erde, die das auffing, würde alles daransetzen, den Ruf zu verstehen. Es störte, dass sich auch innerhalb der einzelnen Impulse die Tonhöhe ständig änderte, was möglicherweise einen Empfänger veranlassen könnte, dahinter eine zusätzliche Information zu vermuten. Misslich blieb: Robina fühlte sich außer Stande, eine Apparatur zu bauen, die automatisch den Strom so unterbrach, dass das Zeichen entstehen konnte. Wenigstens ein S zu senden, wäre der Gipfel. Lange saß Robina an diesem Tag an der Anlage.

Dann dachte sie nach, was sie noch unternehmen könne. Zunächst entschloss sie sich, den Kontakt offen zu lassen, das hieß, die Anlage tot zu legen. Das würde ihr mit Sicherheit am meisten nützen. Wo auch immer das Signal der Anderen gehört wurde, seit diesem Tage wusste man dort, dass auf dem Boliden irgend etwas nicht mehr in Ordnung sein konnte. Und wenn irgend jemandem an der Funktionstüchtigkeit des Funkfeuers liegt, dann kommt er her und repariert es - logisch! Erst recht werden sie kommen, wenn sie hören, demnächst, dass die Anlage durch vernünftiges Einwirken falsch sendet. Für jedermann wird mein S, wenn vielleicht nicht als solches, so doch als ein vernünftiges Signal zu erkennen sein! -

Robina benötigte sieben Tage, um eine einigermaßen brauchbare Konstruktion zu entwerfen - der Bau des Eselchens dagegen ein Kinderspiel. Wieder bildete eine Crapsdose die Grundlage. Sie sollte die entsprechenden Nocken bekommen, sich drehen und den Kontaktgeber, das gelagerte Messer, betätigen.

Die Nockendose entstand schnell. Kopfzerbrechen bereitete der Antrieb. Alles, was Robina ersann, verwarf sie wieder. Schließlich befasste sie sich mit dem „Allesfressermotor", der ihr allerdings für diese Zwecke viel zu groß und leistungsstark vorkam. Aber er lief prächtig, machte wahrscheinlich auch viel Lärm, aber wen störte das, und Robina entschloss sich, ihn zu verwenden. Doch drehte er sich viel zu schnell, und trotz einer primitiven Transmission bekam sie immer noch zwei Mal das S auf die Signallänge. Es würden also, da nun das Signal nicht mehr abriss, in ununterbrochener Folge lauter S in den Weltraum wandern, und irgendwann würde es irgendwem auffallen.

Wenn sie genügend Treibstoff bereitstellte und der Motor es überstand, konnte das S etwa 17 Jahre lang ausgestrahlt werden. Danach müsste sie sich einen anderen Antrieb einfallen lassen.

Augenblicke lang wunderte sich Robina, dass sie über solche Zeiträume wie über etwas Alltägliches nachdachte; Angst und Mutlosigkeit blieben aus. Sie hielt das der Aufgabe zugute, die sie fiebrig erledigte.

Die technische Konzeption war die eine Seite, die praktische Ausführung die andere. Mehrmals fühlte sich Robina der Verzweiflung nahe, zwei Mal gab sie auf. Immer wieder war es der Gedanke, eine Stimme zu haben, die nach außen drang, der sie erneut an den Haufen aus Stäben, Plaststücken, Drähten, Dosen und dem Motor zog.

Eines Tages drehte sich die Apparatur doch! Robina beschloss, noch eine Zeitlang in der Grotte zu bleiben und das Gerät gründlich Probe laufen zu lassen. Am ersten Tag blieb es nur zwei Mal stehen, und das aus belanglosen, schnell behebbaren Ursachen.

Robina erfüllte wieder Stolz, sie dachte an ihre Lehrer, an Situationen auf der EVO und im Institut, in denen ihr die Technik ziemlich verschlossen blieb.

Stundenlang saß sie vor der Maschine, tat nichts, sondern sah dem Bewegungsspiel zu, dem Auf und Ab des Messers.

Um so niederschmetternder und vor allem überraschend traf sie am nächsten Tag eine Feststellung: Es war Zufall, dass sie das Anzugfunkgerät einschaltete und es auf Empfang stand. Und sie beachtete auch das leise Summen gar nicht, bis nach etwa einer Minute, klar und deutlich wie eh und je, der sich hochschraubende Ton der Anderen aus dem Lautsprecher drang.

Robina saß wie versteinert, ließ drei- oder vier Mal das Signal aufklingen.

Dann sprang sie, einer vagen Eingebung folgend, in die Schleuse, ohne die Luke zu schließen, sodass die Atmosphäre rauschend entwich. Aber die Hoffnung hatte getrogen: Das Speichergerät lief nicht. Die Signale kamen direkt vom Sender.

Mechanisch hing sich Robina den Brenner um, warf einen Blick auf den unermüdlich rotierenden Apparat und sauste auf dem Eselchen dem Eingang zum unterbolidischen Bauwerk zu.

Wieder musste sie auf den Fahrstuhl warten.

Diesmal hielt sie sich nirgends auf. In der Kuppel angekommen, rannte sie auf die Stelle zu, an der die Drähte aus der Apparatur kamen.

Ungläubig ließ sie sich auf die Knie sinken, ging mit dem Gesicht ganz dicht an das eine Kabel, das sie durchtrennt hatte. Aber so sehr sie sich auch mühte, dort befand sich kein Schnitt. Der Stab sah so aus, als sei in ihm auch nie einer gewesen.

Robina fuhr mit der Hand darüber hin, nicht die Spur einer Unebenheit.

‚Sollte das Material sich ... Absurd! Wie kann sich ein einfacher Leiter selbst regenerieren? Eine solche Kluft besteht zwischen diesen Apparaturen und irdischen in der Entwicklung nicht!'

Diese Überlegungen Robinas änderten jedoch nichts daran, dass die Brennstelle nicht mehr existierte.

Robina musterte den Raum gründlich. Nichts ließ sich feststellen, das irgendwie Licht in diese finstere Angelegenheit gebracht hätte.

Es wurde Robina unheimlich, Schweiß brach ihr aus. Sie dachte an allerlei Überraschungen, die das Bauwerk vielleicht noch bergen konnte. Sie ertappte sich, wie sie aus den Augenwinkeln heraus die Verkleidung des Apparates musterte.

Aber dann schüttelte sie die Bedenken ab. Sie fand sich damit ab, dass sie im Augenblick keine Möglichkeit sah, das Phänomen zu erklären.

Verhältnismäßig unbekümmert setzte sie dann erneut den Brenner an, brachte das Kabel zur Weißglut und schnitt es entzwei. Anschließend überzeugte sie sich, dass es vorzüglich ihren Willen respektierte.

Wieder ließ sie die Anlage „ausgeschaltet“, als sie ging. Aber sie blieb auf Empfang.

In der Grotte eingetroffen, konnte sie zu ihrer Freude feststellen, dass sich die Hackermaschinerie noch einwandfrei drehte.

„Morgen wird es Ernst, da bist du dran“, sagte Robina laut zum Apparat.

In diesem Augenblick setzte das Signal wieder ein, laut und dröhnend, dass es in den Ohren schmerzte.

Mechanisch sah Robina zur Uhr. Vor etwas mehr als zwei Stunden hatte sie den Strang zerschnitten.

Sie setzte sich, fühlte sich keiner vernünftigen Überlegung fähig, kam sich völlig hilflos vor.

Nach einer Weile stand sie auf.„ Na warte!“, rief sie trotzig. Sie raffte einige Ausrüstungsgegenstände zusammen und befand sich wenig später bereits wieder auf dem Weg zur Kuppel. Kein Zweifel, das Kabel befand sich abermals in tadellosem Zustand.

Robina zögerte nicht lange. Sie schnitt, probierte. Schablonenhaft wiederholten sich die Vorgänge.

„So“, sagte sie dann. „Wir werden sehen!“ Sie setzte sich bequem, lehnte sich an die Kuppelwand und richtete sich, den Draht im Auge behaltend, auf eine längere Wartezeit ein.

Das Signal schwieg.

Nach einer Stunde überfiel Robina Müdigkeit. Sie kontrollierte den Schnitt aus der Nähe, es hatte sich nicht das Geringste daran verändert.

Nach zwei Stunden würde das Signal wieder einsetzen ... Noch vor deren Ablauf griff Morpheus zu.

Nach drei Stunden wachte Robina auf. Erschrocken kontrollierte sie den Schnitt - unverändert! Dann tippte sie sich an den Helm, dort, wo sich dahinter die Stirn befand. ‚Das Signal hätte ich nicht überhört - wozu also springe ich hier herum?'

Dann betrachtete sie sich den Schnitt genauer. Nichts, auch keine Anzeichen eines Zuwachsens. „Na also", brummte sie zufrieden.

Robina aß eine Kleinigkeit, döste, schlief kurze Zeit, vertat weitere Stunden; die Anlage schwieg.

Im Laufe der Zeit wurde es Robina unheimlich. Sie ertappte sich, wie sie die Fahrstuhltür musterte.

‚Ein absurder Gedanke! Wie sollte sich außer mir noch jemand ...? Quatsch!'

Trotzdem spürte sie, wie sich ihr diese Idee auf den Magen legte. Ein Beben durchlief ihren Körper.

Dann raffte sie sich auf. „Morgen komme ich wieder", rief sie laut. „Bis dahin ..."

Einer plötzlichen Eingebung folgend, nahm sie das Messer, führte es in den Spalt, vergewisserte sich am einsetzenden Signal, dass der Kontakt hergestellt war, und dann verließ sie die Kuppel.

Der Gedanke an einen geheimnisvollen Fremden saß. Der dritte Gang, der von der Treppe abging ... Es wurde ihr wieder bang, als sie ihn betrat. Er stieg an, wendelte sich in einem weiten Bogen, wurde steiler, ging in eine Treppe über, ähnlich jener, die am Fahrstuhl entlang führte, und endete an einer fast senkrecht stehenden Gesteinsplatte.

Dieses Mal hatte Robina große Mühe. Erst als sie den Schaft des Brenners zu Hilfe nahm, begann sich die Platte in der bekannten Art zu drehen.

Robina trat abermals ins Freie und fühlte sich nun doch enttäuscht.

Dann sah sie sich um. Sie benötigte eine Weile, bis sie sich zurecht fand. Sie stand auf der letzten Stufe der Pyramide, die die Kuppel trug. Knapp zwei Meter über ihr befand sich die Plattform. Kristallbruch und Auswüchse zogen sich nach oben.

Diesmal war es ein Spat, der den Zugang verschloss und der sich in seiner gesamten Ausdehnung nach hinten klappen ließ.

‚Wenn wir wenigstens *den* damals entdeckt hätten!' Robina seufzte. Sie erinnerte sich, dass sie sich mit Frank auf jener Treppe befunden hatte.

Sie kehrte zur Grotte zurück. Unentwegt begleitete sie laut der Signalton der Anlage.

Ohne Zeit zu verlieren, belud sie sich mit der Hackmaschine und machte sich erneut zur Kuppel auf den Weg, wobei ihr der Transport durch die Gänge einige Schwierigkeiten bereitete.

Obwohl mehr als vier Stunden verstrichen waren, fand sie das Messer unverändert als Kontaktgeber im zerschnittenen Kabel vor.

Wieder fühlte sie sich ein wenig enttäuscht. ‚Was hast du erwartet, Robi? Etwa, dass hier einer der Anderen haust, einer, der zwei Mal das Kabel repariert? Blöd! Nun, auf jeden Fall wäre er seinen Pflichten wohl auch dann nachgekommen, wenn er das Messer im Schlitz vorgefunden hätte.'

„Also, Robi, nimm dich zusammen. Es wird seine Erklärung finden." Robina rückte ihre Hackmaschine in Position, klebte sie mit Wasser fest an den Boden und setzte dann den Motor in Gang.

Es funktionierte großartig, Robina fand: vollkommen. Eine ganze Weile sah und hörte sie zu.

Dann ging sie zurück über die Treppe zum Eingang eins. Beschwingt sprang sie über Kristallstufen, und sie sang ihre S-Melodie stellenweise lauthals mit, obwohl die Stimmbänder solch ungewöhnlicher Beanspruchung kaum gewachsen waren.

Robinas Hochstimmung hielt an, bis sie sich in der Grotte befand. Auch in der Kabine ließ sie die Melodie laufen, aber zwei Dinge begannen sie zu beschäftigen: Was sollte sie *nun* tun? Erstens hatte das Intermezzo mit dem Signal ihren Elan, den schriftlichen Nachlass zu vergrößern, gebremst und zweitens - wie lange würde ihr Apparat arbeiten? Sie blickte immer öfter zur Uhr. Drei Stunden waren bereits vergangen, seit sie ihn installiert hatte.

Untätig hörte sie mit zunehmender Spannung zu.

Und doch fuhr sie überrascht auf, als die Melodie plötzlich abbrach, zu einem Zeitpunkt, als sie annahm, nun sei der kritische Punkt bereits überschritten.

Robina begann routinehaft die Ausstiegskleidung zurechtzulegen, langsam zog sie sich an und schleuste sich aus. Dabei wurde ihr immer leichter. Wenn die Anlage schwieg, war es ein Fehler ihrer Maschine, ein vorübergehender Ausfall.

Als sie das Bein hob, um das Eselchen zu besteigen, setzte das Signal ein, in seiner ursprünglichen Weise.

In Robina stieg neben Enttäuschung Wut auf. Kurz entschlossen ging sie zurück und holte für den Brenner einen Weitwurfkopf. ‚Notfalls', dachte sie.

Robina erreichte den Eingang zwei an der Ebene. Misstrauisch betrat sie den Gang. Aufmerksam sah sie sich um, einige Male blieb sie lauschend stehen, bis sie sich vergegenwärtigte, dass ein Geräusch sie nur über Funk erreichen konnte.

Sie benutzte nicht den Fahrstuhl, sondern stieg, nachdem sie ihn gerufen hatte, durch die Kabine hindurch und nahm die Treppe.

Auf der Balustrade hielt sie sich lange auf. Sie ging ringsum, musterte die Wände, fuhr sogar mit dem Handschuh entlang. Das Licht pulsierte in den Mauern, aber es war das Einzige, was sie durchdrang.

Ähnlich untersuchte Robina den Fußboden, mit dem gleichen negativen Ergebnis.

Lange stand sie über das Geländer gebeugt, den Lichtschutz in der Sichtscheibe, und starrte nach unten in die kalt brodelnde Helligkeit. Es hatte den Anschein, als wären die Zugänge dorthin ein für alle Mal verschlossen worden.

Es schien Robina nicht möglich, dass dort unten der Ausgangspunkt für das geheimnisvolle Tun in diesem unterbolidischen Bauwerk zu suchen sein sollte. Sie bestieg den Fahrstuhl, betrachtete lange das Sensorentableau, knobelte, ob sich die Kabine wohl noch anderswo anhalten ließ. Sie kam zu keinem Ergebnis, fand nicht die Ruhe und Konzentration, andere Kombinationsmöglichkeiten auszuprobieren.

Dann betrat Robina gespannt den gläsernen Bau. Zunächst blieb sie an der Tür stehen und sah sich gründlich um. Alles schien unverändert. Von ihrem Standort aus konnte sie den Signalhacker nicht erkennen. Von draußen blitzten die Sterne, die matte Verkleidung des Senders reflektierte diffus die Lichtpulsationen. Robina zögerte, zu ihrem Apparat zu gehen. Angst befiel sie. Dann schalt sie sich eine dumme Gans und trat vor. Obwohl aus den jüngsten Erfahrungen auf Einiges gefasst, traf es sie wie ein Schlag: Das Kabel erfreute sich, damit hatte sie gerechnet, einer unangetasteten Ganz-heit. Aber die so mühsam erdachte, konstruierte und gebastelte Maschine befand sich nicht auf ihrem Platz, war verschwunden, einfach verschwunden!

Zuerst breitete sich in Robina Ungläubigkeit aus, dann Enttäuschung, aber plötzlich wurde sie wütend, wütend, wie sie es an sich bisher nicht gekannt hatte.

Sie trat mit den Füßen gegen die Verkleidungen, hämmerte mit Fäusten, schrie: „Ihr Hunde! Ich habe euch für Freunde gehalten, Schufte seid ihr, hinterhältige Schufte!“ Robina tobte. Sie riss den Brenner von der Schulter, steckte mit bebenden Händen und tränenverschwommenem Blick den Weitwurfkopf auf, „Euch werd ich's zeigen!“, und sie ließ mit grimmigem Triumph den Strahl in die Anlage fahren. Sobald ein Teil zu glühen begann, hieb sie mit dem Messer darauf, ungeachtet einer möglichen Gefahr. Es gelang ihr, Materialstücke abzuschlagen; selbst aus der Schleife. Sie zerhackte beide Kabel, hieb Teile davon heraus. Es stiebten Funken, dann schwieg die Anlage.

Robinas Atem ging stoßweise. „So, nun könnt ihr bauen, könnt zeigen, was in euch steckt!“

Doch nicht genug: Sie richtete den Strahl nach oben zur Antennenauskopplung. Als dort die Kabel glühten, sprang sie empor, hielt sich mit der Linken an der Verkleidung fest und zerschlug wahllos die Anschlüsse.

Robina tobte, bis sie die Kräfte verließen. Fast ohne Besinnung, sank sie keuchend zu Boden. Neben ihr zischte der Brenner.

Nach einiger Zeit drehte sie den Strahl ab. Sie rappelte sich auf. Die Wut war verraucht, der Anfall vorüber, Verzweiflung überfiel sie. Robina schluchzte. Sie schlug, keines geordneten Gedankens fähig, mit den Fäusten sinnlos auf den Fußboden ein.

Später, sie hätte nicht zu sagen gewusst, wie viel später, kam sie zu sich. Sie blickte sich entsetzt um. „Oh", stöhnte sie und bedeckte den Kopf mit den Händen. Dann richtete sie sich auf, raffte den Brenner an sich. Sie wollte das Ausmaß der Schäden nicht feststellen und verließ schleppenden Schritts die Kuppel. Der Brenner schleifte am Boden.

Robina schämte sich, wie sie sich noch nie geschämt hatte. Sie wusste, dass es für ihr Verhalten keine Entschuldigung gab. -

Zur Grotte zurückgekehrt, hatte sie sich noch immer nicht gefangen. Maßlos traurig, aber auch ein wenig trotzig machte sie sich bitterste Vorwürfe, dann beschuldigte sie sich und die Anderen wechselseitig. Sie näherte sich einer Stimmung, die bereits an niederschmetternde Verzweiflung grenzte. Verzweiflung, weil sie sich außer Stande fühlte, das Rätsel der Kuppel zu lösen, weil die einzige, winzige Hoffnung - über das fremde Funkzeichen auf sich aufmerksam zu machen -, begraben werden konnte und weil damit das Warten wieder sinnloser wurde. Das Beschriften des Steins würde nur mehr, das empfand Robina jetzt, eine Beschäftigung sein.

Aber mit welchem Elan wäre sie dem Stein zu Leibe gegangen mit der S-Melodie im Ohr, mit dem Gedanken, jetzt, in diesem Augenblick, konnte sie irgendwo einem fernen Hörer auffallen! Ein Warten hätte dann Sinn gehabt, einen kleinen Sinn ...

,Die paar Unregelmäßigkeiten, die ich bisher dem Signal beigeben konnte, was bedeuten die schon. Ein derart tristes Rufen wird nicht ständig abgehört.' In diesen Gedanken drehte Robina auf Empfang. Die Anlage schwieg.

„Immerhin", sagte sie mit bitterem Triumph. „Vielleicht habe ich es diesmal geschafft, sie matt zu setzen. Das wäre auch schon ein Erfolg."

Trotzdem wollte ihre Niedergeschlagenheit nicht verfliegen. Lange konnte Robina nicht einschlafen, obwohl sie sich am ganzen Körper wie zerschlagen fühlte. Dann griff sie zur Box. -

Von weit her drang ein Ton in ihr Bewusstsein, zerrte an den schweren Augenlidern. Es schien, als höbe dieses Singen den gesamten Körper an, trüge ihn federweich mit sich fort, immer höher, ließe ihn dann für bange Minuten allein, gleichsam schwebend, und ergriffe ihn erneut, um ihn noch höher empor zu tragen.

Plötzlich erwachte Robina, und ihr wurde leicht. Aus dem nachlässig hingeworfenen Skaphander drang das Signal, strahlend und vollkommen wie eh und je. Und obwohl der Ton erneut von unbekannten Kräften kündete, freute sich Robina - als hätten die Anderen ihr verziehen. Dann richtete sie sich auf.

Der Ärger über den missglückten Versuch, der Funkanlage ihren Willen aufzuzwingen, schwand.

„Jetzt will ich wissen, was das ist!", murmelte sie.

Sie hatte keine Vorstellung, wie, aber sie wollte dem Geheimnis der Kuppel auf die Spur zu kommen. Der

Vorsatz stimmte sie froher, und mit allen möglichen Phantastereien über das Wie schlief sie ein. -

11

Die nächsten Tage verbrachte Robina damit, einen zweiten Hacker zu bauen. Sie hatte ihren Entschluss, das Rätsel zu lösen, nicht aufgegeben. Ausgangspunkt sollte jedoch wieder eine Signalunterbrechung sein.

Die Geberwalze bereitete keine Schwierigkeiten, wohl aber der Antrieb. Schließlich brachte Robina ein Flügelrad an, das mit einem Sauerstoffstrahl aus einem Reservebehälter angeblasen wurde. Bei der geringen Reibung der Walze ließ sich der Strahl sparsam einstellen, und ein Kanister würde etliche Tage reichen.

Und dann zog Robina um, in eine V-Wohnung, ganz wie sie es früher gehalten hatte, wenn sie den Vater oder Ed längere Zeit besuchte oder mit Boris die Freitage verbrachte. Und oft hatte sie eine solche Vorübergehwohnung benutzt, wenn ein Abend mit Freunden lang' wurde und sie benommen war von Getränken und Düften.

Ihre hiesige V-Wohnung sollte die Kuppel werden.

Robina lud das, was sie brauchte, auf das Eselchen, hängte Einiges noch hinten an und fuhr zur Pforte zwei. Mit einiger Scheu und schlechtem Gewissen betrat sie die Kuppel, den Brenner über der Schulter, den neuen Hacker unter'm Arm.

Überrascht blieb sie stehen. Auf den ersten Blick zeigten sich keinerlei Spuren ihres Tobsuchtsanfalls. Wie geleckt der Fußboden, die Apparate intakt.

Robina stellte die Gerätschaften behutsam, beinahe ehrfürchtig beiseite. „Sie sind uns überlegen“, flüsterte sie. Bewunderung und Angst rangen in ihr. Langsam umrundete sie den Sender.

Erst bei genauerem Hinsehen gewahrte sie einige Stellen, die eindeutig Spuren der Nachbesserung trugen, vor allem dort, wo sie sinnlos mit dem Messer in die Verkleidung gehauen und eigentlich nur Kratzer und Kerben hinterlassen hatte.

Robina pfiff durch die Zähne, wie sie es oft von Ed gehört hatte, wenn er irgend etwas Bedeutsamem auf die Spur gekommen zu sein glaubte.

Und Robina glaubte, den ersten Makel in der Perfektion des geheimnisvollen Schlossers entdeckt zu haben. Sie fand Zeugnisse, dass jener wieder die Kuppel aufgesucht hatte, abgesehen vom Funktionieren der Anlage - und, bewiesen nun, dass es ihn geben *musste*!

Dann wunderte sie sich über ihre Haltung. Obwohl nun klar zu sein schien, dass sie sich nicht allein auf dem Boliden befand, spürte sie weder richtige Angst noch Freude. Zugegeben, ein wenig bang war ihr, und öfter als einmal ging ihr Blick zur Schleusentür, ob sie sich nicht öffnete und irgend etwas Überraschendes hereinließ.

Aber eigentliche Freude empfand sie auch nicht: Jemand, der sich so verborgen hielt, gab zu verstehen, dass er mit dem Eindringling nichts zu tun haben wollte. Und aufgedrängt hatte sich Robina noch nie und bei niemandem. Sie hatte zu Boris’ nicht geringer Überraschung die Liaison, obwohl es sie sehr schmerzte, beendet. Und trotz ihrer aussichtslosen Situation würde sie nicht um gutes Wetter bitten. Denn, so entschied sie, dieser Jemand müsste längst ihre Lage erkannt haben, müsste wissen, dass Zurückhaltung, Vorsicht oder was immer ihn sich verbergen ließ, unnötig waren. ‚Wirklich? Bisher haben sie von mir nur Zerstörung erfahren!'

Dann wurde sich Robina bewusst, dass sie möglicherweise ganz falsche Maßstäbe anlegte. Treppen und Gänge, Sensoren und Schilder deuteten darauf hin, dass die Anderen in ihren Reaktionen, in ihrem Wesen den Menschen verständlich sein mochten. Das Gegenteil konnte jedoch ebenso der Fall sein. ‚Woher nehme ich die Gewissheit, dass sie einen Kontakt wollen?' Mit diesem Gedanken stieg so etwas wie Mutlosigkeit in Robina auf.

Dann schob sie das alles weit von sich und betrachtete eingehend die Reparaturstellen. Sie fühlte sich durchaus nicht als Fachmann für Oberflächenveredlung, aber hier glaubte sie zu erkennen, wie der fremde Monteur zu Werke gegangen war: Er hatte die Kratzer und Kerben ausgegossen, geschlichtet und farblich der Umgebung angepasst, und gerade das schien ihm nicht hundertprozentig gelungen zu sein. Meist schimmerten die reparierten Stellen heller. Die Kabel hingegen und auch die Supraschleife zeigten keinerlei Makel. ‚Ausgetauscht!' dachte Robina.

„Nun gut", sagte sie. „Die kaputten Teile ausgetauscht, aber warum diesen Aufwand, diese Akribie bei der Verkleidung? Die Apparatur hätte auch mit den Kratzern und Kerben gesendet. Weshalb also dieser Hang zum letzten Schliff?"

Dann erinnerte sie sich ihrer Übertreibung bei der Vorratsbilanzierung. ‚Da habe ich auch mehr gemacht als notwendig!' Langsam ließ Robina den Gedanken in sich wachsen. Dann rief sie: „Ein Leidensgefährte!"

Gleich darauf ließ sie ihr Kartenhaus zusammenstürzen, und es traf sie schwer: ‚Dann hätte er auf jeden Fall, als er uns spürte, alles unternommen, damit wir ihn retten. So wie sie mich retten würden, wenn sie könnten.'

Wieder regte sich in Robina der Gedanke: ‚Was wissen wir denn voneinander, wer vermag zu sagen, was die Anderen täten ...' Und dann unternahm sie das ihrer Meinung nach einzig Vernünftige und installierte mit aller Brutalität den Signalhacker. Bevor sie die Flamme ansetzte, rief sie, ein seltsames Gefühl in der Magengegend überspielend: „Nimm's mir nicht übel, Mister Unbekannt", und sie dachte: ‚Wenn du etwas dagegen hast, und alles spricht dafür, dann scher dich her und sag' es mir!'

Aber der Apparat lief nicht.

Als sich nach dem Aufdrehen des Ventils das Flügelrad nicht bewegte, bekam Robina vor Schreck eine Gänsehaut, dann schlug sie sich mit der flachen Hand an den Kopf.

In der Kabine, wo sie die Funktionsprobe gemacht hatte, hatte es funktioniert, „weil dort keine Weltraumtemperatur herrscht, du Esel. Der flüssige Sauerstoff verdampft, hier tut er das nicht!" Nach einer Weile: „So ein Mist!"

‚Ha, Robina, du machst dich, wirst noch ein technisches Genie!' Sie zerrte den Kanister auf den Heizer. Der Schlauch erwies sich als lang genug, und wenig später drehte sich die Crapsdose.

Wieder strahlte die S-Melodie in den Raum, und doch ein wenig stolz ging Robina, die anderen Dinge für die Einrichtung ihrer Wohnung herbeizuschaffen. Ihre zunehmende innere Unruhe, das Spannungskribbeln, ignorierte sie.

Vier Mal musste sie den langen Gang passieren, mit dem Schrägfahrstuhl bis zum Ringsalon, wie sie mittlerweile den Rundbau nannte, fahren und dann senkrecht empor in die Kuppel. Sie tat's mit aller Selbstverständlichkeit. Aber unterbewusst kam sie sich vor wie eine Maus, die bereits nichtsahnend in der Falle sitzt.

Robina richtete sich einigermaßen häuslich ein. Ein wenig grauste ihr vor der Aussicht, tagelang im Raumanzug zubringen zu müssen. Sie nahm sich vor, einmal in der Woche die Hauptwohnung aufzusuchen, sich dort zu waschen, auszuruhen ohne den Anzug. ‚Es soll früher Leute gegeben haben, die sich freiwillig nur einmal in der Woche gründlich wuschen, da werde ich das auch überstehen.'

Robina machte es sich bequem, so gut es ging, und wartete.

Zwei Mal streikte am ersten Tag der Hacker, zwei Mal war sie ihm dafür dankbar, weil er ihr zu tun gab.

Das Ursprungssignal blieb verstümmelt, niemand kümmerte sich darum. ‚Und du sei froh, Robina, es ist, was du wolltest!' Aber sie fühlte, wie sie von allen Seiten graue Langeweile bekroch.

Als es Schlafenszeit wurde, streckte sie sich auf das provisorische Lager. Einschlafen konnte sie nicht. Sie litt unter der Stille, die sich auf sie legte wie eine Platte. Eine Weile hörte Robina auf die S-Melodie. Mit der Zeit ging das ewige Auf und Ab auf die Nerven. Ein

Kügelchen würde Schlaf bringen ... Sie wagte nicht, eines zu nehmen, aus Angst, dann das Geheimnisvolle, das sich bisher nur in der Stille tat, zu verpassen - oder, was schlimmer sein konnte, sie wäre nicht voll handlungsfähig.

Dann lag sie und beschwor Bilder, Erinnerungen herauf. -

Auf Empfehlung der Flugleitung fand zum Start der REAKTOM kein „großer Bahnhof“ statt. Eine kleine Zusammenkunft mit den nächsten Angehörigen und eine kurze Ansprache des Chefs würdigten das Ereignis. Freilich, der Start eines Raumschiffes stellte nichts Besonderes dar. Das siebente Mal starteten Menschen zu einem interstellaren Flug, aber noch nie mit einem Schiff wie der REAKTOM und mit einer Ausbleibezeit von 12 Jahren - fünfeinhalb in Richtung Alpha Centauri, ein Jahr umschauen, wenn nötig oder wünschenswert, und fünfeinhalb Jahre zurück.

Vater war nicht gekommen, Robina fühlte sich ein wenig deplaciert in der kleinen Halle.

Die drei Gefährten befanden sich in ihrer Nähe, umringt von Nahestehenden.

Robina tauschte Belanglosigkeiten mit dem Chefkonstrukteur, in denen natürlich Fachliches vermieden wurde; das war längst zum Überdruss erörtert.

Hier und dort lächelte Robina jemandem zu, Kollegen, die sie während der Vorbereitung kennen gelernt hatte. Mit einem Vorwand löste sie sich vom Chefkonstrukteur, fühlte, dass er sich nur aus Höflichkeit mit ihr unterhielt. Und dann kam, im letzten Augenblick, mit Ed die Überraschung.

Er stand gebeugt, aber Frische ausströmend, in der weiten Tür, eilte dann, so gut es sein versteifter Rücken zuließ, auf Robina zu, ergriff sie an den Schultern und sagte: „Ich freu' mich, Robi, dass ich es noch geschafft habe!" Es war das erste Treffen nach seiner Versetzung, das erste Wiedersehen nach zwei Jahren.

Über Robinas Wangen kullerten Wasserperlen. „Ich freu mich Ed", sagte sie mit einem Lächeln.

Nach einer Weile fragte Ed: „Vater?"

„Er hat mich gestern Abend angerufen, mir Glück gewünscht. Wie er mich anschaute - ich glaube, Ed, es ist vielleicht besser, dass er nicht gekommen ist. Ich habe ihm abgeraten. Ich wollte nicht, dass vielleicht sein Panzer abfällt - er sah mir so aus." Dann fragte sie ungestüm, wie es ihm tatsächlich gehe, was der Rücken mache, welches seine nächsten Pläne seien. Denn irgendwie hatte Robina immer den Eindruck, dass Ed in den kurzen monatlichen Videogesprächen solche Fragen zweckoptimistisch beantwortete.

Aber es waren nicht nur gut gemeinte Floskeln, als er versicherte, dass es ihm auf dem Roten bestens gehe, dass er im Augenblick, um sie zu sehen, seine Dispensairewochen vorverlegen konnte, dass man ihn untersuche auf Regenerierbarkeit der zwei zerdrückten Wirbel und, eine große Überraschung für Robina, dass er monogam zu werden wünsche mit einer schwarzhaarigen Geologin, einer Tai, die mit ihm auf dem Roten sei. Und er wolle nun, auch wenn die Regeneration erfolgreich verlaufe, auf jeden Fall dem Mars treu bleiben, zumindest die Jahre, die Robina mit der REAKTOM unterwegs sein würde.

„Und für dich freu ich mich besonders, Robi", sagte

er, sah ihr in die Augen und zog sie leicht an sich. Er betonte nicht, weshalb. Unausgesprochen nahm sie es als eine Antwort auf ihr Schreiben, das sie ihm vor Monaten gesandt, eine Mail, in der sie ihm das Ende ihrer Beziehung zu Boris mitgeteilt hatte.

Robina empfand gerade jetzt Eds Zurückhaltung wohltuend, jetzt, da ein neuer Lebensabschnitt so unmittelbar bevorstand, eine Etappe, die unvorstellbar blieb, solange die Triebwerke schwiegen, ein Abschnitt auch, der Brücken brach, eine Zäsur, die aufwühlte, und, das fühlte Robina deutlich, die die Kruste der Beherrschung arg dünn machte. Und auch die Gesichter der Mitreisenden, zu denen Robina ab und an hinübersah, zeigten Kunstforsche.

Immer öfter glitten die Blicke hinaus über die weite Fläche zum Startplatz. Die Gefährten wollten, wie Robina auch, den Panzer, der die Gefühle eingeschlossen hielt, hinausretten aus der Halle.

Es schien, als ob Ed das spürte. Er verabschiedete sich, eine Minute, bevor der Chef durch Händeklatschen daran erinnerte, dass es Zeit würde. Und Ed verabschiedete sich so, als käme er morgen wieder. Robina blieb keine Zeit, dem Würgen in der Kehle, dem Druck auf die Augen nachzugeben, denn da kam das Händeklatschen.

Danach ging alles schnell, viel zu schnell: der Kleinbus, Fahrstuhl, Einstieg, letzte Kontrollen ...

Robina kam erst wieder zur Ruhe, als sie im Konturensessel lag, neben sich das gleichmäßige Atmen der Gefährten und das Tropfen des Countdowns hörte, wenige Minuten vor dem Start.

Sie drehte ein wenig den Kopf. Konzentriert sah

Stef auf die Zahlenfolge, Stef, der Erstverantwortliche für den Flug, ein Kosmospilot wie nur wenige, jedenfalls nach Mandys schwärmerischen Aussagen. In der Tat, Robina hatte Stef während der Vorbereitung als ausgeglichen, ruhig, eher gutmütig als streng und von hohem Allgemeinwissen kennen gelernt, einen Menschen also, zu dem man Vertrauen fassen konnte und der eine natürliche Autorität besaß, einer von heiterer Lebensauffassung, der auch in ernsten Situationen eine unernste Bemerkung, einen Scherz akzeptierte, ja selbst machte, ohne dabei die Zielstellung zu vernachlässigen. Stef, obwohl ebenfalls interstellarer Neuling, hatte auch durchgesetzt, dass das Trainingsprogramm vom Team beeinflusst werden konnte, also nicht schematisch nach langjährigen Erfahrungen ablief. Allerdings hatte er etliche Planetarfahrten hinter sich.

Links neben Stef, durch ihn halb verdeckt, saß Mandy. Ein ulkiger Vogel, wie Robina im Stillen meinte. Mandy konnte maulen, schnurren, von einer Stunde zur anderen himmelhoch jauchzen und zu Tode betrübt sein, also alles andere als ausgeglichen, aber launisch war das auch nicht. Sie spottete, wurde herrlich wütend, wenn man sie foppte. Unsinn heckte sie aus, und zu Fröhlichkeit stiftete sie an, nahm nichts krumm. Nur in einem glich sie Stef: Unbarmherzig steuerte sie ihr Ziel an. So weich, wie sie mit kratziger Stimme Dorths sang, scheinbar ernst und voller Inbrunst, so hart kämpfte sie um Termine, um die Belange der Mannschaft und ein geordnetes Zusammenleben. Von Haus aus war sie Psychologin und hatte zusätzlich Raummedizin studiert. Unausgesprochen wurde sie von allen als Chef der inneren Verwaltung akzeptiert, weil die Gesundheitspässe aller vier darauf hindeuteten, dass ihre ärztliche Kunst nicht so gefragt sein würde.

Robina schmunzelte: Wie mich diese Mandy scheinbar unbeteiligt beobachtet. Sie weiß von den Computergutachten, dass dieser Frank und ich Sympathici sind. Na, sie wird schon nicht enttäuscht werden, und außerdem wäre es völlig sinnlos, dem ausweichen zu wollen. Zwölf Jahre sind eine sehr lange Zeit. Sich zieren würde Spannungen hervorrufen, das gesamte kleine Team belasten. Und dieser Frank *ist* sympathisch!

Nur schade, dass die drei sich gut kennen und ich der Neuling bin. *Die* verständigen sich mit einem Blick, kein Wunder, denn sie sind auf der Saturnreise zwei Jahre zusammen gewesen, auch wenn die Mannschaft damals größer war. Dieser Frank, wie er mich bei der ersten Zusammenkunft gemustert hat ... Rot bin ich geworden.

Dem Wesen nach ist er Stef ein wenig gleich, lauter vielleicht, versponnen manchmal, einer, der zwar eine Meinung hat, sich aber gern leiten lässt. Und ein Mensch mit absolut praktischen Fähigkeiten, einer, der noch fast alles selbst machen kann, ohne Roboter und Projekt, dilettantisch, wie er es selbst einschätzte. Aber - so meinten die übrigen drei - der Dilettantismus so beschaffen, dass nur Koryphäen der jeweiligen Fachgebiete ihn bemerken würden.

Frank spielte auf einer alten zerkratzten Gitarre ebenso gut, wie er rasch einen Fehler in der Anlage aufspürte oder irgendein raffiniertes Gericht fabrizierte, das kein Kochmaschinenprogramm enthielt.

‚Da sitzt er, Frank, mein Sympathicus. Nun hat er gemerkt, dass ich zu ihm hinüberschaue.'

Bevor Robina eine dem Start gemäße Miene aufsetzte und den Blick von Frank löste, blinzelte er ihr mit dem rechten Auge zu. Sie lächelte.

Dieser Frank jedenfalls bewirkte, dass ihr der Abschied von der Erde nicht gar so schwer fiel und sie mit einiger Neugier dem Kommenden entgegen sah.

Robina war, eingehüllt in Erinnerung, mit einem Lächeln eingeschlafen, halb sitzend im Winkel zwischen Fußboden und Kuppelwand. -

Sie erwachte langsam, ausgeschlafen. Nichts hatte sie geweckt - nichts?

Doch! Ein leises, kaum wahrnehmbares Rauschen; nicht das Summen der Funkanlage, wie sie sich erschrocken vergewisserte. Dann hielt Robina die Augen geschlossen, lag still, obwohl sie darauf brannte, die Lage zu überprüfen. Sie hatte in dem leisen Rauschen ein rhythmisches Klacken bemerkt, so als würfe jemand gleichmäßig Körnchen auf eine harte Unterlage.

„Quatsch!", rief Robina plötzlich, und sie setzte sich mit einem Ruck auf.

Nichts, gar nichts hatte sich verändert. Der Signalhacker rüttelte das Messer, dass es eine Freude war. Zum Überfluss schaltete Robina den Empfänger ein und hatte die S-Melodie in den Ohren, so laut, dass sie schleunigst wieder ausschaltete.

Sie saß eine Weile und lauschte. Da war es wieder, dieses Rauschen und Klacken.

Dann wurde sie stutzig. Das Klacken ertönte immer dann, wenn der Nocken auf der Dose den Kontaktgeber anhob.

„Aber wieso denn ...?“ Robina trat an die Maschine, hielt lauschend den Atem an.

Kein Zweifel, sie hörte das Klacken im Rhythmus des S. Und langsam begann es ihr zu dämmern: Sie hörte über das Außenmikrophon.

‚Es ist Atmosphäre im Raum!‘

Robina prüfte sorgfältig die Sauerstoffdüse, aus der das Antriebsgas entströmte. Und dann war sie versucht, sich abermals an den Helm zu schlagen. Der Heizer! Unter der Kuppel herrschte eine Temperatur von über 90 Grad Kelvin, sodass der ausströmende Sauerstoff gasförmig blieb. So einfach war das.

Aber das bedeutete doch auch, dass es sich wahrhaftig um Schleusentüren handelte. ‚Sieh an - ich könnte mir also das Leben hier erleichtern ...‘ Der Gedanke befriedigte sie.

Dann bedachte sie, ob wohl nach einem entsprechenden Aufheizen der Kuppel der Sender noch funktionieren würde - aber schließlich würde nach wie vor *kein* Signal für die Anderen auch ein Signal sein.

Robina wurde eine Zeit lang durch die neuerliche Entdeckung vom eigentlichen Zweck ihrer Anwesenheit abgelenkt. Dann wurde ihr bewusst, dass sich, obwohl 12 Stunden nach der Unterbrechung des Signals verflossen waren, nichts getan hatte. Niemand wollte den Schaden beheben.

Zwölf Stunden lang war mit Lichtgeschwindigkeit ihre S-Melodie durch den Raum geflogen, ununterbrochen. Die längste Sendeperiode bislang. Und doch fühlte sich Robina enttäuscht, und sie begriff, dass sie, uneingestandenermaßen, etwas ganz anderes erwartet hatte. Freilich, ihr Signal hatte zum Ziel, die Anderen herbeizulocken. Aber viel aufschlussreicher wäre es, festzustellen, ob sie nicht vielleicht schon da sind.

So jedenfalls interpretierte Robina jenen unbestimmten Druck in der Herzgegend, jenes Sehnen, das sie befallen hatte seit der Entdeckung der nicht ganz vollkommenen Reparaturen. Ein Hoffnungsfünkchen, das sie nährte, und es bedurfte nicht viel, dass es zur Flamme aufloderte.

Robina grübelte. Irgend etwas Geheimnisvolles geschah, etwas, dessen Lösung nahe lag, und sie vermutete, sie würde diese auch begreifen. Der Schlüssel fehlte.

Robina drehte Runden um die Sendeapparatur. Sie sprach mit sich selbst: „... das gleiche Phänomen, immer wieder. Ob nur das Kabel oder die größere Verwüstung, es wurde repariert."

Später strich Robina ziellos im unterbolidischen Bau umher, kontrollierte, wie sie sich einredete, die Funktionstüchtigkeit der Außentüren, und sie säuberte tatsächlich die Fugen von Kristallsplittern.

An den Eingängen eins und zwei gab es wirklich einiges zu tun, merkwürdigerweise am Eingang drei nicht. Weder in den Ritzen noch in einem Umkreis vor der Tür lag ein Krümchen.

Einen Augenblick lang dachte Robina an jüngst Erlebtes. Sie konnte sich nicht besinnen, den Ausgang, als sie ihn entdeckt hatte, auch gesäubert zu haben.

Zurückgekommen zwang sie sich, die Erinnerung an den Start der REAKTOM auf einen Raster zu übertragen, mit der Absicht, endlich die Kristallchronik weiterzuführen.

Sie schrieb lange und unterbrach nur, um zu essen oder ihr leichtes Muskeltraining zu absolvieren. -

„... ist das nun eine Ökosphäre oder nicht?“, fragte Mandy kategorisch, als sie sich ein Bild machen konnten über die Taumelbahn des zweiten Planeten, der um beide Sonnen kreiste und der dadurch eine äußerst merkwürdige Kurve beschrieb, eine Acht, deren Einschnürungen sich jedoch nicht berührten. Jede der beiden Sonnen hielt außerdem noch je einen Planeten in ihrem Gravitationsfeld, der auf stark elliptischer Bahn um das Zentralgestirn zog.

Mandys Frage betraf das Jahrestemperaturmittel dieses zweiten Planeten, das etwa dem der Erde entsprach. Nur herrschte auf der einen Bahnhälfte ungefähr drei Erdenjahre lang Wechselklima, da sich die Lage der Rotationsachse offenbar veränderte, ein Umstand, aus dem Stef schloss, dass der Planet keinen flüssigen Kern besitzen könne.

Als die REAKTOM in die Kreisbahn einschwenkte, herrschte Sommer, und die üppige Vegetation lud nachgerade zu einer Landung ein. Damit war Mandys Frage scheinbar beantwortet. Aber eine Fauna fand sich nicht. Sollte höherentwickeltes Leben die Kaltperiode, dann, wenn der Planet sonnenfern seine Bahn-Acht beschrieb, nicht überstehen können, oder hatte eine Evolutionszäsur stattgefunden oder ...? Es gab eine Palette solcher Oder.

Die Atmosphäre, sauerstoffreicher als die der Erde, enthielt Kohlenwasserstoffe, die einen leichten Geruch wie von Benzin verbreiteten. Im Ganzen erwies sich die Luft für Menschen atembar. An den „Duft“ konnte man sich gewöhnen. Und der Boden barg Bakterien, eine Vielzahl von Arten, erdähnlich.

Mandy hatte die Frage nach der Existenz höherentwickelten Lebens noch einmal gestellt, als sie, bereits auf dem Rückflug, gemeinsam den Bericht fertig stellten, dem das umfangreiche Untersuchungsmaterial zugeordnet werden sollte.

„Menschen wären auf alle Fälle in der Lage, hier zu leben", hatte Stef geantwortet. „Ein solcher Winter ließe sich überstehen - wenn rechtzeitig für eine Energiebasis gesorgt, wird."

„Zur Not könnte man an einem solchen Planeten, falls eine Besiedlung wirklich einmal akut werden sollte, vorher die Tscherkadse-Browster-Theorie erproben", warf Frank ein.

„Oje!" Mandy kullerte die Augen. „Du gehst mal wieder gleich auf's Ganze. Ich würde lieber drei Jahre lang frieren, bevor ich riskierte, mit dem gesamten Planeten via Kosmos oder Zentralgestirn zu segeln. Du weißt, wie umstritten so eine Bahnkorrektur ist."

„Aber möglich", erwiderte Frank. „Wer nicht den Mut hat, der muss eben frieren. Wenn noch niemand den Planeten bewohnt, kann man auch seinen Untergang riskieren."

„Langsam", wandte Robina ein. Meist hielt sie sich bei Fachdiskussionen aus Respekt vor dem höheren Wissen der anderen zurück. „Er trägt Leben! Auch wenn wir im Wesentlichen nur eine Flora festgestellt haben. Aber erstens müssen unsere Ergebnisse nicht endgültig sein - was kann man in drei Monaten schon ausrichten!, und zweitens haben wir einfach jedes fremde Leben zu respektieren."

„Nein", beharrte Frank. „Genauso wenig wie auf der Erde. Der Selbsterhaltung zuliebe opfern wir alles, was wir als nicht vernünftig ansehen, früher oder später. Was haben wir aus der schönen alten Erde gemacht? Wir haben sie optimiert, und was nicht in das Modell passte - weg!" Frank hob theatralisch die Hände, ließ sie komisch-resignierend fallen und pustete in Robinas Richtung.

„Aber nicht ohne den Widerstand der Menschen!" Robina verteidigte trotzig ihre Meinung.

Frank zuckte mit den Schultern und wandte sich wieder der Arbeit zu.

‚Aber nicht ohne Widerstand!', dachte Robina.

Sie stand und blickte zurück auf die schwindende Welt. Freilich, Frank hatte Recht. Stück um Stück setzte sich, beinahe objektiv und gesetzmäßig, das Optimum durch, aber stets, so empfand sie, bröckelte dabei ein Quäntchen Schönes ab. Etwas, das das Menschsein mitbestimmte, wurde Geschichte, hatte nur noch umstrittenen musealen Wert.

Robina fühlte sich zurückversetzt auf den Bahnhofsplatz zu Köln, inmitten von Tauben und Touristen, einen Ort, der, zu klein, den Blick auf das grandiose Dombauwerk nur ungenügend frei gestattete. Wie konnten die Menschen damals zulassen, dass ein lärmender Profanbau, ein Bahnhof, unmittelbar neben ein solches Kunstwerk gesetzt wurde.

Robina befand sich zum ersten Mal in Köln, wieder einmal auf Einladung Eds. Sie freute sich, dass er sich verspätet hatte und sie so Gelegenheit fand, dieses Zeugnis längst vergangener Zeiten ohne Ablenkung auf sich wirken zu lassen. Solche Augenblicke wurden rar. Was war dieser Anblick gegen ein Bild oder einen Film mit noch so vielen technischen Raffinessen.

Unmittelbar vor Robinas Füßen gurrten Tauben, harrten, dass Touristen Almosen unter sie streuten, Tauben, die zum Dom hörten wie, ja, wie das Feld zum Magneten, Vögel auch, die allen Versuchen der Menschen, sie zu vertreiben, widerstanden hatten. Nicht widerstanden hatte das Mauerwerk den Einflüssen der Tauben. ‚Aber jetzt, ihr Lieben, wie werdet ihr euch mit der neuen Situation abfinden?'

Robina hatte nur unklare Vorstellungen von dem, was Eds Betrieb hier vorhatte.

Sie stand und starrte, sah nicht die Spuren der Zeit, die Ed auf den Plan gerufen hatten. Sie sah das Himmelwärtsstrebende, fühlte etwas von dem Unfasslichen, dem Sehnen der Menschen, von dem Erhabenen, und sie meinte auch, etwas von dem zu bemerken, das die Menschen jener Zeit ergriffen haben mochte, angesichts dieses Kunstwerks, als sie, aus Elendshütten und engen, finsteren Behausungen kommend, zum ersten Mal vor dieser Pracht standen. Mussten sie nicht in dem Glauben bestärkt sein, dass ein höheres Wesen selbst diese Mächtigkeit und Vollkommenheit ermöglicht hatte?

‚Ja - und heute?' Unbewusst zuckte Robina mit den Schultern. Heute, im Zeitalter der Antigravitation, beeindruckt der Bau eben immer noch; auf andere Weise freilich deutet er auf das höhere Wesen Mensch, das Streben nach Vollkommenheit, nach Unsterblichkeit. Und irgendwie fühlte Robina ein wenig Stolz, Angehörige dieses Menschengeschlechts zu sein ... Im nächsten Augenblick schalt sie sich albern. Welchem Geschlecht außer dem menschlichen könnte man noch angehören?

Sie ging die wenigen Meter hinüber zum Eingangsportal. Mit Ed hatte sie vereinbart, ihn, falls er sie nicht abholte, in seiner V-Wohnung zu erwarten.

Zögernd überschritt Robina die Schwelle zu einer historischen Welt. Dämmerlicht und angenehme Kühle umfingen sie - und Stille. Stille, obwohl, wie ihre langsam akkomodierenden Augen wahrnahmen, Leute im Dom umher gingen.

Auch innen beeindruckende Weite, Mächtigkeit.

Robina ließ sich treiben in einer Gruppe Jungendlicher, die, wenn überhaupt, flüsternd sprachen.

Sie betrachtete die Gemälde und Figuren wie ein buntes Bilderbuch. Der Inhalt sagte ihr wenig, ließ nur selten Geschichtskenntnisse aufflackern. Immer wieder richtete sie ihren Blick nach oben, folgte den Säulen in die Erhabenheit der Gewölbe, betrachtete die Pracht der restaurierten Deckengemälde.

Dann setzte sie sich auf eine der Holzbänke, genoss die Atmosphäre, und sie dachte, dass es doch schön gewesen wäre, wenn Boris sie begleitet hätte.

Boris - der Gedanke schmerzte ein wenig. Robina kamen Bilder in den Sinn aus der Zeit, als sie klopfenden Herzens in die Experimentierklasse trat, betont forsch ihren Platz an den Simulatoren einnahm, das Gehirnpotential der Experimentatoren kontrollierte, zur Konzentration mahnte und auf Unachtsamkeiten hinwies, die zu einem Felddurchbruch und damit im Ernstfall zur Katastrophe führen konnten.

Sie sprach mit zeitweilig Verzagenden, die meinten, dass ihre Kräfte nie ausreichen würden, ihre Bioströme auf das Feld zu aktivieren. Robina wies dann im Experiment über Zeiger und Kurven der Instrumente nach, dass zum biophysikalischen Steuern nicht ein Quant Mystizismus, wohl aber Konzentration und eine bestimmte Veranlagung gehörten.

Sie demonstrierte, lobte, zwang sich zur Strenge, wenn die Disziplin zu entgleiten drohte. Und allmählich verlor sie Unsicherheit. Nur an einem Simulator gelang ihr das nicht.

Robina lächelte in Gedanken.

Dort scheute sie jede Vorführung, weil sie ihr nur unvollkommen gelang.

An diesem Simulator lernte Boris, der Schlanke mit den hellen Augen und Haarlocken, jener Boris, der ihr - ein wenig überheblich, wie ihr vorkam - zusah, zuhörte, sie scheinbar voll akzeptierte. Aber gerade in dieser zuvorkommenden Widerspruchslosigkeit glaubte sie Vorbehalte zu spüren. Das reizte sie, und sie steigerte sich gerade an diesem Gerät doch noch zur Vollkommenheit. Sie spürte die Bewunderung der übrigen Angehörigen der Gruppe, Bewunderung darüber, wie sie als kleine, bei allem Selbstbewusstsein bescheidene Person das Feld in die Schranken zwang, selbst dann noch, als der Simulator - von ihr, zugestanden, ein wenig angeberisch eingestellt - Anomalien hervorrief, die normalerweise, beispielsweise an Bord eines Raumschiffes oder in einer Energieerzeugungsanlage, Katastrophenalarm und Evakuierung des Objekts bedeutet hätten.

‚Ja, das ist meine Strecke', dachte sie stolz. Sie dehnte sich, dass die alte steife Dombank unter ihr knackte. Nur dieser eine, dieser Boris, behielt seine Reserviertheit. Nun, seine Leistungen waren nicht die allerbesten, und da hakte Robina ein.. Sie zog ihn allen anderen vor

- in Hinblick auf Aufgaben, auf - oft negative - Demonstration. Geduldig spielte er mit, ja, er *spielte* mit.

Bis zu dem Tag, an dem er sie, schon gegen Ende des Unterrichts, freundlich-hinterhältig um eine umfangreiche Erläuterung ihrer Hirnstromaktivierung bat, ihrer Suggestiv-Empfindung während der Konzentrationsphase.

Über diesen Erläuterungen beendete sie den Unterricht, die anderen verließen den Raum.

Als Robina die Falle bemerkte, saß sie bereits drin. Er hatte plötzlich ihre Hände gefasst, ihr in die Augen gesehen und gesagt: „Robina, willst du nicht aufgeben?" Im Ton lag die Bitte. Sie spürte, wie ihr das Blut zu Kopfe stieg, wie sich Widerstand regte, und in Sekundenschnelle wurde ihr klar, wie sehr sie diesen Menschen mochte und dass alles, was sie gegen seinen Einfluss mühevoll aufgebaut hatte, auf tönernen Füßen stand. Und was sie seinem Kuss entgegensetzen konnte, war dessen Erwiderung.

‚Ja - so hatte es begonnen.'

Robina streckte die Beine weit von sich, besann sich, dass das in diesen heiligen Hallen womöglich unschicklich sein könnte, und brachte sich in Haltung.

‚Eine glückliche Zeit ...'

Auf einmal fiel Vaters Dickfelligkeit weniger auf die Nerven, Willfarts Anzüglichkeiten schrumpften zur Belanglosigkeit, Einsamkeit, das Sehnen nach etwas Unbestimmtem entschwanden wie Schiffe in ferne Galaxien. Boris' anfangs unverständlicher Wunsch nach Zurückhaltung, ja Heimlichtuerei in der Öffentlichkeit - es ginge doch schlecht, ein Lehrer-Schüler-

Verhältnis, darunter litte bei aller Freizügigkeit die Autorität - gaben dem Ganzen eine eigentümliche Note.

Robina schöpfte Kraft aus dieser Beziehung zu Boris, glaubte, dass die Ausgeglichenheit, die sie nun verspürte, dazu beitrug, die Felder noch rascher zur Räson zu bringen. Sie bestand darauf, dass heiße Versuche gefahren wurden. Und als dem stattgegeben wurde, kam sie sich - wenn sie die Felder einregelte, von denen jedes eine solche Menge Antimaterie hielt, wie nötig gewesen wäre, um das Labor zu pulverisieren - vor wie ein schachspielender Großmeister, der souverän gegen eine Gruppe von Anfängern simultan spielt.

‚Ja, damals war ich in Hochform, es muss auch jemand auf mich aufmerksam geworden sein, wie wäre es sonst zu dem Vorschlag gekommen, mich Küken für die REAKTOM vorzusehen.'

Robinas Gedanken kehrten zum Dom zurück. Das Hallenschiff hatte sich geleert. Es ging auf Mittag zu. Touristen haben einen geregelten Tag.

‚Absurder Gedanke, das mit der REAKTOM! Das alles' - Robina sah um sich, dachte an den sonnenüberströmten Platz draußen - ‚für lange zwölf Jahre gegen einen, zugegeben, gut eingerichteten Blechkasten zu vertauschen, statt der gemalten Sterne echte, Milliarden, grellleuchtend sollen sie sein, aber nichts als Schwärze ringsum ... Gefährten, die ich nicht kenne, mit denen ich mich vielleicht nicht verstehe. Und nur, weil ich in der Lage sein soll, mit heißen Haltefeldern so umzugehen wie Kinder mit einem Hampelmann. So jedenfalls hatte sich Donas ausgedrückt.'

Langsam stand Robina auf und ging zum Ausgang. Die offene Tür gab den Blick auf den Vorplatz frei. Es fiel ein mittlerer Regen. ‚Ulkige Einrichtung', dachte Robina; ‚Mittags lassen sie es regnen.' Dann erinnerte sie sich der blendenden Sonne, die während der Fahrt ins Abteil geschienen und dort, wo ihre Strahlen hintrafen, trotz der Klimatisierung ordentlich aufgeheizt hatte. Sie empfand Frische und Regenduft angenehm.

Tauben- und menschenleer lag der Platz.

„Ein heißer Tag heute." Die Stimme neben Robina klang krächzig.

Robina wandte sich seitwärts. Ein alter, scheinbar eingetrockneter Mann stand schräg hinter ihr und betrachtete sie aus wässrigen Augen. Er stand gebeugt, hatte dünnes, schlohweißes Haar, und nur Haut umspannte die Schädelknochen. Er mochte 120 Jahre alt sein, schätzte Robina.

Sie nickte. Dann erschien ihr das wenig höflich gegenüber dem Alten, und sie sagte: „Aber hier drin ist es schön kühl, wahrscheinlich doch immer."

„Ja", der Alte nickte bedächtig. „Kühl und groß", krächzte er. „Größe braucht Kühle. Komm!" Er stand gebeugt und wies, Robina von unten her anblickend, zurück in das Mittelschiff.

Robina warf einen Blick nach draußen. Soeben ergriff die Nässe vollends Besitz von den Plastplatten, also, einige Minuten würde der Regen noch dauern, wenn er einen Sinn haben sollte. Zögernd ging sie mit. Hinten im Dom saßen vereinzelt einige Leute.

Der Alte lief mit Trippelschrittchen vor Robina her, den Mittelgang zwischen den Bankreihen entlang, machte gegenüber dem Altar an einer großen dunklen Kiste halt, deren Zweck Robina im Dämmerlicht zunächst nicht begriff.

Er schlug einen Deckel zurück. Eine Tastatur, das Ganze eine Orgel.

Der Alte nickte Robina zu, schlug noch im Stehen einen mächtigen Akkord an, ließ sich gebückt auf den Schemel gleiten und versank für Minuten in virtuosem Spiel.

Robina fühlte sich gefangen. Noch nie hatte sie original in einem solchen Raum eine gut gespielte Orgel gehört. Das Erste, was sie dachte: ‚Wie mickrig ist dagegen die raffinierteste Tontechnik.'

Dann sah sie nicht mehr das hektisch rote Gesicht des Alten, die starren, streng ausgerichteten Bankreihen, auch nicht die dunklen Bilder ... Sie ließ sich forttragen von der Klangfülle. Einen Augenblick lang war es ihr, als griffen die Töne so mächtig nach ihr, dass sie sich von der Erde löste.

Später, als sich hohes Diskantspiel scheinbar an den Gotikverästelungen empor fistelte, empfand Robina wie als Kind, wenn Ed sie mit den Fingern neckend in die Rippen stipste.

Dann brach das Spiel jäh ab. Die Stille stürzte auf Robina, dass sie erschrak.

Versonnen, kindlich lächelnd saß der Alte, die Hände noch auf den Tasten. Und ohne Robina anzusehen, sagte er: „Das ist doch groß, nicht?" Und er ließ noch einmal in einigen Dissonanzen das Instrument aufschreien wie in hoher Not.

„Es hat dich berührt, nicht mein Spiel, der Klang!" sagte er. Robina lächelte und nickte versonnen, aber auch mit einigem Unverständnis im Blick.

„Heb ihn dir auf, bald ist er für immer - verklungen."

Robina begriff nicht. „Wieso?“, fragte sie naiv.

Hart klappte der Alte das Instrument zu. Dann stieß er hervor, so heftig, dass Robina zurückwich: „Weil sie es kaputtmachen!“ Er stand auf und verschwand hinter den Umbauten der Orgel.

„...uttmachen, ...machen ...“, hallte es sekundenlang aus den Gewölben.

Zwei, drei Leute drehten die Köpfe. Langsam ging Robina dem Ausgang zu, noch unter dem Eindruck der Musik und der Worte des Alten.

‚Komischer Kauz’, dachte sie. ‚Wer sollte hier schon etwas kaputtmachen. Ed war hier, um alles ganz zu machen, zu renovieren.’ Sie fühlte, dass die Behauptung des Alten etwas mit Eds Tätigkeit zu tun hatte. -

„Robi, überlege! Selbst ein gewisser Überfluss in den Staaten, die die ersten waren, rechtfertigt diesen Aufwand nicht, das ist jedenfalls meine Meinung.“

Es war am Abend in Eds V-Wohnung. Robina hatte im gleichen Trakt eine bekommen. Sie hatte von ihrem Erlebnis im Dom erzählt.

„Ja, aber - uns geht doch etwas verloren, als Menschen, meine ich“, rief sie empört.

Ed zuckte mit den Schultern. „Im Dom zum Beispiel haben sie den letzten Gottesdienst vor hundertzweiunddreißig Jahren abgehalten, das weiß ich zufällig. Seitdem ist er Touristenattraktion und, zugegeben, Aufführungsstätte vieler Konzerte, einzigartiger Konzerte.“

„Na bitte!“, warf Robina rechthaberisch ein.

„Und wie stellst du dir das vor! Sollen Hunderte von Bildhauern manuell Sandsteine behauen, nach komplizierten Verfahren einsetzen und so nach und nach einen neuen Dom, eine Kathedrale, ein historisches Theater oder was sonst auch immer praktisch neu errichten? Ich frage dich, wer das machen soll!"

„Es gibt Menschen genug, die sich dafür interessieren würden." Robinas Antwort klang um ein Weniges kleinlauter.

„Dabei geht es nicht nur ums Interesse, das ich übrigens bezweifle, wenn ich daran denke, wie langwierig solche Arbeiten sind - so etwas liegt uns nicht mehr; es geht um ein Programm, das der Gesellschaft viel, zu viel kosten würde. Die Akustik haben wir in unseren Musikhallen auch, na ja, in einigen. Und das Wesentliche, nämlich das - das Kulturzeugnis, eben das Bauwerk schlechthin, erhalten wir mit unserem Verfahren, und diesmal wirklich für die Ewigkeit, wahrscheinlich. So wie du es heute gesehen hast."

„Und die Akustik lässt sich nicht erhalten? Soll dieses Erhabene wirklich verloren gehen? Hast du es überhaupt einmal erlebt?"

„Ja - nein. Es lässt sich nichts machen, nur sehen kann man danach noch alles. Er wird von außen und innen mit Polyclear überzogen. Das Zeug ist durchsichtig, verbindet sich mit dem Stein, ein weiterer Verfall ist ausgeschlossen. Übrigens bedeutet das schon so viel an gesellschaftlichem Aufwand wie der Neubau zweier Kulturpaläste."

„Ihr mit euren ökonomischen Erwägungen."

„Und damit wird auch, glaube ich, begreiflich", fuhr Ed ungeachtet ihres Einwurfs fort, „weshalb wir uns auf die bedeutendsten Bauwerke konzentrieren, sozusagen auf die Hauptzeugen einer Epoche, einer Kunstrichtung. Alles andere lässt sich nicht halten auf die Dauer. Da kannst du die Stirn runzeln, soviel du willst."

„Ich glaube, Ed, es ist ein Glück, dass du nicht dem Rat für kulturelles Erbe angehörst", sagte Robina nicht ohne Spott. -

Wenige Tage später hatte Ed überraschend im Kosmodrom angerufen, wo Robina ihre ersten Trainingsstunden für die Teilnahme an der REAKTOM-Expedition absolvierte.

Ed gab eine neue Adresse an, was Robina mit Verwunderung zur Kenntnis nahm.

„So schnell seid ihr mit dem Riesendom fertig geworden?", fragte sie.

Er antwortete zunächst nicht. „Nein", sagte er dann kleinlaut. „Als wir beginnen wollten, hielten Hunderte den Dom besetzt und so organisiert, dass sie es wochenlang ausgehalten hätten. Schließlich hat unsere Leitung dem Territorialkomitee die Zusicherung geben müssen, eine neue Technologie vorzuschlagen."

„Hm", brummte Robina, sie konnte sich ein Grinsen nicht verkneifen, was Ed mit einer Fratze quittierte. „Sobald ich frei habe, besuche ich dich ..." -

Langsam löste sich Robina aus ihren Erinnerungen. Vor ihr tickte der Hacker, nichts hatte sich getan.

Das mit dem Dom werde ich aufschreiben, nahm sie sich vor; es gibt einen Hinweis.

Sie fühlte Langeweile, Enttäuschung und dann - Wut in sich emporsteigen.

Um einem Ausbruch zuvorzukommen, entschloss

sie sich, schon jetzt die Grotte aufzusuchen, obwohl sie es sich erst für den nächsten Tag vorgenommen hatte. Sich waschen wollte sie, Vorräte holen. ‚Vielleicht mache ich mir doch eine Atmosphäre hier!'

Sie warf noch einen Blick zur Apparatur und ging.

Robina genoss einige Stunden ohne Raumanzug, frisch gewaschen in prickelnder Sauerstoffatmosphäre. ‚Damit brauche ich nicht zu sparen', dachte sie jedes Mal, wenn sie ein Ventil aufdrehte.

Dann hatte sie keine Lust mehr, erneut aufzubrechen, verschob dies auf den nächsten Tag.

Beim Aufräumen schaltete sie nur eben mal so das Funkgerät ein - und wurde plötzlich aus der besinnlichen Stimmung gerissen: Das Signal der Anderen stand wieder an!

Robina warf sich auf die Liege. Ihre Gedanken arbeiteten fieberhaft.

‚Wenn ich lange und weit genug weg bin, dann trauen sie sich hervor wie diese, diese - Heinzelmännchen. Sie bringen die Anlage in Ordnung und lassen sich nicht wieder sehen, solange ich in ihrer Nähe bin. Das heißt, sie beobachten mich!'

Robina wurde es unheimlich. Sie sah sich um.

‚Albern!' Sie konzentrierte sich erneut. ‚In der Kuppel ist nichts, womit sie mich überwachen könnten. Oder? Das habe ich gar nicht untersucht.'

Mechanisch griff Robina zum Anzug. Erst in der Schleuse fiel ihr ein, dass die liebenswürdigen Nachbarn mit großer Wahrscheinlichkeit den Signalhacker beseitigt haben würden.

„Strolche!", murmelte sie, kehrte um und suchte Gerätschaften zusammen, die den Bau einer neuen

Apparatur ermöglichen sollten. Nur ein Messer wollte sie nicht mehr opfern, und sie nahm sich vor, als Ersatz dafür einen Blechstreifen aus dem Wrack des Beibootes herauszuschneiden. ‚Oder besser gleich mehrere', dachte sie mit grimmigem Lächeln.

Was Robina am Wrack erwartete, versetzte ihr einen gelinden Schock: Im Winkel zwischen der Stabilisierungsfläche und dem Rumpf lagen beide Hackmaschinen, die mit dem Allesfressermotor und die neue nebst Sauerstoffbehälter.

Als sich Robina von ihrer Überraschung ein wenig erholt hatte, sagte sie: „Also klauen tun sie nicht, aber sie stellen den folgerichtigen Zusammenhang zwischen dem Wrack und mir her. Blöder Gedanke, was sollten sie sonst! Aber warum, warum nur zeigen sie sich nicht!"

Die Frage nach diesem Warum wurde bohrend. Sie fraß sich in Robina hinein, rotierte in ihrem Denken, ja, beschwor Bangigkeit herauf, und Robina fühlte, dass sie am Verzweifeln war.

Dann rief sie „Ach was!", und lud sich die sauerstoffgetriebene Apparatur auf. Die mitgebrachten Teile ließ sie im Wrack zurück.

Aber ihre Stimmung stand in schroffem Gegensatz zu den forschen Schritten, mit denen sie den Gang zum Schrägaufzug entlang lief. Sie fühlte sich beobachtet, meinte im Huschen der Pulsationen Schatten verschwinden zu sehen, Rascheln zu spüren. Ihr kamen Bedenken, die Sensoren zu bedienen, und Angst befiel sie, als sie den runden Raum durchquerte. Sie atmete erleichtert auf, als sie die Kuppel betrat, und sie war natürlich nicht überrascht, das Kabel neu montiert vorzufinden.

Aber plötzlich befielen Robina Skrupel, den Brenner erneut anzusetzen. ‚Sie wollen es nicht!' Sie kam sich vor wie ein trotziges Kind, das wider besseres Wissen starrköpfig auf seinem Standpunkt beharrt.

Als sie das Gerät dann dennoch ansetzte, murmelte sie: „Das letzte Mal!"

Robina baute die Apparatur auf, danach begann sie, zögernd zunächst, die Kuppel abzusuchen. Sie tat es gründlich, sprang sogar an die Antennenhalterung. Aber nichts, gar nichts deutete auf installierte Beobachtungsanlagen hin.

Dann kam ihr der Einfall, und sie wunderte sich, dass sie, gerade sie, nicht eher darauf gekommen war: ‚Sie beobachten das Biofeld, *mein* Biofeld!' Wenn sie es nicht mehr oder nicht mehr stark genug spüren, bin ich schon weit fort, und sie haben freie Bahn.'

„Ja, so ist es, nur so kann es sein!" Triumph stieg in Robina auf. „Na wartet! Da habt ihr euch gerade die Richtige ausgesucht. Nämlich von Feldern versteht sie eine Kleinigkeit, die Robina Crux."

Und sofort kontrollierte sie ihr Gepäck, fand jedoch das, was sie brauchen würde, nicht ausreichend vor, und sie beschloss, zur Grotte zurückzukehren.

„Die Mühe könntet ihr euch sparen!", sagte sie. Und sie begann den Apparat wieder stillzulegen.

Als sie gerade den Kontakt für Dauerverbindung des Kabels montierte, geschah etwas Furchtbares: Begleitet von einem grellen Blitz, eine Detonation, knallig scharf, betäubend, übertragen durch Wand und Gestein.

Robina warf es zu Boden. Sie spürte, wie der Bau, der Untergrund erzitterte.

‚Aus', dachte sie. ‚Sie haben zugeschlagen ...'

Das Erste, was Robina sagte, als langsam die Benommenheit von ihr wich, war: „Unsinn!"

‚Wenn sie schon zuschlagen wollen, dann doch nicht so theatralisch mit Donner und Blitz. Hundert andere Gelegenheiten hätte es gegeben.'

Sie rappelte sich empor.

‚Schaden habe ich nicht genommen', stellte sie fest.

Am Hacker, ohnehin bereits außer Betrieb gesetzt, waren Hebel und Düse aus den Halterungen gesprungen. Die Sendeapparatur schien nichts abbekommen zu haben. Robina schaltete den Empfänger ein. Das Signal stand an, aber bedeutend leiser als sonst.

Robina sah sich um und empor zur Antenne.

Der Reflektor, ein Hohlspiegel von über vier Meter Durchmesser, befand sich nicht an seinem Platz.

‚Sollte es nun endgültig vorbei sein, über den Sender an die Anderen heranzukommen?' Wieder griff Verzweiflung nach Robina. Nichts wollte glücken! „Bin ich denn noch nicht schlimm genug dran?", rief sie. Sie zweifelte nicht, dass äußere Einflüsse die Detonation verursacht hatten.

Es bereitete Robina diesmal Mühe, die Tür des Eingangs drei aufzubekommen. Dann sah sie die mit Kristallsplittern aller Größen übersäten Flächen. Auf dem Aufgang zur oberen Plattform lagen größere Trümmerstücke. Aus der Kuppel ragte ein ausgefranster hässlicher Stumpf, vom Parabolspiegel keine Spur.

Robina umrundete die Kuppel. Von der dem Aufgang gegenüberliegenden Seite sah sie es deutlich:

Kratzer auf dem Kuppeldach, Schleifspuren, Robina war sich sicher, dass ein Meteorit den Spiegel abgerissen hatte und irgendwo in der Nähe geborsten war. Weitere Spuren ließen sich ausmachen: Von Stufe zu Stufe lief auf dieser Seite der Pyramide eine Trümmerrinne nach unten, an die sich Robina nicht erinnern konnte, die also neu sein musste. Die Rinne hatte eine Breite von über einem Meter. Der Weg des Meteoriten. Und, wenn sich Robina nicht arg täuschte, unten zwischen Bruchstücken, Geröll und eingestürzten Säulen, inmitten von zerkratzten und ausgebrochenen Kristallplatten lag ein graues, zerknittertes Etwas - der Spiegel.

Das Signal ließ sich kaum empfangen.

Wieder fühlte Robina Wut aufsteigen, die wenig später jedoch in Schadenfreude umschlug.

„Nicht schlecht, Freunde!“, frohlockte sie. „Mal sehen, was ihr könnt. Doch eine schöne Aufgabe, wie? Da werdet ihr wenig Zeit haben, euch um einen Störenfried wie mich zu kümmern.“ Und Robina begann eilig mit dem Abstieg, nahm aber dann doch den Eingang drei, weil sie trotz des Umwegs in den Gängen besser vorankam als durch den Kristalldschungel. -

Einige Stunden später verließ ein merkwürdiges metallenes Ungetüm die Grotte: Robina hatte sich einen schweren Druckanzug über den leichten Skaphander gezwängt, da dieser garantiert keine Strahlung nach außen abgab. Sie war sich jedoch keineswegs sicher, ob die Anderen nicht vielleicht auch über Infrasensoren beobachteten, und wandelte deshalb in einer überdimensionalen Spirale, die über einen Kondensator und eine Erdung, über deren Wirksamkeit sie sich keineswegs im Klaren war, das Biofeld kompensieren sollte. Das Eselchen ließ Robina stehen, da sie nicht wusste, ob dessen Ausdünstungen bemerkt werden konnten.

Was sie sich vorgenommen hatte, begann sie nach einer Stunde zu ahnen. Nach einer weiteren spielte sie mit dem Gedanken, das Vorhaben, dessen Ausgang ohnehin sehr zweifelhaft erschien, aufzugeben.

Nach einer Rast quälte sie sich weiter.

Die unterbolidischen Räume betrat sie nicht, da das Betätigen der Türen vielleicht kontrolliert wurde; es bedeutete ja immerhin Energieentnahme. Auf der Erde *wird* das kontrolliert.

Robina benötigte zwei Stunden zum Überqueren der Kaskade; denn wenn die Maschinerie und die Quälerei überhaupt einen Sinn haben sollten, durfte sich zu keiner Sekunde ein Körperteil außerhalb der Spirale befinden. Und so versuchte sie, wie ein Pinguin mit angelegten Armen von Sims zu Sims zu springen.

Einen Augenblick lang dachte sie mit Schrecken daran, dass die Anderen sehr wohl auch Hörgeräte oder Seismographen für die Beobachtung einsetzen könnten, und es kam ihr vor, als ob sie sich etwa mit dem Geräusch und dem Erschütterungspegel einer schweren Rüttelwalze bewegte.

Als Robina die Plattform erreicht hatte, fühlte sie sich so erschöpft, dass ihr das Weitergehen unmöglich erschien. Ein Blick zur Uhr sagte ihr jedoch: Neun Stunden nach der Havarie! Sie durfte keine Zeit verlieren. Einige Male hatten die Anderen die Reparatur bereits nach drei Stunden ausgeführt. Der Gedanke, dass der Ersatz des Spiegels oder gar seine Wiederherstellung, wenn sie überhaupt gelang, sicher mehr Zeit in Anspruch nehmen würde, beruhigte sie etwas.

Nach weiteren zweieinhalb Stunden hatte Robina ihr Ziel, die Würfeloberfläche neben der Stufenpyramide, erklommen.

Sie stieß einen tiefen Seufzer der Erleichterung aus, als sie nach dem Betreten der Plattform sah, wie aus der Kuppel drüben statt des majestätischen Spiegels noch immer der hässliche Stumpf ragte.

Robina benötigte allerdings eine geraume Zeit, bis sie sich so weit erholt hatte, dass sie ihre Umgebung aufmerksam beobachten konnte.

Mit bloßem Auge stellte sie fest, dass sich in nächster Nähe der Kuppel ebenfalls nichts verändert hatte.

Dann suchte Robina die Umgebung mit dem Fernglas ab. Die Seite der Pyramide, in die es die Rinne geschlagen hatte, konnte Robina nicht sehen und damit auch nicht, ob der demolierte Spiegel noch dort unten lag. Außerdem bezweifelte sie, ob mit dem überhaupt noch etwas anzufangen sei - aber bei *dem* Ordnungssinn der geheimnisvollen Nachbarn ...

Als während des weiteren Beobachtens das Tor drei ins Blickfeld geriet, stieß sie einen Ruf der Überraschung aus. In unmittelbarer Nähe des Türkristalls konnte sie weder größere Trümmerstücke noch Splitter entdecken, während sie auf der „Treppe" und der Plattform nach wie vor herumlagen.

„Sie sind also wieder am Werk", murmelte Robina voller Genugtuung. Und sie fühlte, wie die Erschöpfung von ihr wich, wie zittrige Spannung sie überfiel, bange Erwartung. -

Robina suchte zwei Stunden lang unablässig die Umgebung mit dem Fernglas nach irgend etwas Beweglichem ab, ohne jeden Erfolg. Es war nervenaufreibend und enttäuschend. Enttäuschend vor allem deshalb, weil sie annehmen musste, dass diese große Reparatur nicht ausgeführt werden konnte. Nun vermochte sie ihre S-Melodie nicht mehr auszusenden, und die letzte Hoffnung, auf sich aufmerksam zu machen, schwand. Robina wurde von einem Gefühl der Leere ergriffen, verbunden mit grenzenloser Trauer. So schlief sie, in der Spirale stehend, ein.

Als sie erwachte, durchfuhr sie ein Schreck. Drüben stand der Parabolspiegel, nein, nicht der, ein neuer! Denn der alte hatte Narben, und jener funkelte.

Robina kniff die Augen zusammen, in der Annahme, es sei Einbildung, eine Täuschung, Traum.

„Nein - nein, es ist keine Täuschung, er, er dreht sich!“ Robina fingerte nach dem Glas. „Der Spiegel *dreht* sich!“ Sie hätte es schreien mögen.

Robinas Körper straffte sich: Deutlich in der Vergrößerung, konturenklar im atmosphärefreien Raum, steht oder liegt auf der Kuppel, unmittelbar unter dem Spiegel, ein halbes deformiertes Ellipsoid oder, besser, eine überdimensionale halbierte Birne oder ein Riesenkäfer, ein metallisch glänzender.

Mit zittrigen Fingern stellt Robina das Fernglas ein. Dort oben bewegt sich nichts oder nichts mehr! Der Spiegel steht starr wie eh und je.

‚Halt! Halte das ganz ruhig, Robi. Am Ende der Birne, dem Stielende, wackelt doch etwas.‘ Robina konzentriert sich: Ein dünnes armartiges Gebilde hantiert dort mit einem - Robina atmet erregt aus - Messinstrument, kein Zweifel, einem Kästchen.

„Es richtet den Spiegel ein“, flüstert Robina, und sie spürte, wie sich ein Gefühl tiefster Befriedigung in ihr breit machte, wie ihr Tränen in die Augen stiegen.

„So ist das also, die Begegnung - meine Begegnung.’

Dann, beinahe hätte Robina den Augenblick verpasst, strebte der Körper horizontal vom Spiegelmast weg, über die Plattform hinaus, stand über Eingang drei Bruchteile von Sekunden, sackte ab, richtete sich vor dem Türkristall auf, die Tür schwenkte auf und schloss sich hinter dem Etwas. Und bevor Robina noch einmal Luft holte, lag der Bolid in bekannter Bewegungslosigkeit.

Wie Hohngelächter kamen Robina auf einmal Pulsation und Reflexe vor.

Robina schwitzte, ihr Puls raste. Trotzdem bemächtigte sich ihrer eine kalte Beherrschung.

‚In den Bau - und schnell!’, befahl sie sich.

Sie schlang das Seil um einen Vorsprung und ließ sich vom Würfel hinab. ‚Unter irdischen Bedingungen würden die Handschuhe qualmen’, dachte sie grimmig.

Und dann sprang sie mit geschlossenen Füßen, als sei sie Teil der Spirale, die Stufenpyramide empor, sie aktivierte Bärenkräfte, über deren Ursprung sie sich wunderte und die sie sich nicht zugetraut hätte.

Obwohl sich Robina vergegenwärtigte, dass die Birne erst vor einer halben Stunde den Gang passiert hatte, ließ sie sich nicht irritieren.

So schnell es ihr die umgehängte Spirale gestattete, trippelte sie zur Treppe, holte ungeachtet der Möglichkeit, sich zu verraten, den Fahrstuhl, fuhr hinab in den

Rundraum und ebenso zielstrebig empor zur Kuppel. Dort setzte sie eilig, aber konzentriert den Hacker in Gang, obwohl ihr metallischer Umhang sie dabei arg behinderte. Mehr denn je achtete Robina darauf, dass ihr Körper, vor allem ihre Hände im Inneren der Spirale blieben.

Dann, als die S-Melodie abstrahlte, zog sich Robina mit Herzklopfen an die Kuppelwand zurück. Erst jetzt wieder bemerkte sie die Reaktion auf die ungewöhnliche Anstrengung. Sie kam sich vor wie zerschlagen, aber Müdigkeit spürte sie nicht. Der Puls ging noch immer überschnell, als fiebere jede Faser ihres Körpers. Angst tobte in Robina, wie sie sie noch nie in ihrem Leben empfunden hatte.

Immerzu sah sie zur Uhr, bis sie sich zur Ordnung rief. Wirre Gedanken gingen ihr durch den Kopf, alle möglichen Varianten, die nur ein Ergebnis hatten: ‚Sie kommen nicht, es war vergeblich; sie haben mich bemerkt, des verdammten Fahrstuhls wegen. Aber wie anders sollte ich hierher kommen?'

Und dann hätte sie das Aufklappen der Tür beinahe verpasst.

Robina erstarrte, aber ihre Sinne nahmen überwach wahr, was sich in der Kuppel tat.

In der Tür lag - oder stand? - die halbe Birne, mit dem Stielende voraus, das, auf Robina gerichtet, einen Augenblick gläsern fluoreszierte. Dann schwebte sie zielstrebig auf den Hacker zu und zeigte Robina den „Rücken".

Im nächsten Augenblick verstummte die S-Melodie.

So sehr sie sich auch mühte, sie sah nichts von dem, was die Birne trieb - nur ein leichtes Hin- und Herschwenken des Körpers, der perlmuttfarbig-metallisch glänzte.

Robina entspannte sich - und erstarrte dann abermals: Sie spürte, wie sich ihr die Haare sträubten, wie die Kopfhaut kribbelte, unter den Armen rann kalter Schweiß, und sie wurde sich plötzlich ihrer völligen Wehrlosigkeit bewusst.

Das Etwas hatte sich ihr zugewandt, wieder flirrte es bläulich in dessen Vorderteil. Es hob sich vom Boden ab, 30, 40 Zentimeter. In einem Manipulator - kein, Zweifel - hielt es den Hacker.

Langsam schwebte es auf Robina zu. Ihr erstarrte das Blut, ein Schrei blieb in der Kehle stecken.

Von alldem nahm das Ding keine Notiz. Es rückte näher, verhielt unmittelbar vor Robina, machte eine Bewegung, dann spürte sie einen Stoß, Schwanken. Sie schloss die Augen. Dann merkte sie, dass sie schwebte.

Sie benötigte Minuten, um festzustellen, dass sie sich im Fahrstuhl befand, sie hing in der Spirale, dicht vor ihrem Helmfenster eine metallische Fläche. Nur eine Ecke links oben ließ den Blick frei auf das Sensorentableau, den einzigen Orientierungspunkt.

Dann ging alles sehr schnell. Die Bilder in Robinas Sichtbereich wechselten, dass sie alsbald nicht mehr wusste, wo sie sich befand.

‚Es schleppt mich fort!' Einen Augenblick lang regte sich in Robina heftigste Abwehr. Sie spürte die Gefahr und damit Todesangst. Doch bevor dieses Gefühl sie zu einer unüberlegten Reaktion trieb, beruhigte sie sich ein wenig. Sie überdachte: ‚Es schleppt mich fort, nun gut. Ich *wollte* ja Kontakt zu ihnen. Jetzt habe ich welchen, wie er zunächst wohl unmittelbarer nicht sein könnte - nur ein wenig einseitig. Also! Abwarten, wohin es mich bringt, was dann wird. Sollte ich vernichtet werden, brauchte man mich nicht so unbequem herumzuschleppen.'

Wenig später fühlte Robina sich abgelegt, mit der Sichtscheibe zur Seite. Sie erblickte irgendein technisches Gerät, zu nahe, um Einzelheiten unterscheiden zu können.

Robina war sich nicht schlüssig, wie sie sich verhalten sollte. Um sie herum herrschte Bewegungslosigkeit und, falls sie sich etwa in einer Atmosphäre befand, Ruhe.

‚Ich könnte mich ohnmächtig stellen, könnte ...'

Sie verwarf all diese Gedanken. ‚Früher oder später muss ich handeln. Jede Aktion kann richtig oder falsch sein. Freilich, von der ersten Kontaktnahme ist viel, vielleicht alles abhängig. Das Risiko einer derartigen Begegnung ist nicht vorher bestimmbar, vor allem dann nicht, wenn man den Partner so wenig kennt.'

Langsam wurde sich Robina der Größe des Augenblicks bewusst. Die Furcht wich; schließlich mussten die Anderen ähnlich empfinden wie sie. ‚Wahrscheinlich warten sie auf meine Reaktion, vielleicht ist ihnen genauso bang wie mir.'

Kurz entschlossen wälzte sich Robina auf den Rücken. Über ihr verlief eine metallische Deckplatte schräg von links nach rechts.

Von Pulsationen überlagertes Dämmerlicht herrschte. ‚Überall diese Flackerei, auf die Dauer geht einem das auf die Nerven!'

Robina setzte sich auf - und stieß einen saftigen Fluch aus. Sie befand sich in dem winkligen Raum zwischen dem Rumpf des Beibootes und der abgerissenen Stabilisierungsfläche. Man hatte sie neben dem Motor und den anderen Teilen des Signalhackers abgelegt.

Robina war wütend, außergewöhnlich wütend. Sie machte sich in lauten Schimpftiraden Luft - für die Birne alles andere als schmeichelhaft. ‚Unverschämt, eines vernünftigen Wesens unwürdig, wie Gerümpel einfach beiseite geräumt und abgestellt zu werden!'

Bitter enttäuscht fühlte sie sich, weil aus dieser ersten Begegnung nichts herausgekommen zu sein schien.

Später dachte Robina wieder klarer: ‚Stimmt nicht, Robi! Es ist bewiesen, dass es sie gibt; ich weiß, wie sie aussehen. Aber nicht weiß ich, wie sie sind.'

Noch in Gedanken versunken, begann sich Robina aus der Spirale zu schälen. „Noch einmal passiert mir das nicht, ganz gleich, was kommt! Und wenn sie noch so viele Eigenarten haben, die Anderen!"

Robina hielt inne. ‚Eigenartig *war* der! Ich habe deutlich einen Manipulator gesehen, der den Hacker und wahrscheinlich auch mich gepackt hielt. Ein Roboter!' Robina durchfuhr es siedendheiß. ‚Eine Maschine haben sie auf mich losgelassen!'

Aber bevor sie erneut der Empörung Platz einräumte, wurde ihr schlagartig klar: Das heimlichtuerische Verhalten, solange die Wellen ihres Biofeldes umherstrichen. Dann, als dieses ausblieb, die rüde Behandlung, die Gleichsetzung mit Sachen. ‚Ein Teil seines Programms! Er hat eine Aufgabe: reparieren, aufräumen ... Nein, nicht nur! Das wäre einseitig. Er hat das Zeug nicht irgendwohin geräumt, sondern zum Wrack, also sieht er einen Zusammenhang, wird er gelenkt. Doch er ist der Wärter des Funkfeuers, für alle Zeiten.

Nur er! Aber unter solchen Umständen dürfte *ich* in seinem Programm keine Rolle spielen; denn wer immer ihn abgerichtet haben mag, die Havarie eines Fremden an der Kristallwand, ein Wrack, den Hacker und schließlich mich konnte er nicht einkalkulieren. Gut, mich hat er soeben als Lebewesen nicht empfunden. Solange er ein Biofeld merkt, hält er sich versteckt.'

Robina spürte noch viel Widersprüchliches, und sie fühlte auch, dass sie längere Zeit benötigen würde, ihre Gedanken zu ordnen.

„... aber eine ziemlich vollkommene Maschine!", sagte sie. Abermals empfand sie Hochachtung vor der Leistung der Anderen. Eine eigenartige Figur zwar. Daraus aber Rückschlüsse auf das Aussehen der Schöpfer zu ziehen, wäre sehr gewagt.

‚Wie viele unserer heutigen Maschinen mögen in ihrer Funktion für fremde Augen einen vollkommenen Eindruck hinterlassen, sind aber weit von menschlichem Aussehen entfernt! Auf der Erde ist der Streit entschieden: Kein Roboter wird wie ein Mensch aussehen. Freilich, reizvoll, Pseudozwillinge zu erdenken, Puppen mit tickenden Herzen. Aber Service hieß immer noch Dienst, Bedienung, eine Tätigkeit, dem Menschen oft zuwider. Warum also soll eine solche Servicemaschine dann dem Menschen nachgebildet sein?'

Robina erinnerte sich der vielen musealen Roboter-Monster. ‚Welche Mühe hatte es gemacht, den Gleichgewichtssinn nachzubilden. Und das langsame Laufen... Wie schön und elegant schwenkt die Birne, und dann noch mit mir unter dem „Arm". Wahrscheinlich bewegt sie sich auf einem Antigravfeld. Also, wenn das zutrifft, muss die Maschine anders aussehen als ihre

Erbauer. Es ist unwahrscheinlich, dass ein biologisches Wesen sich auf einem solchen Feld fortbewegen kann.'

Robina fühlte sich ein wenig erleichtert. Sie hing zwar nicht der These an, alle vernünftigen Wesen des Kosmos müssten menschenähnlich sein; es wäre aber doch nicht so sympathisch gewesen, wenn ...

Robina brauchte Ruhe, einige Zeit der Sammlung.

'Einen Plan müsste ich haben, um beim nächsten Anlauf die Festung zu nehmen. Noch einige Rückschläge, und ich hätte keine Kraft mehr ...' -

An den folgenden Tagen zwang sie sich, all das, was in den langen Wartestunden ihre Erinnerung heraufbeschworen und was sie aufgeschrieben hatte, auf die Kristallwand zu übertragen. Es fiel ihr schwer, und sie kam nicht zufriedenstellend voran. Oft glitten ihre Gedanken in die Kuppel, die zur Zeit wieder ihr hergebrachtes Signal sendete.

In Robina setzte sich die Erkenntnis durch, alles auf eine Karte setzen zu müssen, in der Hoffnung, dass die Anderen auch weiterhin Gewalttätigkeiten vermieden. 'Es wäre doch', so folgerte sie, 'ein Leichtes gewesen, mich aus der Kuppel zu werfen, den Vertikalfahrstuhl stillzulegen, die Türen zu verriegeln oder aber auch brutal in meiner Gegenwart zu reparieren. Nein, sie warten, bis die Anzeichen eines nahen Biofeldes ausbleiben. Und dann erst kommen sie - oder es ...'

Je mehr sich Robinas Gedanken damit beschäftigten, desto klarer wurde ihr, dass es vollauf genügte, wenn nur die halbe Birne auf dem Boliden existierte, obwohl sich alles in ihr gegen diese Annahme sträubte. Aber, wenn sie es sich ehrlich eingestand, alle Äußerungen der halben Birne, die sie bisher kennen gelernt hatte, ließen sich durchaus einer Maschine zuordnen. Was lag zum Beispiel näher - für eine Maschine, die zu logischen Reaktionen fähig war -, als alles, was irgendwie mit dem Biofeld zusammenhing, das zum ersten Mal an der Kristallwand aufgetaucht war und dort einen metallischen Körper hinterlassen hatte, wieder dorthin, also an den Ausgangspunkt zurück zu schaffen? Doch wohl eine Maschinenreaktion.

‚Die Alteingesessenen nannten ihn „Mäuschen"', erinnerte sich Robina. Eine Servicemaschine, die sich im Institut nützlich machte. Mäuschen löste solche Zuordnungsaufgaben mühelos. Und dabei konnte niemand sagen, wann der Automat eigentlich das Licht der Welt erblickt hatte, so alt war er schon, gehörte praktisch zum Inventar. Niemand brauchte Mäuschen, doch alle beschäftigten es. Und Donas hatte einmal in einem seltenen Anflug von Humor gemeint, man dürfe Mäuschen nicht kränken, indem man ihm den Eindruck vermittelte, es würde nicht mehr gebraucht. Und Mäuschen bereitete Tees und Kaffee, brachte die Getränke in die Zimmer und wusste stets, wer wie viel Stück Zucker, wer Sahne und überhaupt, wer Tee und wer Kaffee bekam.

Mäuschen, viel kleiner als die Birne, hatte nicht so viel Kraft wie diese, und es bestand im Wesentlichen aus einem abgerundeten Kunststoffkasten, einem grauen. Vielleicht trug die Farbe zur Namensgebung bei. Es konnte nicht schweben und war auf seinen Nachlaufrädern in unebenem oder weichem Gelände beinahe manövrierunfähig, konnte jedoch Treppen steigen und reagierte auf einfache, deutlich gesprochene Sätze mit einem Leuchtschriftbild. Also!'

Robina vermochte sich vorzustellen, dass Nachkommen von Mäuschen, wenn bei den Menschen Bedarf vorläge, durchaus mit den Eigenschaften der Birne versehen werden könnten.

Und so gelangte Robina, in der Wand hängend und den Brenner immer wieder absetzend, zu der Überzeugung, dass *nur* die halbe Birne, eine Servicemaschine, und nichts und niemand sonst hier existierte. Jede andere Version wäre unvernünftig gewesen, vom Wunschdenken eingegeben. ‚Eine zuverlässige, geschickt programmierte Maschine ist ausreichend, den Stützpunkt zu warten.' Und Robina erinnerte sich nur zu deutlich daran, dass diese Birne ihre Aufgabe offenbar souverän beherrschte.

Aber je mehr sich Robina mit dem Gedanken abfand, es mit einer hochorganisierten Maschine zu tun zu haben, desto öfter dachte sie auch daran, mit dieser in Kontakt zu treten, irgendwie an ihr Programm heranzukommen, mit ihr fertig zu werden.

Nur kurz bedauerte sie, dass sie außer den allgemeinen Kenntnissen und dem, was sie während der langen Reiseperiode auf der REAKTOM aufgeschnappt hatte, keine Spezialkenntnisse im Programmieren besaß, aber eines hatte sie im Gegensatz zu den meisten Programmierern, die sie kannte, sie hatte Zeit! Und zwei mal zwei dürfte auch bei den Anderen vier sein. -

Und dann fasste Robina einen Entschluss. An dem Tag, an dem sie ihn ausführen wollte, wählte sie sorgfältig Ausrüstung und Proviant und fuhr zum Wrack.

Später montierte Robina in der Kuppel den Hacker, eingedenk der Erfahrung, dass ihre Biostrahlung noch immer den Reparateur abgehalten hätte.

Beim Verlassen der Anlage vollführte sie ein verwirrendes Türen- und Fahrstuhlkonzert, achtete dann darauf, dass die Endstellungen der Lifts und Zugänge ihrem Vorhaben entsprachen.

Dann lief sie, so schnell sie konnte, zurück, schaltete am Wrack ein Speichergerät an einen Handsender und entfachte ein kleines Feuer.

Diese Verrichtungen sollten einem etwaigen Beobachter den Eindruck von Betätigung am Wrack vermitteln, einen gewohnten Eindruck.

Dann schlüpfte Robina in die Spirale und begab sich in die Kuppel. Vom schnellen Lauf mit dem umgehängten Gerät noch außer Atem, stellte sie befriedigt fest, dass der Hacker noch lief. Diesmal postierte sich Robina unmittelbar neben der Tür.

Robina zitterte, als ob sie fröre. Ein Zähneklappern unterdrückte sie durch äußerste Willensanstrengung. Sie wusste, dass nackte Angst sie schüttelte, fühlte sich jedoch unfähig, dagegen anzukämpfen.

Diesmal wurde ihre Geduld auf keine harte Probe gestellt. Bald schwang die Tür auf, und die halbe Birne schob sich in den Raum, ohne Robina, die nur einen Meter neben dem Ungetüm stand, auch nur im Geringsten zu beachten.

Aus der Nähe betrachtet, vermittelte die Birne noch mehr als beim vorigen Mal den Eindruck fremdartiger, unbändiger Kraft - Maschinenkraft.

Das Ding schwebte auf den Hacker zu, um den Sender herum, kam so aus Robinas Blickfeld.

In Robina stritten grenzenlose Furcht und der Befehl zum Handeln. Schließlich riss sie sich in Todesverachtung die Spirale vom Körper und warf sie unkontrolliert von sich. Sie wendelte von ihr fort, sprang an die Wand, wurde zurückgeworfen und blieb dann auspendelnd liegen. Aber das nahm Robina nur noch unterbewusst wahr. Sie hatte einen Schritt zur geschlossenen Tür gemacht und stand nun wie ein Kind, das keinen hindurchlassen will, mit abgespreizten Armen und Beinen davor, und das keine Sekunde zu früh.

Robina schrie auf, als zwei Meter vor ihr das fluoreszierende Stielende - der Kopf? - stand und, das war jedenfalls ihr erster Eindruck, sie unschlüssig und überrascht anstarrte. Denn Robina sah deutlich zwei kreisrunde Flächen, die in einem Rondell pulsierten und zweifellos die Bezeichnung Augen verdienten.

Robina stand wie angenagelt. Die Birne, den Blick unablässig auf sie gerichtet, wich knapp bis an die gegenüberliegende Wand zurück, verharrte.

Langsam kamen Robinas Gedanken wieder in Bewegung. „Da staunst du, was?“, fragte sie laut, ihre Stimme zitterte und klang heiser. Gleichzeitig dachte sie: ‚Wenn er Ohren hat, muss er mich sogar hören, so viel Atmosphäre ist im Raum.’

Keine Regung.

Nach Minuten des Anstarrens geriet Robina in Unruhe. „Willst du mich aushungern?“, fragte sie. „Da wirst du dich täuschen!“

Langsam wurde Robina dreister. Sie schaltete den Empfänger ein - und frohlockte. Die S-Melodie lag noch an. Das Ding war also, bevor es das Biofeld schnupperte, nicht zur Demontage gekommen.

„Na, geht dir das nicht auf die Nerven?“, rief sie. „Willst du nicht deine Pflicht erfüllen?“

Robina ahnte, dass die Maschine jetzt tatsächlich diesen oder einen ähnlichen Konflikt mit sich ausfocht. Möglicherweise hatten die Schöpfer nicht bedacht, einen Vorrang zu programmieren.

Plötzlich geriet die Birne in Bewegung, ganz behutsam drehte sie sich.

Robina, gerade im Begriff, den schweren Druckanzug abzustreifen, hielt inne. Sie spürte erneut, wie Entsetzen nach ihr griff. ‚Was wird sie machen? Den Hacker entfernen, mich angreifen?’

Die Birne stand jetzt parallel zur Kuppelwand, das Gesicht von Robinas Standort aus rechts. Ganz langsam glitt der Metallkörper die Kuppelwand entlang, bis er etwa einen Viertelkreisbogen zurückgelegt hatte und nun ganz rechts von Robina stand. Dann drehte er Robina erneut den Kopf zu, verharrte, für Robina das Zeichen, dass er offenbar einen Teil seines Manövers abgeschlossen hatte.

Robina wurde schwindlig, und immer heftiger musste sie sich gegen den Gedanken an Flucht zur Wehr setzen.

Ganz sanft stieß die Birne zu. Zunächst jedoch richtete sie sich auf. Der Anblick der Unterseite - nicht gerade angetan, Robina zu beruhigen: Es lagerten dort, verschränkt, drei kräftige Manipulatoren, und Robina konnte mehrere klappenähnliche Ausschnitte erkennen.

Eine Öffnung klappte auf. Robina riss, das Schlimmste erwartend, die Hände vor das Gesicht.

Nichts geschah - zunächst.

Dann, Sekunden später, spürte Robina das Feld.

Sie spürte es doppelt, einmal, wie es sie von außen angriff, das zweite Mal im Gehirn. Ihre im Institut zu Höchstleistungen trainierten Sinne sprachen an.

In Robina glomm eine zunächst noch unbestimmte Hoffnung auf. Ihr nachgehen konnte sie nicht. Der Druck auf den Körper verstärkte sich.

Robina verlagerte ihr Gewicht, stemmte sich mit dem linken Bein gegen den zunehmenden Schub und neigte den Körper nach rechts.

‚Wenn er jetzt das Feld wegnimmt', dachte sie, ‚falle ich um.' Das Feld verstärkte sich jedoch immer mehr. Und Robina fühlte, dass sie dieser Kraft nichts entgegen setzen konnte, *körperlich* nicht. Zorn stieg in ihr auf: ‚Warte nur, es ist noch nicht aller Tage Abend!'

Wenig später begann sie zu rutschen. Sie grätschte die Beine noch mehr, aber auch das half nur für Augenblicke. Sie geriet in Bewegung und glitt von der Tür fort. Im gleichen Maße rückte die Birne vor, schob sie, immer hübsch auf Distanz, vor sich her. Robina hatte zu tun, das Gleichgewicht zu halten, dabei achtete sie naturgemäß weniger auf das Ungetüm.

Im letzten Augenblick konnte sie einen Sturz verhindern, als plötzlich das Feld zusammenbrach. Die Lifttür klappte hinter der Birne zu. „Uff", stöhnte Robina. Dann zog sie den Druckanzug vollends aus und setzte sich neben den Hacker auf den Fußboden.

Zunächst ruhte sie aus, wartete, bis sich der Pulsschlag normalisiert hatte. Dann überlegte sie: ‚Er hat die Flucht vor einem biologischen Wesen seiner Pflichterfüllung vorgezogen. Das heißt eindeutig, solange ich mich hier aufhalte und er das weiß, so lange geht die S-Melodie durch den Raum, so lange lässt er sich nicht mehr blicken. Demnach hat er einen gewaltigen Schutzkomplex, der ihn in jedem Falle hindert, mich etwa anzugreifen. Er hätte sein Feld sicher nicht errichtet, wenn ich ihm nicht den Weg versperrt hätte. Und das Wesentliche: Er wusste, dass er mir damit nichts antat, sondern mich bloß schieben würde, hinweg von der Tür.'

Den Schutzkomplex empfand Robina zwar wohltuend, erkannte ihn aber gleichzeitig als ein Handikap. Er würde verhindern, das Wesen der Maschine näher zu ergründen, sie sich - vielleicht nutzbar zu machen.

Robina wurde klar, dass sie noch zu wenig über das Verhalten der Birne wusste, dass sie auf alle Fälle weiteren Kontakt brauchte. „Wir werden sehen", sagte sie und kroch in die Spirale. Sie hatte die Vermutung, dass sich die Maschine um die Lift- und Türenspiele nicht kümmerte - eine nächste Unzulänglichkeit des Programms, wie sie befriedigt feststellte. ‚Der Roboter wird von Zeit zu Zeit überprüfen, ob es irgendwo ein Biofeld gibt. Ist hier oben in der Kuppel keins, aber gleichzeitig eine Unregelmäßigkeit am Sender, kommt er, um zu reparieren.' Und diese Annahme wollte Robina bestätigt wissen! Sie richtete sich auf eine längere Wartezeit ein, bei eingeschalteter S-Melodie, mit der festen Absicht, sich noch einmal samt der Hackmaschine abtransportieren zu lassen. Dabei kam ihr in den Sinn, dass ihr Risikoverhalten bestimmt gegen diesen und jenen Paragraphen des Reglements verstieß. Überhaupt: Reglement, der Begriff kam Robina mittlerweile vor wie einer aus dem Archaikum ...

Konnte es aber nicht leicht passieren, dass sie zum

Beispiel während des Transports von dem Ungetüm zerdrückt oder ihr Anzug beschädigt wurde?

Risiko hin, Risiko her. Niemand konnte ihr raten. ,Und ich wäre neugierig, ob es jemand besser wüsste.

Ed hat damals auch nicht lange gefackelt und hatte eben Pech!

Birne, Kuppel und Bolid rückten aus Robinas Denken ... -

Ein herrlicher Spätsommertag, der zweite September - Ich jedoch verärgert. Schon zum dritten Mal während meiner Territorialaktivtage hatte dieser Anschluss unserer Stadt an das Straßenfernleitnetz vergeblich auf der Tagesordnung gestanden: Freilich, noch fehlte Instandhaltungskapazität für die Fahrautomatik, und eine örtliche Werkstatt wurde gebraucht. Sonst müsste man einen Service erst rufen, wenn ... Aber hätten sie uns die Kapazität zugesprochen, würden wir das andere schon schaffen. Wie ein Küken haben sie mich abblitzen lassen, diese Koordinatoren.

Als Robina jedoch in der Trans saß und draußen bei tief stehender Sonne aus goldenem Ährenmeer die Empfangstürme der Ernteautomaten grüßten, Kinder winkten, verflog der Ärger.

Sie fuhr wieder einmal zum Bruder. Es sollte imposant sein, hatte er gesagt, was sie da vorhatten. Und fünf Tage hatte sie Zeit.

Nun ja, das Fundament des Zentralturmes zeigte wohl Haarrisse, und Eds Betrieb sollte Auswirkungen verhindern und die mächtigen Seilanker legen.

Ein lustiges, vieldiskutiertes Gebilde, dieses erste Karussellhaus. Heute reißen sich die Menschen darum, in solchen Bauten zu wohnen. Na ja, am Anfang kam es mir selbst ulkig vor: Wohnkabinen an begehbaren Kragarmen, über- und nebeneinander, Grünstreifen dazwischen - und das Ganze auch noch um den Zentralturm drehbar.

Ed freute sich. Er konnte sich frei machen und erklärte alles seiner kleinen Schwester mit Stolz, wie früher in der EVO.

Robina sah die Baustelle deutlich vor sich, sie würde sie wohl nie aus dem Gedächtnis löschen können: Dreihundert Meter ragte der Turm in die Höhe, schlank wie ein Grashalm, noch unverkleidet. Mit den Haken ringsum, die die Fassadenteile aufnehmen würden, sah er aus wie ein Riesenkaktus.

Die ersten Kragarme in 30 Meter Höhe verrieten etwas von dem Grandiosen des Bauwerkes. Die frei tragenden Korridore hatten elliptische Fenster. Von fliegenden Kränen aus wurden die ersten Wohntrakte montiert.

Siebenundzwanzig Etagenringe werde das Haus haben, jeder mit einer Miniparkanlage. Und eine Etagengemeinschaft könne festlegen, wie sich ihr Wohntrakt drehen solle, ob mit oder gegen die Sonne, ein oder mehrmals an einem Tag oder nach einem selbstgewählten Programm oder aber überhaupt nicht, hatte Ed erläutert. -

Wieder wärmte Spätsommersonne, kein Wölkchen zu sehen. Noch wurde das Klima nicht geregelt.

Robina spürte den Duft reifen Getreides, das hinter dem Waldschutzstreifen, an dem sie das Fahrzeug abgestellt hatten, in leichtem Wind wellte.

Nach einem Regen herrschte klare Sicht. In der Ferne lag die Stadt, daneben ein Berg, unvermittelt erhob er sich aus der Ebene. Bunttupfer in seinem Wald ließen auf einen frühen Herbst schließen.

„Das ist auch so einer", erklärte Ed. „Darunter alles Speicher. Von dorther holen wir für die Karussells die Energie. Dort sind auch zwei Betriebe und Dienstleistungseinrichtungen vergraben."

Sie stapften über den aufgeweichten Boden, Lehm beschmierte die Schuhe. An ihren Ärger im Rat dachte Robina schon lange nicht mehr.

Sie begegneten Baufahrzeugen, die auf Luftkissen über die Pfützen strichen und dem, der ihnen zu nahe kam, Sommersprossen tupften.

„Die Umfriedung vom neuen Tierpark. Der ist schon eingeweiht", erläuterte Ed weiter. „Später wird er die Wohntürme mit einbeziehen in seine Grünanlagen. An die dreißig solcher Türme entstehen hier. Das ist eine Stadt von nahezu zwanzigtausend Einwohnern. Ersatzbau für dort drüben." Ed wies in Richtung der Stadt.

Auf der Baustelle befanden sich nur wenige Menschen. Die Aggregate, die die Quellplaste in den Untergrund drückten, arbeiteten vollautomatisch.

Die kontrollierend herumschlendernden Kollegen Eds grüßten und musterten verstohlen oder dreist die junge Frau an seiner Seite. Einer rief freundlich spottend: „Na, na, Ed, du wirst doch nicht auf deine alten Tage ...", und er machte eine komisch anzügliche Kopfwendung zu Robina hin.

Tatsächlich, Ed wurde rot und beeilte sich zu erwidern: „Dussel, das ist meine Schwester!"

„Na, hätte ja sein können“, brummte der andere und grinste über das ganze Gesicht. Zwei, drei hatten den Disput mitverfolgt, und sie lachten jetzt.

Robina sah Ed von der Seite an. Auch um ihren Mund zuckte das Lachen. „So wird das mit dir nie etwas“, sagte sie und gab ihm einen Knuff in die Rippen.

„Das hat noch Zeit“, antwortete er ein wenig unwirsch. Und nach einer Weile fügte er, wie es schien, mit einem Unterton, der auch Bedauern ausdrückte, hinzu: „Wir leben zu unruhig dafür.“

„Hm.“ Robina setzte sich auf einen Stapel Plastplanken. „Dass du im Team wahrscheinlich der Einzige bist, der dafür zu unruhig lebt, entgeht dir, wie?“

„Ach“, sagte Ed und wies zum Bau, „schau, wir sind soweit. Sie ziehen die Kräne ab.“

Robina lächelte. Es gab weiter nichts zu sehen, als dass die fliegenden Kräne einer nach dem anderen in Richtung Stadt verschwanden.

Eilig sprach Ed weiter: „Weißt du, es setzt jetzt die Härtungsphase ein, und dabei soll der Bau nicht zusätzlich belastet werden. Das dauert einige Stunden.“

„Aha“, erwiderte Robina. Sie stützte sich nach hinten und ließ mit geschlossenen Augen die Sonnenstrahlen um ihr Gesicht fließen. Die Geräusche der Baustelle flauten ab. Vom Tiergarten schwoll ab und an ein fremdartiger Laut herüber, Kreischen von Papageien, der Schrei von Reihern.

Leise sagte Ed: „Es muss schön sein, hier zu wohnen, später. Schon in einem Jahr wird das Gebiet in die örtliche Klimaregelung einbezogen.“

„Mir gefällt das schon jetzt“, murmelte Robina, ohne ihre Lage zu verändern oder die Augen zu öffnen.

„Die haben hier nämlich Mist gebaut“, ergänzte Ed. „Auf anderen Standorten hatten sie das Klima schon vor dem Baubeginn geregelt. Es gab dort nicht so eine Pampe wie hier.“

„Meine Güte, was seid ihr verwöhnte Pinkels“, frotzelte Robina ohne innere Anteilnahme.

Vom Tierpark schollen Tiergekreisch und aufgeregtes Stimmengewirr herüber.

„Wenn die Möglichkeiten gegeben sind ... Oder denkst du, wir könnten heute keine Transib oder die sagenhafte Gasleitung Orenburg mehr bauen unter den gleichen Bedingungen wie die Vorväter?“

„Bleib ruhig, Bruder, du zersprichst die schöne Sonne. Freilich weiß ich, dass ihr tüchtige Kerle seid. Einen Spektakel machen die!“ Robina hatte sich aufgerichtet und blickte zum Tierpark hinüber. Der Lärm hatte zugenommen. „So etwas müsste verboten werden.“ Sie lehnte sich wieder zurück. „Es ist“, fuhr sie laut fort, „als ob die Sonne so schöner wäre, milder, weißt du, als in so einem klimageregelten Gebiet.“

„Ach was!“, erwiderte Ed belehrend. „Es ist das Gleiche - nur der Zeitpunkt wird bestimmt.“

„Wirklich?“, fragte sie spöttisch. „Du nimmst einem aber auch jede Illusion!“

Plötzlich brach der Lärm überlaut durch die mutierte und daher besonders üppig gewachsene Taxushecke, die das Tierparkterrain von der Baustelle trennte. Schnelle Schritte patschten, dann folgte deutlich ein Rascheln. Ed und Robina wandten die Köpfe.

Ein braunrotes, behaartes Gesicht stand einen Augenblick über der Hecke, dann folgte mit einer eleganten Seitenhocke ein ebensolcher Körper.

Unten verhielt das Knäuel, sah aus schwarzen Augen auf die beiden Menschen, schlug einen Bogen und galoppierte behände auf drei Extremitäten davon.

„Ein Orang-Utan“, flüsterte Robina überrascht. „Ausgerissen!“

„Der wird doch nicht ...!“ Ed sprang auf.

Der Affe hatte den Fuß des Zentralturms erreicht, verhielt kurz und erklomm dann pendelnd, von Befestigungshaken zu Befestigungshaken, das Bauwerk. Dabei sah er sich mehrmals um, wurde langsamer, als er keine Verfolger bemerkte, hängte sich dann schließlich an zwei der Bewehrungen, stützte sich mit einem Fuß an einer dritten ab und erweckte so den kläglichen Anblick eines Gekreuzigten.

Wenige Augenblicke später war die Ruhe vorbei. Ein Fahrzeug kam in hohem Tempo heran, hinter sich eine Fahne feinzerteilten Wassers und Lehms. Ihm entstiegen, nein, entsprangen mindestens acht Leute, von denen etwa sieben auf den Turm zu rannten. Nur einer, ein kleiner Rundlicher, schien einigermaßen die Situation zu beherrschen. Er machte sich an einem Funkgerät zu schaffen. Die anderen standen am Fuß des Turms und riefen gestikulierend nach oben, lockten und schimpften. Einer machte sich sogar daran, an den Haken nach oben zu steigen, freilich nicht mit dem geringsten Geschick.

„Da muss ich doch ...“, sagte Ed. Aber der Mann hatte sein Unterfangen bereits wieder aufgegeben.

Der Orang-Utan hingegen, wieder munter geworden, klomm, noch behänder als vorher, höher. Er erreichte den ersten Etagenring, schien einen Augenblick unschlüssig, rannte dann aber oben auf dem glatten, bereits glasverkleideten Korridor dorthin, wo später die Wohnkabine angebaut werden würde.

„Wenn er ausrutscht, ist er hin!“, rief Ed aufgeregt, und er ging eilig, ohne den Blick von oben zu lassen, zu dem Mann am Fahrzeug, der aufgebracht mit jemandem über Funk sprach.

„Ruf deine Leute zurück!“, fuhr Ed ihn an. „Die machen das Tier noch völlig verrückt!“

„Sag ich doch, sag ich doch“, erwiderte der Mann. Dann murmelte er etwas von „unfähigen Idioten“, rannte zum Turm und schrie schon von weitem völlig unangebracht, die Leute sollten sich davonmachen.

Der Affe hatte fast das Ende des Korridors erreicht. Nur noch wenige Meter trennten ihn vom Gestrüpp der herausragenden Armierungen, Rohre und Kabel. Da rutschte er ab, glitt, begleitet von einem mehrstimmigen Entsetzensschrei der Zuschauer, an der Seitenwand des Korridors nach unten, fand dort für einen Augenblick Halt und stieß sich mit einer verzweifelten Kraftanstrengung ab. Er erwischte das herunterhängende Ende eines Kabels und hielt es in Todesangst fest. Drei, vier Meter sackte die Leitung ab, zog sich aus dem Korridor heraus.

Ed duckte sich, blickte weg, jeden Augenblick gewärtig, das Aufschlagen des Körpers zu hören - aber das Kabel hielt stand. Das Tier pendelte, an ihm hängend, in großen Amplituden hin und her. Es hielt die Leitung ängstlich mit Händen und Füßen umklammert und blickte hilfesuchend nach unten.

Robina, ebenfalls herangekommen, ergriff Eds Arm und flüsterte: „Wie schrecklich!“ Und dann mit Zorn: „Warum unternehmen die denn nichts?“

Der rundliche Mann mit dem Funkgerät schrie nach einem Netz. Natürlich hatte niemand ein solches, und niemand traf Anstalten, eins zu holen.

Die Lage des Tieres wurde bedrohlich. Das Kabel scheuerte, scharf geknickt, an der glasharten Silikonkante des Korridors. Noch einige Minuten, und es riss.

Ed sah sich um. Weit und breit kein Kran mehr, kein Gleiter. „Habt ihr keinen Gleiter?", fragte er den Dicken.

Der blickte einen Augenblick verständnislos, schüttelte dann den Kopf.

„Was habt ihr überhaupt?", knurrte Ed.

„Alles neue Leute, neue Leute", murmelte der Mann, und er tat Robina in diesem Augenblick leid. „Halt keine Erfahrungen." Er blickte hilflos. „So ein Jammer, ein Jammer. Ein unersetzlicher Verlust ...!"

„... ein Netz?", fragte Ed.

Der Dicke nickte. „Doch – doch, ja, ja - Netz ..." Und er wandte sich an den Haufen Herumstehender. „Mark, hol das Netz, das Netz! Nimm den Wagen!"

„Und wo ist es?", fragte der mit Mark Angesprochene, ein junger Mann in einem Arbeitsanzug.

„Ja, wo ...?", sagte der Dicke. Und er überlegte, dass ihm die Schweißperlen von der Stirn liefen.

Ed sah nach oben. Ihm war, als franse das Kabel bereits aus.

„Klettere doch, dummes Vieh, klettern! Hinaufklettern!" Aber der Orang-Utan kletterte nicht. Er rührte sich nicht, schaukelte hin und her und hatte offenbar eben so viel Angst wie die Menschen, die unbeweglich nach oben starrten.

Ohne die Überlegungen des Dicken abzuwarten, deren Ergebnis ohnehin fragwürdig war, handelte Ed.

„Ed, was hast du vor?“, rief Robina besorgt.

Ed ging schnell zu einem mit einer neuen orangeleuchtenden Plane abgedeckten Etwas, löste die Schlaufen und schlug die Bedeckung zurück. Das Wasser des letzten Regens, das sich in den Falten gesammelt hatte, bespritzte die Umstehenden.

Unter der Plane kam eine dicke Plattform zum Vorschein mit einem glänzenden Geländer und einem kleinen Steuerpult.

Ed stieg über das Geländer, warf einen Blick auf das Pult, riss, Robina sah es deutlich, eine Plombe von den Bedienelementen, konzentrierte sich sichtlich und legte dann, wohl zu schnell, einen Hebel um.

Mit einem Ruck löste sich die Plattform vom Boden, gewann schnell an Höhe. Ed ging in die Knie. Die Plane, an einer Ecke hängen geblieben, wurde hinterher gezerrt und goss abermals einen Schwall Wasser auf die Leute.

Ed schien Schwierigkeiten zu haben. Noch hatte er die Plattform nicht dorthin manövrieren können, wo der Affe hing.

Mit wachsender Sorge verfolgte Robina Eds Tun.

Nicht so die anderen. Sie hatten Hoffnung geschöpft, wischten sich lachend das Wasser aus den Gesichtern. Es war offensichtlich, dass ihnen das Schicksal des Affen im Augenblick mehr am Herzen lag als das des Menschen, der sich mühte, mit einer erstaunlichen Plattform fertig zu werden. Ein Grund zur Besorgnis schien also nicht gegeben. Aber, so schätzte Robina, sie begriffen nicht, was Ed riskierte.

Sie erahnte es nur aus seinem Mienenspiel, aus dem Ruck des Geräts beim Anfahren, beim Entfernen der Plombe. Ed tat, bediente etwas, das er nicht kannte! „Ed, komm runter!", schrie sie.

Noch hätte er abspringen können. Er befand sich erst drei, vier Meter über den Köpfen.

Einen Bruchteil von Sekunden traf sie sein Blick. Der Anflug eines Lächelns ging über sein Gesicht. Dann konzentrierte er sich abermals.

Das Ding drehte sich, und dann driftete es langsam dorthin, wo der Affe pendelte.

Als Robina Ed gerufen hatte, waren einige Gesichter zu ihr herumgeschwenkt. Zorn stand darauf auf jemanden, der es wagte, den Mutigen zu stören, der die Rettungsaktion für ein kostbares Lebewesen über- und den Verantwortlichen abgenommen hatte.

Ed ließ die Plattform langsam steigen, das lebendige Perpendikel beruhigte sich allmählich.

Doch das Tier, nervös, sah abwechselnd auf die näher kommende Platte mit dem Menschen darauf und das Kabel empor, so als überlegte es, was zu tun sei.

Ed sprach den Orang-Utan beruhigend an.

Als die Plattform noch etwa vier Meter von dem Affen entfernt war, sprang dieser plötzlich Ed an, klammerte sich angstvoll an ihn und riss ihn um.

Die Menschen unten stöhnten, Robina schrie: „Ed!"

Durch den Aufprall der Körper oder durch eine falsche Schaltbewegung stürzte die Plattform ab. Das heißt, es war kein eigentliches Stürzen, es sah eher aus, als glitte ein Kinderdrachen, der einen allzu kurzen Schwanz besitzt, seitlich zu Boden.

Beim Aufprall wurden Ed und der Affe, der den Menschen immer noch fest umklammert hielt, von der Plattform geschleudert.

Robina erreichte als erste die Unglücksstelle. Der Orang-Utan presste sich an Ed und gab aufgeregt dumpfe Laute von sich.

Ed lag auf dem Rücken, er konnte offenbar nicht sprechen, als hätte es ihm die Luft abgeschlagen.

„So nehmt doch das Vieh weg!“, schrie Robina.

Zwei Männer mühten sich um den Affen, der sich nach einigem Sträuben willig hinwegführen ließ. Die anderen standen betreten um Ed, ratlos.

„Hast du Schmerzen, Ed, sag’!“, rief Robina.

Ed fasste sich offenbar, die Benommenheit wich von ihm. „Im Rücken.“ Das Sprechen bereitete ihm sichtlich Mühe.

Robina wollte den Bruder helfen, sich aufzurichten. Nach einer Weile, während Ed der Schweiß ausbrach und sich seine Kaumuskeln wie harte Knoten aus dem Gesicht hoben, gab sie es auf.

„Es geht nicht, Robi“, sagte er mit einem verzerrten Lächeln.

„Holt doch Hilfe, verdammt noch mal!“, herrschte Robina die Umstehenden an.

Der Dicke fingerte in den Taschen. „Hilfe“, murmelte er. -

Robina durfte zugegen sein, wenn Ed aus der Narkose erwachen würde.

Vorher hatte sie der Arzt, ein schnauzbärtiger alter Mann, beiseite genommen und ihr unverblümt unterbreitet, dass Eds Wirbelsäule zunächst keinen Pfifferling mehr wert sei, dass er das dieser Afferei zuzuschreiben habe und überhaupt von Glück reden könne, dass sie ihn wenigstens wieder soweit zusammengeflickt hätten.

Auf Robinas konkrete Frage hin erläuterte er knapp, dass ein Wirbel gesplittert sei und örtliche Verletzungen der Nervenstränge verursacht hätte, was vorläufig - und er bezifferte dieses Vorläufig mit mindestens vier Jahren - eine Regenerierung des Wirbels ausschließe. Sie hätten ihm statt dessen ein Kunstwerk eingebaut, einen Plastwirbel, der allerdings einer schonenden Behandlung bedürfe. Er als Arzt würde Ed dringend empfehlen, die nächsten Jahre unter geringerer Schwerkraft zu verbringen, was ja heutzutage leichter zu verwirklichen sei, als einen Affen festzuhalten, wie das Beispiel treffend zeige.

Robina hatte gespürt, dass der Alte das Bärbeißige nur spielte. Sie hatte ihn angelächelt und er mit einem Auge zurückgeblinzelt. Dann hatte er gelacht, sodass sein überaus antiquierter Schnauzbart an beiden Enden in die Höhe stieg und sich seine Augen zu einem Spalt zusammenschoben.

„Wird schon wieder werden, Kleine, das waghalsige Brüderchen“, hatte er väterlich gemurmelt.

Das Erste, was der Alte vor Eds Bett sagte, als dieser die Augen geöffnet und sich gerade so in die Umgebung hineingefunden hatte: „Na, du Affenfänger, bist du wieder hier, ja?“

Ed gab Robina noch matt, aber sichtlich froh die Hand, dann fragte er: „Wie geht es ihm?“

„Meinst du etwa den Affen?“, fragte der Arzt, und als Ed nickte, fuhr er ihn an: „Hat der Mensch Töne!

Selbst arg angeknackst, fragte er nicht etwa nach seinem Kreuz, sondern nach dem Affen. Dem geht's gut, ich kann dich beruhigen. Er streckt den Besuchern die Zunge heraus und frisst vergnügt Bananen."

„Na ja", sagte Ed ein wenig kleinlaut, „wo er doch so kostbar ist. Er tat mir leid, und er wäre bestimmt abgestürzt."

„Gefühlsduselei", brummte der Alte.

Als Ed und Robina protestieren wollten, winkte er ab. „Habt ja Recht - im konkreten Fall. Vielleicht hätte ich auch so gehandelt, aber nur, weil das Tier da oben hing und zitterte. Im Allgemeinen, meine ich, machen wir zuviel Schmus, schaffen uns Probleme, die wir nicht beherrschen. Tierpark, na ja, das Einzige, was da akzeptabel ist. Da sollen sie ihre Viecher züchten und von den Leuten angucken lassen. Aber diese Reservate, die sogenannten Naturparks? Hört mir auf!"

Es war dem Mann unschwer anzumerken, dass er auf eine Gelegenheit gewartet hatte, seine Meinung über dieses Problem los zu werden - ungeachtet der Tatsache, dass Ed gerade erst in die Wirklichkeit fand.

Er sah die erstaunten Gesichter, und er ging näher auf sein Thema ein: „Drei Jahre fast habe ich in Indien, in einem Zentraldorf am Rande eines solchen Gebietes, in einer Arztstation gearbeitet. Vier Mal haben uns Elefanten überfallen. Beim vierten Mal haben sie das Dorf zerwalzt. Wir hatten einen Toten. Und warum? Weil sie mit diesen Reservaten das Gleichgewicht noch mehr stören, als wir es durch unsere bloße Existenz und die damit verbundene Umweltbeeinflussung tun. Wir verlängern die Agonie, jawohl, vielleicht übertreibe ich, aber es ist so. Die Biester, diese Elefanten damals, hatten einfach nicht mehr genug Futter, haben sich vermehrt wie die Feldmäuse."

„Du übertreibst wirklich", bemerkte Ed lachend.

„Freilich übertreibe ich", antwortete der Alte und schmunzelte. „Aber überlege, ob nicht etwas dran ist an dem, was ich sage. Weißt du, worunter dort unten die meisten Menschen noch immer litten? Unter Eiweißmangel, heute, im dreiundzwanzigten Jahrhundert! Und in den riesigen Tierreservaten - welche verschenkten Möglichkeiten einer intensiven Tierzucht! Damit ein paar von unseren acht Milliarden Menschen mal einen Elefanten in freier Wildbahn sehen, ich bitte dich! Warst du schon mal da? Ein Optimum brauchen wir in unserem Verhältnis zu dem Restchen Natur, das uns geblieben ist, nicht Extreme nebeneinander."

„Und was würdest du machen?", fragte Robina.

„Die Tiere, die vom Aussterben bedroht sind, und das sind sehr viele, in Tiergärten züchten, zum Anschauen. Wenn es nicht mehr geht, das heißt, wenn sie sich partout nicht mehr fortpflanzen wollen oder können, dann Filme machen nach allen Regeln der Kunst, und sie so der Nachwelt erhalten. Nun, und wer eben ein solches Vieh unbedingt richtig sehen und anfassen möchte: Man könnte mehr Forschungskapazität einsetzen, die die Genkodesynthese zur Perfektion bringt. Stellt euch vor, ihr behandelt in der Schule die Urfauna Afrikas und der wohlvorbereitete Lehrer führt euch vor, wie aus einer beliebigen, aber künstlich kodierten Zelle ein Löwenbaby entsteht, immer dann, wenn es gebraucht wird, oder ein Krokodil oder was immer du willst. Wir sind da viel zu einfallslos, pressen uns in Korsetts, wo wir frei atmen könnten.

Mein Freund, wenn du dich an das hältst, was ich dir auf den Weg geben werde, können wir in drei Jahren versuchen, deinen Wirbel zu regenerieren. Er ist dann ganz echt. Mit dem, den du jetzt drin hast, kannst du keine großen Sprünge machen. Aber zwei Monate musst du für die Regenerierung einplanen! - Nun, nun, Kind, verabschiedet euch. Dem Affenhascher kann ein wenig Schlaf nichts schaden."

Damit ging der Alte. Ed und Robina sahen ihm lächelnd nach. „Ein verrückter Kerl", bemerkte Robina.

„Wer weiß!" Dann wandte sich Ed der Schwester voll zu und fragte sie nach allerlei Speziellem aus seinem Betrieb. -

Erst als Robina im Gleiter saß, der sie nach Hause zurückbrachte, stürzte der Jammer auf sie ein. Und am liebsten hätte sie losgeheult. Sie hatte, so lange der Besuch währte, beinahe selbst an den Trost, den sie ihm geben wollte, geglaubt. Ihr gewollter Optimismus, verbunden mit dem von Ed zur Schau gestellten - und natürlich die hoffnungsvolle Diagnose des Arztes -, hatten die Unfallfolgen leichter erscheinen lassen. Aber es blieb, und jetzt wurde es Robina bewusst, doch ein beträchtliches Maß an Ungewissheit, Sorgen und - Einsamkeit, Einsamkeit vor allem für sie; denn Ed würde eine solche, schon durch das Hineinarbeiten in seine neue Tätigkeit, nicht so empfinden. Und da kannte sich Robina zu gut, über dieses Alleinsein würden bei aller Mühe weder das Institut noch die Leute im Territorium hinweghelfen können. Dazu war sie mit Ed - aus der Kindheit, vor allem aber aus dem gemeinsamen Schulbesuch heraus - zu sehr verwachsen.

‚Freilich, vielleicht war diese Ansicht falsch, vielleicht habe ich mich zu sehr gehen lassen ...

Aber', Robina fand in die Wirklichkeit zurück, ‚meinen Entschluss, an der Expedition teilzunehmen, bereue ich keine Sekunde.' Und Robina fühlte, dass sie sich nichts vormachte - obwohl zu jenem Entschluss die Flucht aus dem Alleinsein mit beigetragen haben mochte. Jetzt lachte sie bitter auf. ‚Eine Flucht aus dem Alleinsein auf der Erde mit acht Milliarden Menschen, diese Einsamkeit habe ich mit der auf dem Boliden getauscht.

Nun sei nicht ungerecht, Robi, dazwischen lag die Fahrt, da gab es die Freunde auf dem Schiff, Frank ... Und *schließlich* die Entdeckung der Anderen!'

Robina richtete sich auf. „Wo bleibst du denn, Birne?", fragte sie laut, und sie spürte, dass sich unter der Kuppel der Schall in der entstandenen Sauerstoffatmosphäre bereits vernehmlich fortsetzte.

Aber die fremde Maschine ließ auf sich warten. Als Robina schon Zweifel kamen, ob ihr Täuschungsmanöver vielleicht durchschaut worden sei, und sie bereits zu überlegen begann, ob sie alles noch einmal von vorn einfädeln sollte, glitt die Tür zur Seite, mit - und darüber erschrak Robina -, mit einem erbärmlichen Quietschen. Sichernd schwebte die Birne herein. Wie vorausgesehen, begann sie den Hacker abzubauen. Diesmal konnte Robina den Vorgang gut beobachten.

Aus einer Art Köcher auf der Unterseite holte die Maschine ein Ersatzkabel hervor, riss ohne Federlesen den Hacker zur Seite, entfernte die Kabelenden rechts und links vom Schnitt, indem einer der Greifer angesetzt und gedreht wurde. Dann bog sie die Verkleidung der Sendeapparatur zur Seite, setzte den neuen Stab an, drehte ihn flink - fertig. Dann packte die Birne die Hackerteile, verharrte, drehte sich langsam, offenbar verglich sie ihr Speicherbild vom Inneren der Kuppel mit dem tatsächlichen. Folgerichtig stieß sie auf den Fremdkörper. Sie rückte auf Robina zu, packte die Spirale mit dem zweiten Greifer, diesmal in fast waagerechter Lage, und schwebte in den Fahrstuhl. Wieder quietschte die Tür jämmerlich. ‚Da werde ich sie eben mal ölen, wenn es hier niemand tut', dachte Robina.

Als ihr die Situation keineswegs bedrohlich schien, drehte sie sich innerhalb der Spirale so, dass sie bequem die Umgebung und die Handlungen des Ungetüms beobachten konnte. Es bediente zunächst mit dem dritten Manipulator - so rasch, dass Robina so schnell gar nicht folgen konnte - das Sensorentableau, sie hatte den Eindruck, in einer Kombination.

Der Fahrstuhl ruckte sanft an und fuhr reichlich lang. Sie hatte in Erinnerung, es verstrich bis zum Ringraum stets nur wenig Zeit. Ihr wurde es bang.

Plötzlich stoppte die Fahrt. Ein wenig atmete Robina auf. ‚Ich werde mich geirrt haben', hoffte sie.

Sie hatte sich nicht geirrt. Nicht der Ringraum tat sich auf, als die Birne den Fahrstuhl verließ.

Vor ihnen lag ein geräumiger Korridor oder, besser, eine Diele, auf die mehrere Türen mündeten.

Noch bevor Robina einen Entschluss fasste, öffnete die Birne eine der Türen, schwebte in den dahinter liegenden Raum und legte sie samt den Teilen des Hackers in einer Ecke ab.

Das Erste, was Robina wieder dachte: ‚Das Miststück hat den Programmablauf geändert!' Dann begann sie fieberhaft zu überlegen, wobei sie sich um Logik mühte: ‚Nein, er hat, das hätte ich Dummkopf einkalkulieren können, Erfahrung in Handlung umgewandelt. Ein normaler Prozess bei hochorganisierten Maschinen. Ja, hinterher ist immer alles einfacher. Er hatte einige Male festgestellt, dass der Transport der fremden Gegenstände zu ihrem Ursprung nicht den gewünschten Erfolg brachte, ergo - schaffe ich sie eben an einen anderen Ort. Und an dem befinde ich mich jetzt!'

Robina beobachtete die Birne, die ihr den „Rücken" zudrehte und an einer Art Werkbank hantierte. Dann hatte Robina den Eindruck, als fülle der Roboter den Köcher wieder auf, jedenfalls war einen Augenblick lang ein Kabelende zu sehen. Und dann, ja, dann legte sich die Birne zur - Ruhe.

Robina traute ihren Augen kaum.

Der Zwischenraum zwischen Fußboden und Körper wurde kleiner, dann setzte sie vorn auf, einen Augenblick später hinten.

‚Wie eine Ziege, die sich niederlegt', dachte Robina belustigt. Dann jedoch wurde ihr die Tragweite des Vorgangs bewusst: ‚Es sieht ganz so aus, als ob der Herr Wartungsmonteur erst wieder aufsteht, wenn die Anlage es verlangt. Und da ich, Robina Crux, der größte Störenfried, den die Maschine je erlebt hat, matt gesetzt bin und wie Geröll in der Ecke liege, kann das lange, sehr lange dauern. Ein Meteorit wird wohl nicht gleich wieder die Antenne zerschmettern.'

Robina überprüfte. Sie hatte Lebensmittel für maximal zwei Tage bei sich, wenn sie sie streckte, für drei. Eine Weile könnte sie hungern, aber mehr als eine Woche räumte sie sich nicht ein.

„Nun will ich erst mal sehen, wie weit mein Biofeld deine Träume beeinflusst, mein Freund!“

Ohne sich Gedanken über mögliche Folgen zu machen, stieg Robina aus der Spirale.

Die Birne rührte sich nicht.

Selbst als Robina - mutig geworden - näher trat, zuckte sich der Koloss nicht im Geringsten.

Robina tippte ihn in einem Anflug von Tollkühnheit mit der Hand an - nichts!

„Du bist mir ja ein merkwürdiger Zeitgenosse“, sagte sie. Ihre Stimme klang belegt.

Einen Augenblick überdachte sie, ob sie dem Panzer mit härteren Gegenständen zu Leibe rücken sollte: Es lagen allerhand Werkzeuge und Stangen undefinierbarer Funktion herum. Aber warum sollte sie?

‚Rückzug sichern, Robi!'

Die Tür ließ sich ohne weiteres öffnen, auch die des Fahrstuhls. Aber wie weiter? Robina probierte aufgeregt die Sensoren, bemüht, sich die Kombinationen zu merken. Dann, nach der vierten Variante, ruckte der Fahrstuhl an, und nach einer Weile landete Robina in der Kuppel. Kaum ausgestiegen, sagte sie herzhaft: „ Robi, du bist ein Schaf, ein saudummes!“ Und sie stellte sich vor, welche Gelegenheit sie verpasst hätte, wenn sie nie mehr diese Diele mit den wer weiß was verbergenden Türen zu Gesicht bekäme. ‚Und das ist der Fall, wenn mir der Fahrstuhl abwärts nicht gehorcht.

Es würde leicht sein, die Birne erneut hierher zu bitten, aber wo schafft sie mich dann wohl hin?

Überhaupt, recht merkwürdig, das Maschinchen. Mein Biofeld hat es dort unten nicht im Geringsten gestört, weil, weil - warum wohl, verflixt? Weil sein

Sinn in Ruhestellung nur auf das Signal konzentriert ist. Schrecklich einseitig! Nein, zweckmäßig. Schließlich ist es für die Wartung hier. Alles andere ist dem untergeordnet. Erst wenn ein Defekt die Birne weckt, also wenn das Signal ausbleibt, prüft sie, ob ein Biofeld in der Nähe ist oder nicht, und entscheidet danach. Immer hübsch eins nach dem anderen.'

„Na warte, Bursche!"

Noch sah Robina hinter dieser Ordnung nichts Konkretes, aber sie fühlte, der Maschine müsste mit diesen Erkenntnissen nun eher beizukommen sein.

Als sie in den Fahrstuhl trat, zuckte es ihr in den Fingern, zu probieren, ob es ihr gelingen würde, die Kabine in die geheimnisvolle Tiefe zu dirigieren. Aus Vernunftsgründen schob sie es auf. -

Aber bereits am nächsten Tag in aller Frühe stand Robina erneut im Fahrstuhl, wohlausgerüstet diesmal. Sogar eine neu gebogene Spirale schleppte sie mit sich, allerdings ohne sie über sich gestülpt zu haben.

Mit Scheu begann sie systematisch zu probieren. Und es gelang über alle Maßen schnell. Die gleiche Kombination der Sensoren, die für die Aufwärtsfahrt galt, zwang den Lift nach unten.

Die Tür, hinter der die Birne schlief, hatte Robina sich gemerkt. Neugierig, was die anderen Räume bargen, sah sie nach und wurde enttäuscht: Alle, etwa gleich groß, enthielten Materialien, fremdartige natürlich, oft in den Funktionen undeutbar. Das einzig Interessante: Zwei weitere schlafende Birnen, jedenfalls dem Anschein nach. Allerdings wurde nicht deutlich, ob es sich nicht ebenfalls nur um Ersatzteile handelte.

Im selben Raum hing etwas, das wie ein - Skaphander aussah. Obwohl Robina nicht übel Lust verspürte, sich damit zu befassen, wandte sie sich zögernd ab. ‚Erst das Eine!'

Die Tür, die dem Fahrstuhl gegenüber lag, führte in einen kurzen Gang, der erneut an einem Lift endete. Dieser hatte nur zwei Taster: auf und ab und er mündete direkt in der Energiezentrale, einem Reaktorsaal mit dem Meiler in der Mitte, einem großen grauen Quader ohne jeden Vorsprung, allerdings mit einer nicht sehr glatten, harten Verkleidung. Auf die Suche nach einen Zugang verzichtete Robina. Unbehagen beschlich sie, wie jedes Mal, wenn sie sich einer so geballten Kraft gegenüber sah. Der Saal minderte dies nicht, die Pulsationen drangen sehr gedämpft aus den Wänden, eher düster als hell. Armaturen, Überwachungsinstrumente oder andere, von irdischen Anlagen her gewohnte Einrichtungen fehlten.

Robina dachte an die immense Arbeit, die die Aushöhlung des Boliden verursacht haben mochte, gleichgültig mit welcher Technik. Freilich, im Grunde genommen ließ sich das Höhlensystem mit einem irdischen Minibergwerk vergleichen - aber hier, unter Raumbedingungen ...?

‚Also müsste das Funkfeuer auf alle Fälle größte Bedeutung haben, die diesen Aufwand rechtfertigte.'

Robina zerbrach sich darüber nicht weiter den Kopf, sondern fuhr nach oben in die Diele und öffnete die Tür zum Birnenschlafzimmer.

Alles schien unverändert.

Mit Elan machte sich Robina an eine gründlichere Untersuchung des Raumes. Sie umkreiste den Koloss und entdeckte zwei flexible Kabel, die unter seinen Körper führten.

Robina pfiff durch die Zähne. „Sieh an, er spart o-der regeneriert. Jedenfalls hat er sein autonomes System abgeschaltet.“ Und schon begann eine Idee zu rumoren: ‚Wahrscheinlich', überlegte sie bedächtig, ‚bekommt er auch das normale Sendersignal, das ihn schlafend hält, über eines dieser Kabel, und wenn nicht? Das wäre auch nicht so schlimm! Messen muss ich, mit welcher Intensität die Signale ankommen.'

Mit der neuen, drängenden Aufgabe machte sich Robina auf den Weg nach oben. -

Die Ergebnisse der Messung fand Robina zufriedenstellend. Zunächst nahm sie das Signal auf eine Endlosschleife und trimmte die Ausgangsimpulse so lange, bis sie annähernd den Intensitätswerten entsprachen, mit denen der Schläfer sie empfing. Dann fuhr sie mit dem Wiedergabegerät nach unten, zapfte behutsam die Antennenleitung des Roboters an und klemmte im gegebenen Augenblick synchron an.

„Ich komme schon noch hinter dein Innenleben!“, sagte sie spöttisch, und sie strich wie liebkosend über den glatten Panzer. „So - und nun machen wir die Probe!“ Sie verließ zufrieden den Raum.

In der Kuppel stieg sie zunächst - für alle Fälle - in die Spirale, zerschnitt seelenruhig das Kabel und setzte den Hacker in Gang. Die S-Melodie, die gleich darauf in ihrem Hörer schwang, erschien ihr auf einmal besonders melodisch.

Die halbe Birne schlief einen - wie es schien - außerordentlich gesunden Schlaf.

„Na also“, sagte Robina. Und sie kam sich vor wie die 13. Fee aus Dornröschen, an deren Spindel sich gerade das Mädchen gestochen hatte und auf das Lager niedersank.

„Tröste dich, hundert Jahre wird es nicht dauern, so lange hält die Batterie nicht!“

Beschwingt verließ Robina den unterbolidischen Bau und machte sich auf den Weg zur Grotte. -

12

In den folgenden Wochen quälte sich Robina mit der Niederschrift von Eds Unfall. Daraus wollte sie eine Geschichte machen und diese auf die Wand bringen.

Es fiel ihr schwer. Sie nahm sich vor, täglich eine Seite zu schaffen, aber oft gelang ihr das nicht.

Manchmal unternahm sie kleine, ziellose Ausflüge - zur Erholung, redete sie sich ein. Ihre Gedanken glitten ständig ab. Sie litt an einer Konzentrationsschwäche, ohne deren Ursache zu kennen.

Immer öfter schob sich in ihr Denken die Diele mit den Türen, sah die Birne dort in Ruhestellung.

Während sie anfänglich der S-Melodie mit einem gewissen Triumph gelauscht hatte, mit Stolz über die gelungene List, fiel ihr das zerrende Gepiepse bald auf die Nerven. Und sie schaltete ab und an nur noch kurz ein, um zu kontrollieren, ob der Hacker noch lief.

Einmal fuhr sie zur Kuppel, um den Sauerstoffbehälter auszutauschen. Es fiel ihr schwer, die Diele nicht aufzusuchen. „Was soll’s, es funktioniert großartig. Ich habe ihn bezwungen, und das ist endgültig!“

Nach dem Besuch der Kuppel wurde es mit ihr noch schlimmer. Sie konnte nur noch wenige Stunden am Tage wirklich am Raster arbeiten Immer wieder schweiften ihre Gedanken hin zum Roboter.

Robina begann sich Vorwürfe zu machen wegen der Zweckentfremdung einer Anlage, die sie im Grunde genommen nichts anging, die sie, im Gegenteil, zu achten hatte. Sie beruhigte sich zwar selbst, dass sie als Schiffbrüchige ein Recht dazu hätte und dass jedes vernünftige Wesen das auch einsehen würde.

Und langsam begriff Robina, und mit diesem Begreifen kam eine gewisse Ruhe über sie: Sie sehnte sich nach dem Spiel mit diesem Roboter. Es fehlte ihr einfach das Hin und Her, das Lauern aufeinander, das Prickelnde des Unbekannten, des Risikovollen. Sie vermisste den - Gesellen.

Sie schalt sich albern und brachte es sogar fertig, ihre einseitigen Beziehungen zu der Maschine lächerlich zu finden. Sie meinte mit einem Mal, die Dinge real zu sehen, und das tat wohl. Sie konnte sich nun auch wieder des Sieges über die Maschine freuen, über die S-Melodie, die wieder ihren ursprünglichen Zweck erfüllte: Die einzige Möglichkeit, auf sich aufmerksam zu machen. Und die Frage, ob das gerechtfertigt sei oder nicht, fand sie plötzlich absurd.

Und dann erinnerte sich Robina, dass sie einen Triumph über einen solchen Sieg in ganz ähnlicher Weise schon einmal erlebt hatte. Sie holte diese Erinnerung bewusst hervor, schwelgte gleichsam in ihr. Sie tat es vorsätzlich, um die eben erlangte Auffassung über ihr Verhältnis zur Birne zu festigen. -

Ja, damals war das, an einem siebenten Mai, einem herrlichen Tag, angetan, auf jedes Gesicht Lebensfreude zu zaubern, einem Tag, an dem es barbarisch erscheinen sollte, zu streiten oder finsteren Gedanken nachzuhängen.

Robina sah sich durch die Straßen schlendern, trödelnd, scheinbar ohne Ziel, ein müßiger Passant wie viele. Robina dachte überhaupt nicht oder zwang sich, so zu tun, als ob sie nicht dächte. Und so ziellos ihr Bummel schien, so oft sie auch in Nebenstraßen abbiegen mochte, sie kam dem Institut näher und näher. Nur, viel zu früh war sie aufgebrochen, viel zu früh aufgestanden, und die Zeit troff zäh wie Algenbrei.

Allmählich glomm Zorn in ihr auf, ohnmächtiger, nicht sehr aggressiver, weil durch eine gewisse Einsicht gedämpfter Zorn - auf Donas und auf Willfart. ‚Wie konnten sie ausgerechnet den Versuch auf einen solchen Tag legen, noch dazu, wo ich frei hätte und wo morgen die Territorialwoche für mich beginnt.' Obwohl Robina die Zusammenhänge kannte, die zu diesem Termin geführt hatten, fand sie, dass ihr einseitiger Hader mit den beiden Dozenten die Furcht überdecken half.

Als sie vor dem Institutsgebäude stand, waren der Gedankenstreit und alle mühsam in ihr errichteten Vorsätze zerronnen. Was blieb, war Angst, unentrinnbare, sie gleichsam magnetisch anziehende Angst.

Sie meinte, dass jedermann das Beben ihres Körpers bemerken müsste, und mehrmals sah sie sich nach Leuten um, von denen sie meinte, dass sie sie mehr als zufällig gemustert hätten. Sie zog sich, so empfand sie wenigstens, die Stufen empor, als klebten die Füße in

Honig. Und in der Tat, so süß und zum Verweilen lockend erschienen ihr der Tag und jede Stufe, die noch zu ihm gehörte.

Und dann ging alles ruck-zuck. Robina wurde von der Assistentin empfangen, in die Halle begleitet, dort von Willfart begrüßt wie eine alte Bekannte, nicht wie eine Lernende, als sei sie eben mal so vorbeigekommen. „Na, Mädchen, hast du ein Glück. So ein herrlicher Tag heute. Und ab morgen die Territorialwoche. Seht zu, dass ihr draußen was machen müsst, so eine Baukontrolle oder, noch besser, nachsehen, ob die Badestrände in Ordnung sind. Der Boden ist feucht, da lassen sie es noch lange nicht regnen. Apropos: Weißt du, dass wir einen neuen Klimatechnologen haben? Vor drei Jahren von mir ausgebildet. Also, wenn du mal ein besonderes Wetterchen brauchst, der Junge ist nicht so, du kennst mich ja. Wer von Willfart kommt, ist in Ordnung, ob er nun das Wetter bändigt oder Felder. Und so ein Stündchen ... Für seinen Rapport hat er dann gewiss ein kleines Defektchen bei der Hand. Das merkt keiner. Unlängst, da brauchte ich für einen Ausflug zu zweit Sonnenschein und dann - Regen, heftigen, du verstehst - verstehst nicht? Na, auch gut, mach' erst mal das eine fertig."

Robina lachte ein wenig abgelenkt.

„Na, dann leg' los, da hast du den Tag noch vor dir", forderte Willfart sie auf, ernster geworden, aber immer noch ein wenig verschmitzt.

Sie standen unvermittelt am Steuerpult, und Willfart machte mit beiden Händen eine einladende Bewegung. Und ebenso freundlich auffordernd hielt die Assistentin die Kopfsonden bereit.

„Wie …?“, fragte Robina verwirrt, „sofort?“

Willfart nickte lächelnd, und benommen ließ sich Robina die Fühler anbringen.

Sie legte die Hände auf die Steuermanipulatoren und schloss die Augen, brauchte Sekunden der Sammlung. ‚Dieser Willfart hat mich einfach überfahren', dachte sie. ‚Und eigentlich habe ich mir einen derartigen Qualifizierungsnachweis anders vorgestellt, würdiger, feierlicher vielleicht. Schließlich handelt es sich um den höchsten Grad der Feldsteuerung.' Langsam begriff Robina. Und sie musste dann doch anerkennen, dass es Willfart vortrefflich gelungen war, diesen hässlichen Angstdruck, der sich gewiss ins Unerträgliche gesteigert hätte, von ihr zu nehmen. Alles verlief wie ein planmäßiges, gewöhnliches Experiment, nichts deutete auf die Sicherungsmaßnahmen hin, die ein heißer Test erforderte, niemand außer Willfart in der Nähe, der ihr auf die Finger gucken würde, auch die Assistentin nicht. Keines der sieben oder acht Mitglieder der Gutachterkommission ließ sich blicken. Sie saßen vor Monitoren irgendwo, möglicherweise gespannt, wie sich der bisher jüngste Feldoperator der höchsten Aufgabe gewachsen zeigen würde.

Noch einmal nahm Robina die Hände von den Griffen, wischte über das Trikot. Willfart fragte: „Fertig?“

Sie drehte steif den Kopf zu ihm hin. Er fläzte am Kopult, der Situation unwürdig, wie Robina empfand, hatte ebenfalls die Fühler angelegt, die Hände hielt er jedoch vor dem Leib verschränkt. Die Griffe an seinem Pult waren verplombt, wie es die Vorschrift erforderte. Vorsintflutlich. ‚Hoffentlich lassen sich die Plomben auch schnell lösen, wenn er eingreifen muss. Großer Schaden würde bei der Fusion zwar nicht entstehen können, aber der entsprechende A-Heliumbunker wäre hin und damit die Arbeit - wie hatten sie es uns eingebläut - von siebenhundertdreißig Mannjahren, vom Material ganz zu schweigen.'

Robina legte die Hände erneut auf die Griffe. Augenblicke später begann das bis dahin bewegungslose grüne Strichkreuz auf dem Schirm zu flattern, dann zu flackern und in gedämpfte, unregelmäßige Sinusschwingungen überzugehen. Jemand aus der Gutachtergruppe verstellte die Haltefeldintensität.

‚Na warte, mein Freund!“ Eine Art freundlichen Grimms bemächtigte sich Robinas.

Erst jetzt, bei den ersten Anzeichen der Unregelmäßigkeiten, hatte sie die Sehadaption zugeschaltet. Langsam verdeutlichte sich das Bild der rötlichen, träge rotierenden Kugel.

‚Hoppla, die gehen aber ran', dachte Robina noch, als sie die Deformationen und beulenartigen Auswüchse der Fangfeldnachbildung gewahrte, ehe sie sich voll konzentrierte.

Und behutsam begannen ihren Finger und Füße an den Griffen und Pedalen zu spielen, keinen Augenblick unsicher, und im Gleichklang mit den Bewegungen glätteten sich die Beulen des Kugelbildes, dort, wo sie ihren Willen konzentrierte, nachdem sie die Kugel scheinbar entsprechend gedreht hatte.

Sie ließen Robina drei Stunden unter dem Gerät, eine Zeit, die der äußersten Grenze menschlichen Leistungsvermögens entsprach und die für den Ernstfall nicht in Frage kam. Robina hatte es nicht gemerkt, sie fühlte sich noch frisch, als das visuelle Bild erlosch. Es hatte ihr nachgerade eine wilde Freude bereitet, mit dem zu ringen, der das Haltefeld verstimmte. Während der Arbeit war ihr auch die Gefahr nicht bewusst geworden, spielerisch souverän hatte sie den Ball beherrscht, nichts, nur er mit seinen Beulen und Deformationen hatte für sie existiert. Als sie die Fühler abgenommen hatte, versank sie einen Augenblick lang in eine glückliche Benommenheit, die langsam einer unwirklich anmutenden Leere und Erschöpfung wich. Beim Aufstehen zitterten ihre Knie.

Dann traf sie Willfarts Blick. Und er sah sie an, ernst, und dann zum ersten Mal ohne seinen Unterton „Ja, wenn ich, Willfart ...“, sagte er: „Einsame Klasse, Mädchen, wirklich. Ich gratuliere! Schätze, wir werden dich am längsten hier gesehen haben.“

Das Letzte hatte Robina nicht gehört oder nicht aufgenommen.

Langsam überkam sie Freude. Vorbei, geschafft! Und außerdem: So etwas Besonderes war es nun auch wieder nicht. ‚Quatsch, sich vorher so viele Gedanken zu machen. Eben das ewige Fühlen und Empfinden vor und nach Prüfungen, hundert Mal durchlebt, hundert Mal mit neuen guten Vorsätzen durchstanden, hundert Mal in gleicher Weise heraufbeschworen.’

„Komm“, forderte Willfart sie auf.

Er führte sie in die oberen Räume, klopfte an eine Tür, wartete nicht ab, sondern riss sie schwungvoll auf und ließ Robina eintreten.

Sie wurde einen Augenblick verlegen. Ja, das war sie, die illustre, keineswegs würdig aussehende Gutachterkommission: Bekannte, sehr bekannte Feldphysiker, fünf Männer und drei Frauen. In einer erkannte Robina eine bedeutende Kosmobilistin und wunderte sich über deren Anwesenheit.

Man schüttelte Robina die Hand, murmelte Glückwünsche, zeigte sich alles in allem sehr beeindruckt, und dann übergab ihr Phil Wals, der Nestor der Kommission, der Einzige, der nicht leger wie ‚eben mal vorbeigekommen' wirkte, die Urkunde und verkündete, dass sie die höchste Qualifikationsstufe eines Feldoperators mit Auszeichnung erklommen habe, ein überaus seltener Fall, in seiner Praxis erst der zweite!

Dann beglückwünschte sie Willfart, und - ganz der Alte - sagte er: „Wenn du nichts Besseres vorhast: Ich bin beauftragt, dir zur Feier des Tages vier Wochen Sonderurlaub anzutragen." Und er setzte, als er Robinas überrascht-unschlüssiges Gesicht sah, hinzu: „Du brauchst dich jetzt nicht zu entschließen. Wenn du morgen früh nicht deine Territorialwoche antrittst, wissen wir, wie du dich entschieden hast. Es ist alles abgestimmt, also ..."

Stolz und mit einem Riesenbukett verließ Robina das Zimmer. Sie hörte noch - und es belustigte sie -, wie eine der Frauen zu Willfart sagte: „Na, weißt du, da habt ihr euch nicht gerade übernommen mit euren vier Wochen. Bei der Leistung ..."

Was Willfart erwiderte, hörte Robina nicht mehr.

Vor dem Tor wurde sie von einem infernalischen Freudengeheul empfangen. Ihre gesamte Lerngruppe hatte es sich nicht nehmen lassen, sie zu begrüßen und stürmisch zu beglückwünschen. Die anwesenden Lehrfreunde wurden schier aus dem Konzept gebracht: Ihr Sprecher gab dann auch den Versuch einer wohlgesetzten Rede auf, schüttelte Robina lachend die Hand, und sie zogen sich in das Gebäude zurück. Robina warf einen bedauernden Blick in den blauen Himmel und ließ sich von der Gruppe fortziehen.

Spät am Abend - mit Boris allein - kamen ihr der Vormittag und die anschließende Feier unwirklich vor. Ihr war, als schwebe sie ständig. Boris' Zärtlichkeiten taten ebenso wohl wie das Gefühl, Höchstes erreicht zu haben.

Und dann entschloss sie sich, Willfarts Angebot anzunehmen, obwohl es ihr - der Lerngruppe wegen - ein wenig leid tat. Den Ausschlag gab Boris, der im Zuge seiner Ausbildung drei Monate auf Tahiti, im dortigen A-Heliumkraftwerk ein Praktikum abzuleisten hatte. Und Robina wollte ihn begleiten. -

Es wurden wundervolle Tage dort. Boris richtete seine Tätigkeit so ein, dass viel Freizeit entstand. Sie genossen das Nichtstun am Ozean so lange, wie es Genuss blieb, bestiegen Vulkane, durchdrangen Dschungel, besuchten umliegende Inseln auf Fischerkatamaranen und ließen sich von pseudofolkloristischen Veranstaltungen gefangen nehmen. -

Robina seufzte, als sie wieder in die Bolidenwirklichkeit zurückfiel. Aber die Erinnerung an dieses Erleben hallte noch in ihr nach, und wieder spürte sie ein unbestimmtes Sehnen ... ‚Schluss!' Sie straffte sich und beendete, ohne sich weiteren Ablenkungen hinzugeben, Eds Unfallgeschichte. Dann las sie alles noch einmal, fand das Geschriebene miserabel und plagte sich mit Zweifeln über den Nutzen gerade dieser Story. Sie stellte sich vor, wie ein Fremdling sie aufnehmen würde, und tröstete sich dann damit, dass er wohl einiges Allgemeingültige daraus werde entnehmen können. Zumindest wird der Familiensinn nochmals deutlich, er erfährt einiges über Turmhäuser, dass wir seltene Tiere lebendig konservieren, Antigravmotoren noch nicht in jedem Falle gut beherrschen und Skelettteile bedingt regenerieren können - und noch einige Kleinigkeiten. Also soll die Geschichte bleiben!

Die nächsten Tage hing Robina in der Wand und gravierte Buchstaben für Buchstaben, und sie konnte trotz aller Anstrengung nicht verhindern, dass ihre Gedanken von der nur zum Teil auslastenden Arbeit fortglitten, in den Boliden hinein zu einem metallischen Klotz, der an seiner von ihr „vergifteten" Nabelschnur hing und einen ewigen Schlaf schlief.

Dass der Birne - unbewusst wurde für Robina Birne zum Maskulinum - auf einen Einsatz wartete, unlogisch! Denn ein solcher bedeutete einen nicht erstrebenswerten Zustand, einen Defekt der Anlage. Und es erschreckte Robina auch nicht mehr, dass sie diese Maschine personifizierte.

Bei all diesem wirren Denken, diesem Undefinierbaren, das durch ihr Gehirn ging, den ungerichteten Sehnsüchten, arbeitete Robina verbissen in der Wand. Sie hatte ohne Qualitätseinbuße die Effektivität gesteigert, indem sie die Buchstaben nach selbstgefertigten Schablonen schmolz.

Noch immer glaubte sie, der Birne könne ihr nur helfen, wenn - er schlief, wenn die S-Melodie ungehindert in den Raum zog. -

Nach Tagen, als etwa zwei Drittel des Rasters abgeschrieben waren, als neue, durch Buchstaben aufgeraute Flächen von der Wand grüßten, schien es Robina, als habe sich die S-Melodie verzerrt. Außerdem, so meinte sie, müsse sie ohnehin den Ladezustand der Batterie des Wiedergabegeräts prüfen - überhaupt, sie brauchte eine Pause.

Sie bereitete den Ausflug für den nächsten Tag sorgfältig vor. Damit ihr der Weg mit der umgehängten Ausrüstung nicht zu schwer falle, ging sie gemächlich, legte Pausen ein und machte sich vor, dass sie außer ihren Geräten nichts in den unterbolidischen Bau ziehe. Unterwegs kam Robina der Gedanke, auch einmal die andere Hälfte des Boliden, die düstere, die aus lichtundurchlässigen Gesteinen bestand, zu inspizieren. Damals hatten sie das wegen der Faszination, die von der Kuppel ausging, unterlassen.

Es freute Robina, dass nach wie vor weitere Tätigkeiten auf sie warteten, wenngleich sie sich von der anderen Seite des Himmelskörpers nicht viel versprach.

Robina spürte sofort die Veränderung in der Kuppel. Über das Außenmikrophon ließ sich ein Zischen, unterbrochen von einem regelmäßigen Knacken vernehmen. Auch die Tür hatte beim Öffnen wieder nervtötend gequietscht. Die Geräusche, die vom Hacker ausgingen, ja ihre eigenen Schritte, ihre Stimme, die von den Wänden eigenartig zurückhallte, all das erfüllte Robina mit einem Gefühl des Heimischen, der Rührung, als empfinde sie erst jetzt die sterile Stille und Leere, die sie nun schon so lange umgaben.

Sie begann sorgsam zu prüfen. Fünfzehneinhalb Prozent Sauerstoff befanden sich in der Kuppel. Und dann nahm sie langsam, als sei es eine sakrale Handlung, den Helm des Anzugs ab.

Robina musste tief und langsam atmen, denn noch waren der Sauerstoffanteil gering und die Kälte gefährlich schneidend. Das autonome System des Anzugs hatte sie nicht ausgeschaltet, sodass ihr Gesicht mit Wärme und zusätzlicher Luft umspült wurde.

Robina verspürte im ersten Augenblick das Prickeln auf der Gesichtshaut wie ein erfrischendes Bad. Gleichzeitig fiel ihr ein, dass sie das alles einfacher in der Kabine hatte.

Aber hier erschien ihr die Atmosphäre, als Nebenprodukt zwar - aber was schadet das -, wie ein Fangnetz, ein Kescher, mit dem sie die Fremdlinge ein Stück zu sich herüberzog. Einen Augenblick dachte sie auch daran, in die Kuppel umzusiedeln, zumindest zeitweise, aber dann fiel ihr ein, dass sie weder den Schleusenmechanismus kannte noch sicher sein konnte, dass der Birne ihr nicht doch irgendwann den Sauerstoff ablassen würde; denn wahrscheinlich hatte die Atmosphäre Auswirkungen auf den Sender. Endgültig rückte Robina von ihrem Gedanken ab, als sie auf den Metallteilen der Anlage einen matten Schimmer gewahrte, der ihr neu vorkam. Sie untersuchte ihn und stellte fest, dass er durch heftiges Kratzen entfernt werden konnte: Über die Teile des Senders breitete sich bereits eine Oxidschicht.

Ihr erschien das zunächst nicht bedenklich, im Gegenteil, es erfüllte sie mit einer Art Frohlocken darüber, dass die Anderen offensichtlich auch nur mit Wasser kochten. Dann schalt sie sich abermals dumm und albern und dachte an die Gefahr, die sie mit ihrem sauerstoffgetriebenen Gebläse für die Sendeanlage heraufbeschwor, und sie sann, so Leid es ihr tat, nach Möglichkeiten, über die fremde Schleuse das Gas abzulassen. Sie schloss den Helm, wechselte den Sauerstoffbehälter, ging in die Schleuse und studierte eingehend, aber ergebnislos die Anordnung der Sensoren. Nach einer Weile begann sie nach einem Schema zu probieren, und irgendwann begann ein leises Zischen. Der Sauertoffgehalt in der Kuppel sank. Sie entschloss sich, die kuppelseitige Schleusentür offen zu halten, damit das Gas ständig abziehen konnte.

Robina fuhr nach unten. Sie zögerte, die bewusste Tür zu öffnen, tat es dann so, als erwarte sie jeden Augenblick, dass etwas Überraschendes geschehen würde.

Nicht das Geringste hatte sich in dem Raum verändert, alles war wohlgeordnet an seinem Platz, und als Krönung sozusagen lag der Birne in seiner Ecke.

Robina ärgerte sich seltsamerweise: „Na, du Schlafmütze, du leichtgläubige", rief sie und stieß ihm in die Seite, allerdings darauf bedacht, es nicht gar so kräftig zu tun. Der Roboter rührte sich nicht.

Sachte dämmerte in Robina eine Erkenntnis, die sie schlagartig besänftigte: ‚Er hat keine Schutzreaktion vorprogrammiert. Wahrscheinlich könnte ich ihm seelenruhig ein Loch in den Pelz brennen, ohne dass er mich daran hinderte, das heißt, ohne dass er erwachte. Ich wäre somit in der Lage, die Elektronik unter seinem Panzer zu zerstören, herauszunehmen, was auch immer, und er wäre erledigt, ein für alle Mal.

Sie haben also nicht damit gerechnet, dass irgendwelche Finsterlinge hier in zerstörerischer Absicht eindringen könnten, das heißt wiederum, dass es aus der

Sicht der Anderen keine Geheimnisse gibt, nichts Verstecktes, Abgeschlossenes, Verbotenes. Wenn mir etwas verborgen bleibt, liegt es nicht an ihnen, sondern an mir, an meiner Unfähigkeit.

Er wird anders sein, wenn er munter ist', folgerte Robina weiter. ‚Dann hat er sicher so etwas wie einen Selbsterhaltungstrieb, denn er muss ja doch mit allerlei Unbilden rechnen, mit Abstürzen, Steinfall und wer weiß was. Ob sie auch mit biologischen Einwirkungen gerechnet haben ...?'

Robina kamen Zweifel. ‚Haben sie nun damit gerechnet, dass jemals ein Vertreter einer anderen Zivilisation den Boliden betritt? Bei aller humanistischen Gesinnung, die man bei einem Raumfahrer voraussetzen mag, wäre es doch wohl mehr als sträflich, eine solche Anlage im Grunde schutzlos zu hinterlassen. Aber wozu dann der Bioschutz des Roboters? Aus eigener Bequemlichkeit. Wenn sie selber sich hier aufhalten, dann belästigt er sie nicht, sie können am Sender bauen und machen, was sie wollen, ohne dass er kommt. Nur so kann es sein.'

Und noch etwas glaubte Robina aus diesem Tatbestand schließen zu dürfen: ‚Die Anderen kommen aus einer homogenen Gesellschaft, denn sie rechnen nicht damit, dass ein Andersdenkender ihrer Spezies je hier Unheil anrichten könnte. Und sie haben weder Kontakt zu einer anderen Zivilisation oder - Robina schränkte ein - höchstens zu einer gleichgesinnten, noch nehmen sie an, dass es in nächster Zukunft einen solchen Kontakt geben könnte.'

„Und da habt ihr euch eben geirrt, ihr Lieben!" sagte Robina, und sie schnippte mit den Fingern an den

Panzer. „Ihr habt eben nicht mit uns gerechnet, mit den hellen Köpfchen der Menschen! Dass die Entdeckung des Boliden ein blanker Zufall war, braucht niemand zu wissen!"

‚Nein, so zufällig war es nun auch wieder nicht. Es geschah, weil wir hier in der Gegend zu tun hatten. Und durch seine Bahnparameter befand sich der Bolid eben auch gerade hier.' Robina fiel bruchstückhaft die klassische Zufallsdefinition ein, wonach ein Zufall das Aufeinandertreffen zweier unabhängiger kausaler Ereignisse sein sollte.

Gleichzeitig aber wurde sich Robina erneut ihrer Kontaktmission bewusst, an der sie, und nun gestand sie es sich ein, das eine oder andere Mal bereits gezweifelt hatte.

Und hier war nicht die Menschheit allgemein, sondern sie, der Mensch Robina Crux, für diesen Kon-takt verantwortlich.

Robina dachte an ihre Wand und gleichzeitig an die Unvollkommenheit ihrer Mittel und Möglichkeiten, und plötzlich regte sich in ihr ein Plan: ‚Hier sitzt träge und unausgelastet ein Computer mit Speichern und allerlei Fähigkeiten von wer weiß welcher Vielfalt. Und ich brenne primitiv, in der Wand hängend, meine Zeichen in den Kristall, während das Faultier schläft. Und wenn er schon aufwacht, wechselt er die lächerliche Zuleitung aus und pennt weiter.' „Freundchen, ich glaube, du bist für Höheres bestimmt - warte du nur!" Fast erschreckte sie ihre Kühnheit, aber die Idee ließ sie nicht los.

Robina kontrollierte die Batterie und die Kontaktstellen. Die Endlosschleife gaukelte dem Computer die

Perfektion der Lage vor, dafür befand er sich hier, wurde er konstruiert. Aber schon über diese Ansicht geriet Robina in Zweifel. ‚Sie werden doch nicht extra für dieses Funkfeuer eine solche Maschine entwickelt haben. Wo bliebe da die Rationalität? Außerdem deutet seine Gestaltung auf universelle Funktionen hin. Die flache Birnenform und der schwere Panzer machten ihn wohl auch gegen extreme äußere Bedingungen, hohe Drücke, aggressive Atmosphärilien, Stürme und anderes verhältnismäßig immun. Nur für die Aufgaben auf dem Boliden hätte er wesentlich leichter sein, wie eine Spinne aussehen können. Demnach' - die Quintessenz aus Robinas Überlegungen - ‚müsste dieser Roboter Reserven haben. Wie aber an diese herankommen, wie sie erschließen? Oder habe ich mein Vorhaben lediglich aus dem Wunsch heraus geboren, mich weiter mit ihm beschäftigen zu können?' Robina zuckte mit den Schultern: Sie spürte, dass sie ihre Empfindungen, Gedanken und Wünsche irgendwann würde in Ordnung bringen müssen. ‚Aber nicht hier und jetzt!'

‚Da ist noch der - Skaphander.' Nachdenklich suchte Robina jenen Raum auf, in dem sich das Gebilde befand, das sie für einen Raumanzug gehalten hatte. Schlüssig wurde sie sich über das Ding nicht. Es erinnerte eher an einen Schlafsack mit fünf Öffnungen gleicher Größe und mit einem Verschluss, von dem sie sich jedoch nicht vorstellen konnte, dass er dicht sei, für einen Raumanzug ja wohl unerlässlich.

Ihre Hoffnung, aus dem Gebilde Rückschlüsse auf die Gestalt der Anderen ziehen zu können, erfüllte sich also nicht, ja Robina war sich noch nicht einmal im Klaren, ob diese elastischen, dichten, offenbar, verschweißten Hohlgewebe überhaupt etwas mit der Bekleidung der Fremden zu tun hatten. Als einzigen vagen Hinweis auf den Körperbau der Anderen blieben nach wie vor die Treppen und Gänge, die Höhe und die Anordnung der Sensoren und - vielleicht - die Werkzeuge. Letzteres schien bereits wieder zweifelhaft, denn diese Dinge konnten durchaus dem Roboter angepasst sein. Und der war - dessen war sich Robina sicher - beileibe keine Kopie der Wesen. Er brauchte zum Beispiel keine Treppe und nicht so hohe Gänge.

Robina machte sich in diesem Zusammenhang auch Gedanken darüber, dass sie bisher nichts gefunden hatte, das ein Möbelstück hätte sein können. Dies deutete wohl darauf hin, dass sich Kontrolleure, die gelegentlich hierher kamen, nicht lange im Inneren des Bauwerkes aufhielten, sondern wohl in ihren Fahrzeugen lebten. ‚Oder' - und bei dieser Überlegung bekroch Robina eine Gänsehaut - ‚schicken sie auch dafür Roboter?'

Auf jeden Fall erschien es ihr undenkbar, dass die Anlage bis in alle Ewigkeit laufen sollte. Und - das war für Robina Trost und Hoffnung zugleich - die nun kontinuierlich abstrahlende S-Melodie musste den Anderen zeigen, dass ihre aufsichtsführende Maschine voll versagt hatte, sie vernichtet oder defekt sei. Denn - das hörten sie - der Sender funktionierte. ‚Aber ob sie die Störung auf eine, auf *meine* vernünftige Einwirkung zurückführen können? Ich müsste das noch deutlicher machen!' Dieser Gedanke erleichterte Robina. Sie nahm sich vor, ihn sofort umzusetzen.

Sie verließ mit einigem Elan das Bauwerk. Der Besuch bei dem Birne hatte ihr neue Kraft und - neue Zuversicht gegeben. Gleichzeitig wusste sie, der andere Gedanke, sich den Roboter nutzbar zu machen, würde sie nicht loslassen. Diese Idee bedrückte sie mehr, als dass sie sich darüber freute. Sie dachte an ihre geringen Fachkenntnisse. -

Robina bastelte in den nächsten Tagen noch zwei Nockenscheiben für den Signalhacker, ein 0 und ein weiteres S, das sich vom ersten, bereits vorhandenen, dadurch unterscheiden sollte, dass es an anderer Stelle des Grundsignals einsetzen würde. Viel Überlegung und Arbeit bereitete ihr ein Mechanismus, der den Kontaktgeber von der alten Scheibe auf die erste und dann auf die zweite neue und zurück heben sollte.

Die Konstruktion glückte zwar, die erste Erprobung nicht. Es gelang Robina nicht, den Lauf des Hackers mit den drei Scheiben zu stabilisieren.

Sie murkste weitere vier Tage, aber der Dauerbetrieb hätte ihren ständigen Aufenthalt im Bau erfordert.

Robina durchlebte mehrere Phasen des Wechsels zwischen schöpferischer Ruhe und einer zornigen Ungeduld, die sie selbst überraschte, weil sie sie an sich noch niemals so deutlich bemerkt hatte.

Zweimal riss sie wütend die Maschine auseinander und war nahe daran, auf den Nockenrädern herumzutrampeln. Nur mit Mühe konnte sie solche Ausbrüche unterdrücken.

Dann fühlte sie sich unausgeglichen und niedergeschlagen, und öfter stellte sie sich erneut die Frage: ‚Wozu das alles?'

Sie wehrte sich dagegen, weil sie spürte, dass solche Gedanken sie abermals in eine Stimmung fatalistischer Lethargie und Verzweiflung lavieren konnten. Und sie glaubte nicht, dass diese Niedergeschlagenheit allein aus der augenblicklichen Situation heraus entstand, aus dem Misslingen des technischen Vorhabens. Wurde sie müde, weil sie zu spüren glaubte, dass der Aufwand, den sie trieb, in keinem Verhältnis zum Nutzen stand? Sie ertappte sich dabei, dass ihr träge und wirr Zusammenhangloses und Unsinniges durch den Kopf gingen - oder gar nichts.

Immer öfter aber flohen ihre Gedanken zur Erde, klammerten sich an freudige Ereignisse, ja sie begann, banale Erlebnisse zu glorifizieren, ihnen Bedeutung beizumessen. Unausbleibliche Vergleiche mit dem Leben auf der Erde ließen Wehmut aufkeimen.

Und als sie bereits mutlos über ihrem Apparat saß, wurde ihr plötzlich mit Schrecken bewusst, so als hätte sie, hingegeben in wohliger Wärme, ein mächtiger Schwall eisigen Wassers getroffen, dass sich in drei Wochen der Tag jährte, an dem sie die Neutralisation der REAKTOM an die Wand geschleudert hatte, der Tag, an dem das Raumschiff samt Besatzung, einschließlich Robina Crux, unterging.

Diese Tatsache traf sie so niederschmetternd, dass sie ihre Tätigkeit in der Kuppel aufgab, gerade noch die ursprüngliche S-Melodie wieder in Funktion setzte und zur Grotte zurückkehrte.

Sie saß tatenlos herum, begann dann aufzuräumen, ordnete hier und da etwas, bis ihr Mandys Beutel mit der trockenen Erde und den Samenkörnern in die Hände fiel. Seit diesem Augenblick stachelte sie ein unbändiger Wunsch, einer, der aus ihr plötzlich eine andere Robina machte, den sie sich unbedingt bis zum Jahrestag erfüllen wollte: Die Samen, von denen sie nicht wusste, zu welchen Pflanzen sie gehörten, sollten sich entfalten, hier in ihrer winzigen Kajüte, sollten zu prächtigen Blüten und saftigem Grün werden.

Und je mehr sie daran dachte, desto mehr wunderte sie sich, nicht eher darauf gekommen zu sein.

Mit einer Begeisterung und Geduld, die sie vor Stunden noch ganz und gar verlassen hatten, erfüllte sich Robina diesen Wunsch. Sie baute eine Schale aus Plasten und mischte die Erde mit Kristallsplittern, von denen sie annahm, dass sich ihre Mineralsubstanz im Wasser nicht lösen würde. Dann steckte sie die Samen, sieben verschiedene Sorten, abwechselnd in Serie. Drei solcher Folgen brachte sie zu Stande, mehr Platz bot ihre Anbaufläche nicht.

Als Robina ihr Beet angoss, dachte sie nur einen Augenblick daran, dass die Erfüllung dieses Jubiläumswunsches sie etliche Tage ihres Lebens kosten würde, denn die Pflanzen würden ständig Wasser verbrauchen; ohne Wehmut dachte Robina das. -

In den folgenden Tagen knobelte Robina an einer neuen Lösung des Hackers mit nur einer größeren Programmscheibe, die allerdings langsamer laufen musste und deshalb einer Untersetzung bedurfte.

Obwohl diese Tätigkeit sie fesselte, glitten Gedanken und Blicke dann, wenn etwas Handwerkliches weniger Konzentration erforderte, zur Schale. Und am dritten Tag fühlte sie sich versucht, ein Korn auszugraben und nachzusehen, ob es schon keime. Nur mit Mühe konnte sie sich davon abhalten; Ausschlag gab die Furcht, etwas zu zerstören.

Schon wollte sich Robina Traurigkeit darüber bemächtigen, dass der Samen offenbar taub geworden sei, als sich nach fünf Tagen einige Erdkörner anhoben und unter sich gebogene hellgrüne Winzlinge ahnen ließen. Vorsichtig, so als stochere sie in Nitroglyzerin, entfernte sie mit einer Pinzette die Krümel.

Obwohl sie damit gerechnet hatte, natürlich, dass aus Samen Keimlinge sprießen, Pflanzen wuchsen, fühlte sie sich angerührt wie selten.

Sie stand vor der Schale, sah auf das zerbrechliche, zarte, fadenscheinige Etwas, das krumm einen Millimeter über die braune Erde ragte.

Robina fühlte, wie ihr Wasser in die Augen stieg, wie es überquoll, die Wangen hinunterrollte, auf die Brust tropfte. Sie ließ es gewähren, nichts in ihr sperrte sich gegen diese Tränen; sie fühlte, begriff, dass etwas Großartiges geschah.

Trotz beinahe zwei Parsec Wegstrecke, trotz trockener Erde, ungeachtet des Aufpralls auf der Wand, des lebensfeindlichen Raumes und der toten Pracht ringsum nahm hier etwas, einige Hälmchen zunächst, seine Chance, seine Lebenschance wahr. Und Robina gedachte des Wunderbaren, das sich da vollzog, stellte sich vor, wie es aus den grauen, schwarzen und braunen, auf jeden Fall unscheinbaren kleinen Körnchen, befohlen von den DNS-Spiralen, jetzt zum Licht drängte. Stattliche, vielleicht prächtig blühende, aber bestimmt schöne, wunderschöne Pflanzen würden sich entfalten. Und erst da wurde Robina wirklich klar, glockenklar, nach fast einem Jahr der Höhen und Tiefen, des Schwankens zwischen Verzweiflung und stets angekränkelter Hoffnung, dass sie das Geschenk, das ihr zuteil geworden, ihr Leben, zu achten und mit allen Mitteln zu erhalten habe. Kein Mensch hatte das Recht, es leichtfertig wegzuwerfen, und auf sie, Robina Crux, traf das in besonderem Maße wie vielleicht auf keinen anderen Menschen zu.

Und Robina gelobte sich voller Rührung in der profanen Kabine, vor der kleinen, roh zusammengeschweißten Plastschale, angesichts der aus der Erde sprießenden gebrechlichen Geschöpfe, nie wieder Stimmungen aufkommen zu lassen, die zu der Frage „Wozu?“ provozierten. Alles wollte sie daransetzen, den Rest ihres Lebens so zu verbringen, dass aus ihrem Dasein auf dem Boliden größtmöglicher Nutzen erwüchse, und an den Tod nur zu denken als an einen unabdingbaren biologischen Akt, den sie wie kaum ein anderer Mensch die Gelegenheit hatte zu überdauern.

„Meine Chance“, murmelte Robina. Und sie sah plötzlich wie einen strahlend erleuchteten Weg den Sinn ihres Seins vor sich liegen. Selten zuvor, so empfand sie, war einem Menschen seine Aufgabe, sein Beitrag zur Menschlichkeit so klar.

Robina stand versunken vor der Schale. Die Größe des Augenblicks bedrückte sie, machte sie aber gleichzeitig glücklich, und es wurde ihr bewusst, dass es ihre schönste „Geburtstagsfeier“ werden würde.

Früher machte man sich Geschenke. Eine Großmutter, an die sich Robina nur undeutlich erinnern konnte, obwohl die alte resolute Dame noch irgendwo in Frankreich leben sollte, wusste davon zu berichten. Ein Prüfstein für echte Zuneigurig oder bloße Verpflichtung war ein solches Geschenk, auf jeden Fall ein materieller Wert, daher wohl hatte es schlechthin seinen Sinn verloren. Wer freut sich heute schon über etwas, das er im Magazin um die Ecke bekommt oder sich in die Wohnung bringen lässt.

Und doch fand Robina im Augenblick diesen Brauch schön. ‚Hätte ich mich nicht gefreut, wenn Boris manchmal, vielleicht zum Wiedersehen nach längerer Trennung, mir irgend etwas mitgebracht hätte als einen Beweis, dass ich auch in Abwesenheit in seinem Denken und Sehnen eine Rolle gespielt habe? Eben etwas, das es um die Ecke herum nicht gibt? Eine flüchtig aufgeschriebene Zeile vielleicht, eine hübsche Begebenheit, mündlich erzählt, oder sogar etwas Materielles, etwas Altertümliches, ein Buch oder etwas Selbstgefertigtes ...

Und Robi, wo waren deine Aufmerksamkeiten dieser Art? Du hast gesorgt, dass er sich wohl fühlte, versucht, seine Wünsche, auch die unausgesprochenen, zu erfüllen. Aber das war auch schon alles, vielleicht viel, zu viel. Er hat es nicht bemerkt. Oh, er dachte rationell, der Liebe. Warum traurig sein, Robi, wenn wir uns nicht sehen, warum Sehnsucht aufkommen lassen? Im Augenblick, verstehst du, das Glück packen, es auskosten. Ist es nicht sehr viel nützlicher so? Ständig angestrebtes Erhabenes führt auch zur Verflachung. So konntest du, Boris, beinahe überzeugend argumentieren. Und ich habe mich oft, zu oft, überzeugen lassen.

Und dann war es dir eben nicht mehr vernünftig, die vier Stunden Reisezeit von Bamako zu mir auf dich zu nehmen, zuviel, um die kleine Robi mit den Kuhaugen zu treffen, mit ihr zu albern, zärtlich zu sein ...'

Robina strich sich mit der Hand über die Augen. ‚Ob er etwas empfände, wenn er je erführe, wie es mir tatsächlich ergangen ist, dass ich bis an mein Ende noch auf diesem Kristallhaufen herumgelaufen bin, Gelegenheit hatte, viel an früher zu denken?

Er könnte nun bald wissen, wenn er derartige Nachrichten sieht, dass die REAKTOM wahrscheinlich untergegangen, ihre Besatzung auf jeden Fall verschollen ist. Er wird sich dann schon erinnern. Wie wirst du dich erinnern, Boris?

Müßige Fragerei!' Robina strich sich erneut über die Augen. ‚Von dir, Boris, lasse ich mir doch meine Stimmung nicht verderben!'

Sie streifte die Pflänzchen mit einem zärtlichen Blick, vergewisserte sich, dass der Boden die rechte Feuchte hatte, und begann bedächtig, den Skaphander überzustreifen. Sie war sich der Fülle der Arbeit wieder einmal bewusst geworden. -

Nach Tagen, die Robina in verbissener Tätigkeit verbrachte, kam Ruhe in ihr Denken. Sie sagte sich, dass es sinnlos sei, 30 Jahre lang derart sprunghaft zu leben, wie sie es jetzt tat. Sie empfand, dass es ebenso vernünftig sein müsste, trotz der Aufgaben, Pausen einzuschieben, vielleicht Fotos zu schießen, wie sie schon lange vorhatte, und auch die Kuppel zu besuchen, zu kontrollieren. Alles ließ sich nach einem vernünftigen Plan abwickeln. Sie fand es auf einmal albern, dass sie so oft versucht hatte, sich selber etwas vorzumachen.

Eingegeben wurde ihr dieses Denken durch ihre neue Pflicht: Die Pflege ihres Gartens, wie sie mittlerweile das Kästchen mit den dünnen Pflanzen nannte.

Es keimten fast alle Samen. Noch ließ sich nicht unterscheiden, jedenfalls nicht von ihr, wozu sich die Gewächse entwickeln würden. Robina empfand Stolz über ihren Erfolg nun auch in der Botanik, nachdem sie die Technik - die S-Melodie durcheilte nach wie vor den Raum - so erstaunlich gemeistert hatte. Nur an ihre Schriftstellerei dachte sie mit einigem Bangen.

Sie hatte einen Sauerstoffbehälter so aufgestellt, dass

der Strahl aus dem wenig geöffneten Ventil wie ein Hauch weich über die Pflanzen strich. Das sollte die Stängelchen kräftigen. Eine Lampe spendete 12 Stunden lang gedämpfte Helle.

Robina hatte eine Gießeinrichtung gebaut, um Regen vorzutäuschen. Und ohne Bedauern opferte sie täglich so viel Wasser, wie sie es für das Gedeihen der Pflanzen als notwendig erachtete.

Sie konnte stundenlang vor der Schale stehen und eigentlich - nichts denken. Sie schaute mit einer ruhigen Freude, und sie empfand, als schwände mit jedem neuen Blatt, das sich entfaltete, mit jedem Zentimeter, den die Stängel in die Höhe trieben, ein Stück der schrecklichen Einsamkeit, die sie erst jetzt, nachdem sie sich scheinbar lockerte, so drückend deutlich spürte.

Noch nie hatte Robina so aufmerksam eine Pflanze betrachtet. Sie entdeckte die kleinen Härchen, Äderchen, achtete auf jede Farbnuance, und wurde traurig, als die Keimblätter eines Tages welkten und abfielen - bis sie meinte, dass das wohl so sein musste.

Robina stellte fest: In den Lehrplänen der EVO klafften gewaltige Lücken. Die jungen Menschen wussten nur wenig von der Großartigkeit des Lebens, niemand teilte ihnen etwas von dem Wunderbaren mit, das es barg; nur das Funktionelle galt. Und Robina wusste, wäre sie nicht auf diesen Kristallscherben verschlagen worden, dieses Wunder hätte sie nie empfunden. Denn um es zu begreifen, reichte wiederum das angelernte Funktionelle nicht aus. Was nützte es schon, zu wissen, dass die DNS-Spiralen das Programm bildeten, nach dem eben auf dem Blatt Härchen wachsen, sich dort der Stängel zu einem Knoten verdickt oder die spillrige Pflanze ganz rechts im Kasten als erste und gerade an dieser Stelle zu Robinas Begeisterung eine Knospe ansetzte.

Und was besagte es schon, dass Etliches steuerbar wurde und dass die Molekularbiologen sicher bereits neue Überraschungen zu bieten haben mochten. Gut, der Krebs ist gebannt, einige Geisteskrankheiten sind heilbar, es ist möglich, Hände und Füße zu regenerieren, Eds Wirbel und einige Organe. Pflanzen nehmen den Stickstoff aus der Luft, Nutztiere können jede beliebige Größe annehmen, wenn man es will. Schön. Ein ungeheurer Sprung für die Menschheit. Früher soll es Leute, Wissenschaftler, gegeben haben, die predigten, die Menschheit werde sich zum Hungertod fortentwickeln, dass Kriege notwendig seien für eine natürliche Reduzierung. Gefährliche arme Irre.

Eben: Das Funktionelle ist erkannt, ein weites Betätigungsfeld. Nur die Frage, die kleine Frage: Warum geschieht das alles so? ist nicht beantwortet; es geschieht eben als eine Existenzform der Materie. Früher schien das einfach. Dem Mysterium Gott wurde alles Unerklärbare zugeschoben, Gott in unzähligen Variationen. ‚Irgendwie', so dachte Robina, ‚hatten die Menschen es damit leichter. Gott war das Gleis, auf das die Züge, beladen mit Fragen, abgeschoben wurden.'

Manchmal spann, verstrickt in diese Fragen, Robina Seltsames: ‚Wie, wenn nur eine Lebensform existierte, ein Energiebündel, ein Knäuel aller Wellenformen ineinander moduliert, genauso zufällig entstanden wie Koazervate. Und diese Modulare bauten *die* Ketten, die sie am besten die Umwelt und die Zeit überdauern ließen, sodass Ameise und Fisch, Eiche und Mensch und die Anderen nur Anpassungsformen dieser Modulare an verschiedene Umweltbedingungen wären?'

Stets, wenn Robina diesen Punkt ihrer Betrachtungen erreicht hatte, ihn ausspinnen, von allen Seiten beleuchten wollte, wachte sie auf aus ihrem Meditieren, und stets gelang es ihr, dieses absurde Denken abzuschütteln und nüchtern einzuschätzen, dass sie spann. Aber trotzdem blieb sie bei ihrer Meinung, dass das Großartige, das in jeder Zelle schlummerte, längst nicht von allen Menschen empfunden wurde, und sie fand das jammerschade. Und mehr als einmal dachte sie, dass sie Gelegenheit nehmen würde, es vielen, es allen zu sagen.

In ihrer Ohnmacht beschloss sie, ein Kapitel ihrer Stele diesem Thema zu widmen, selbst auf die Gefahr hin, dass die Anderen - aus Unverständnis - in Verwirrung gerieten. Aber später, wenn der Kontakt hergestellt sein würde, erführen es die Menschen. Die Nachricht würde mit 1000 Kommentaren über alle Kontinente über die Videoschirme flimmern, jeder hätte dafür Interesse, und Etliche würden vielleicht das verstehen, was ihr hier in der Schwärze des Alls aufging.

Und abermals spürte Robina die Größe ihrer Mission und die Schwere ihrer Verantwortung.

Sie ahnte, dass sie in der Welt der Teamarbeit, der gemeinsamen Leistung, eine Art Anachronismus sein, dass sie zur Heldin, zum Idol gemacht werden könnte, allein aus der Tatsache ihres Überlebens heraus. Diese Erkenntnis bedrückte sie ein wenig. Sie begann, jeden Buchstaben, den sie brannte, gedanklich hin und her zu wenden, wie früher Geizkragen jeden Cent, bevor sie ihn ausgaben ... -

Einige Tage später stand eine junge Frau unbekleidet, so wie sie an diesem Morgen vom Lager aufgestiegen war, vor einer grauen Schale. Sie stand unter dem Tageslichtstrahler, dessen Schein das wirre lange Haar mit einer Aureole umgab, stand zwischen nüchternen, funktionellen Gerätschaften und Behältern und Armaturen in einer Kammer, deren orangefarbene Plastwände von einem großen Menschen zu berühren gewesen wären, wenn er die Arme spreizte. Auf ihrem Gesicht lag ein eingefrorenes, ein wenig einfältiges Lächeln, und sie starrte auf ein bizarres Gebilde aus zartem organischem Gewebe, ein Krönchen, bläulichweiß geflammt, mit Zacken und gebogenen Spitzen.

Robina Crux starrte lange. Sie hätte nicht zu sagen vermocht, wie lange. Dann berührte sie mit den Fingerkuppen unendlich vorsichtig dieses Gebilde und stipste zart auf die Zacken, hob das bläuliche Narrenkäppchen an, warf einen Blick hinein in ein fadiges Bündel mit gelben Knöllchen.

Die erste Blüte hatte sich über Nacht entfaltet. Wie sie hieß, wusste Robina nicht. Niemand hatte sie so etwas gelehrt, und selbst hatte sie für solche am Rande des Nützlichen liegenden Dinge wenig Interesse gezeigt, ja, nie eine derartige Blüte bewusst gesehen. Freilich, sie hatte oft Gefallen gefunden an einem bunten Wiesenstrauß, den sie auf den wenigen Ausflügen selten genug pflückten, denn die Wiesen, wo man Blumen abzupfen durfte, wurden selten. Nie hatte Robina das Verlangen gespürt, einzelne dieser Blüten genauer zu betrachten. Ein solcher Strauß war schön, weil er schmückte.

Aber das hier sah sie anders! Ein Gefährte war da herangewachsen, der gleich ihr unter künstlichem Luftdruck Wasser und Wärme aufnahm, der den engen Raum mit ihr teilte, mit ihr lebte. Robina bog liebkosend das zarte Gewächs, ließ es zurückschnellen. Die Blüte berührte ihre Haut, die Brust. Dann wiegte die Frau den Oberkörper und erschauerte im Schmeicheln der feingliedrigen Blättchen.

Einige Minuten spielte Robina. Dann plötzlich sah sie sich um, als könnte sich im Augenblick die Luke öffnen und jemand sie überraschen.

Erst jetzt gewahrte Robina ihre Nacktheit. Sie genierte sich, trat vom Blumenkasten zurück. Scham und Rechtfertigung stritten in ihr. Sie fühlte, wie ihr das Blut zu Kopfe stieg und gleichzeitig, vom Oberkörper ausgehend, eine Gänsehaut über den Leib prickelte. Schließlich fand sie es albern, sich zu genieren, ihre sentimentale harmlose Spielerei nicht der Rede wert, und im Vorsatz, nun etwas Vernünftiges tun zu wollen, sagte sie ganz laut: „Ich glaube, Robi, du wirst verrückt!“ Sie lächelte, hauchte einen Kuss auf die Blüte, flüsterte „entschuldige“ und zog sich rasch an. -

13

Robina hatte einen Entschluss gefasst, angeblich ihrer Aufgabe zuliebe. Die Schrift auf der Kristallfläche sollte noch exakter werden, sie selbst wollte sich mehr Zeit nehmen für die geistige Vorbereitung. Der Birne sollte für sie in die Wand. Er musste es lernen!

In Wahrheit, so ahnte Robina, war es der Drang in

ihr, sich mit diesem Pseudowesen zu messen, einen wehrhaften Partner herauszufordern, ihn sich womöglich zu unterwerfen. Und letztlich war es wohl die Sehnsucht nach einem Gefährten ... Aber das gestand sich Robina nicht ein. Schließlich versprachen die Gründe, aus denen heraus sie den Birne wecken wollte, in der Tat viele echte Vorteile.

Robina hatte keinen Plan. Sie wollte die Reaktion des Roboters abwarten und sich intuitiv darauf einstellen. Und ging heute etwas schief, morgen war noch ein Tag, was schadete es also. Etwa 30 mal 365 Tage noch. Furcht hatte sie nicht. Die Erfahrungen in der Kuppel hatten sie einigermaßen sicher gemacht: Er besaß eine Sperre, wurde nicht gegen Lebewesen aktiv. Vielleicht schlägt er zu, wenn er die eigene Existenz bedroht fühlt? ‚Wir werden sehen!'

Nun, Robina wollte ihm nicht ans Leder. Nur, ob er überhaupt begreifen würde, was sie wollte?

Robina erwog gedanklich einige Möglichkeiten. Was könnte er ihr tun? ‚Mich erdrücken mit dem Feld, mit den Manipulatoren zerstückeln. Möglicherweise verfügt er über Kräfte, zum Beispiel über eine Strahlung, die ich noch nicht kenne.'

Robina verzog die Mundwinkel und zuckte mit den Schultern: ‚Mein Risiko.' -

Am Tage, an dem sie sich ihren ersten Angriff vorgenommen hatte, machte sie lange Toilette, zog sich besonders sorgfältig an, weil sie meinte, das Ereignis bedürfe einer Würdigung, die sich auch im Äußeren auszudrücken habe.

Obwohl die Batterien ihres Pseudoimpulsgebers fast

verbraucht waren - sie hatte sich lange nicht um die Geräte gekümmert -, die Zeichen daher leiser und vielleicht verzerrt ankamen, hatte der Birne seine Lage nicht verändert und vermittelte beinahe den Eindruck eines friedlichen Schläfers.

Lange stand Robina und betrachtete ihn, dachte allerlei undurchführbares Zeug. ‚Man müsste an die Eingeweide heran, Speicher löschen, verändern, am Besten alles löschen und neu programmieren.'

Schließlich wischte sie das alles hinweg. Gewiss, versierten Automatenbauern wäre dies - auch nicht ohne Schwierigkeiten - möglich, Aber sie war nun mal keiner. Und außerdem: Wenn sich irgendwo eine Öffnung an dem Koloss befand, dann wohl auf der im Augenblick völlig unzugänglichen Unterseite.

Robina ließ sich Zeit. Noch drei Mal musste sie den beschwerlichen Weg zwischen Wrack und dem Schlafzimmer des Birne zurücklegen, bis sie alle Teile des Breitbandverstärkers transportiert hatte. Sie wusste zwar nicht, wie das Ding funktionierte, aber dass es noch funktionierte, hatte sie überprüft. Und dass sie es auch auf ihre Biofrequenz einstellen konnte, wusste sie. Nicht wusste sie, ob die Sendestärke ausreichen würde, um ihr Feld merklich zu beeinflussen. Aber das würde sich bald herausstellen.

Schließlich verließ sie die Stätte ihres zukünftigen und, wie sie meinte, entscheidenden Wirkens ein viertes Mal, um Proviant und Dinge des täglichen Lebens heranzuschaffen - so für zehn Tage, schätzte sie.

Danach ging Robina mit bemerkenswerter innerer Ruhe daran, sich zu verbarrikadieren. Sie schloss die Tür und begann über dem Sensor einen stabilen Käfig zu schweißen, der verhindern würde, dass der Birne den Öffnungsmechanismus in Gang setzte.

Als sie darauf brannte, die Aktion zu beginnen, fiel ihr ein, dass inzwischen ihr Garten verdorren würde, und sie erschrak heftig. Sie hatte, gefangen von der neuen Aufgabe, vergessen, die Pflanzen für länger zu versorgen. Da gab es nichts zu überlegen. Kurz entschlossen machte sie das Tableau wieder zugängig.

In der Grotte verbrachte Robina mehrere Stunden damit, einen Tropf einzurichten, der die Pflanzen mit Wasser versorgen würde. Ein wenig wehmütig verabschiedete sie sich dann von der Kabine und ihren grünen Gefährten. Und es schien, als nicke das Krönchen ihr zuversichtlich zu.

Robina versperrte die Sensoren, richtete sich ein Lager ein und tat, als sei der Birne nicht anwesend. Schließlich blieb noch der Anschluss der Verstärker an die mitgebrachte Stromversorgung und dann - nichts mehr. Robina lehnte an dem Möbelstück, das sie für eine Werkbank hielt, und starrte auf den Birne.

Sie empfand wie damals bei der Prüfung. ‚Meine Güte, wie viel Zeit ist seitdem verflossen - seit dem Examenstest. Aber hier stand nun kein Willfart, lauerte nicht eine Kommission im Kämmerlein, die jederzeit die Weisung geben konnte, den Versuch abzubrechen, hier warteten auch keine fröhlichen Kollegen, kein Boris.

Plötzlich traf sie die Einsamkeit wie ein Schlag, und es wurde Robina bewusst, dass die Ruhe, die sie sich vormachte, und die Akribie, mit der sie die Aktion vorbereitete, wieder einmal nichts gegen die Angst, die nackte Angst hatten ausrichten können. Sie hatten die

Entscheidung, die kein Zurück bringen würde, nur hinausgezögert.

Robinas Blick glitt über den Käfig, der den Sensor überdeckte, ging zum Brenner. Es drängte sie, den Raum zu verlassen, aus ihren Achselhöhlen brach Schweiß. Sie hob das Gerät auf.

Dann lehnte sie mit ausgebreiteten Armen an der Tür. Sie wusste nicht, wie lange, sie dachte nichts, als dass Zeit verrinnen möge.

Allmählich nahm sie den schwachen Reflex der Kontrolllampe des Verstärkers wahr, die grün flackerte. Und langsam gab ihr dieser Widerschein, dieses Zeichen menschlichen Wirkens, ein einzigartiges Gefühl des Zusammenhalts, einer Verschwörung gegen unbekannte Gefahr. Mit diesem Gefühl wuchs in ihr Zuversicht.

Robina drehte sich um, gab sich einen Ruck und schritt wie traumwandlerisch auf den Koloss zu. Ohne hinzusehen, fingerte sie an den Verbindungsschnüren. Als sie die Kabel durch die Handschuhe fühlte, zog sie daran, bis sie sie aus den Klemmen gerissen hatte.

Schritt für Schritt, den Blick auf den Birne gerichtet, wich Robina bis zur Tür und glitt dann in die Ecke rechts vom Eingang.

Zunächst geschah nichts.

Da, wie aus tiefem Schlaf - Robina hatte wieder den Eindruck einer aufstehenden Ziege -, schaukelte sich der Birne zeitlupenhaft empor, bis etwa 40 bis 50 Zentimeter über den Boden. Er verhielt einen Augenblick, drehte sich dann langsam und schwebte der Tür zu.

Auf halbem Wege hielt er inne.

Robina stockte der Atem.

Langsam schwenkte der Kopf zu ihr herum. Dann erstarrte das Ungetüm gleichsam.

Je länger die Maschine so im Raum hing, desto mehr schwand in Robina das Gefühl einer Gefahr. ‚Alles schon einmal gehabt', dachte sie, und plötzlich entstand in ihrem Gehirn das Bild der kreisenden Kugel, die nun bald hier und bald da Beulen bekommen würde, und sie richtete sich darauf ein, diese Beulen wieder in den Körper zu drücken. ‚Schön geometrisch rund wirst du bleiben, Kugel!'

Dann begann die Situation auf Robina komisch zu wirken. Es mussten bereits einige Minuten verstrichen sein, in denen sich das schwebende Etwas vor ihr nicht im Geringsten bewegt hatte. Wenn nicht dieses heftige Fluoreszieren im Kopfteil zu sehen gewesen wäre, Robina hätte annehmen können, er sei abermals in seinen Schlaf verfallen.

Sie kombinierte: ‚Er hat mich entdeckt und ist überrascht. Nun spielt er alle seine programmierten Verhaltensweisen durch, beträchtlich lange!' Diese Erkenntnis befriedigte Robina irgendwie.

„Na, Freund!“, rief sie heiser und erschrak vor der eigenen Stimme.

Wenig später kam Leben in den Birne. Er wandte sich einfach ab und der Tür zu.

„He, he, he!”, rief Robina herausfordernd.

Ohne sich um sie zu kümmern, erreichte er die Tür. Einer der Manipulatoren glitt vor, wollte den Sensor berühren, stieß auf den Käfig, verharrte. Dann wurde er eingezogen, glitt erneut vor. Das gleiche Spiel, drei Mal, vier Mal.

„Glaub's nur!“ Robina lachte gekünstelt - wie als

kleines Mädchen, wenn sie, bedroht von den Mitschülern, mit dem großen Bruder Ed argumentierte und damit Unsicherheit bei den anderen hervorrief. „Bist wohl am Ende mit deinem Latein? Ja? Was also jetzt?" Robina schöpfte aus ihrem lauten, provozierenden Reden Mut.

Der offenbar ratlose Roboter versetzte Robina allmählich in einen Taumel der Überlegenheit, der lediglich dadurch gedämpft wurde, dass sich der Birne nach einer Weile um seine Achse drehte und seinen „Blick" eine Sekunde lang auf Robina ruhen ließ. Dann aber schwebte er auf die Werkbank zu, ergriff ein Gerät, an dem wie eine Blase ein Behälter hing, und wollte sich damit erneut der Tür zuwenden.

Robina hatte begriffen. „Jetzt wird's Ernst", zischte sie zwischen zusammengebissenen Zähnen hervor, und sie handelte entschlossen.

So wie sie von der Tür weggeglitten war, rutschte sie wieder zurück. Sie presste sich mit dem Rücken dagegen, die Arme leicht vom Körper gespreizt, den Blick auf den sich nähernden Roboter gerichtet.

Anderthalb Meter vor ihr blieb er stehen. Noch nie war er ihr so nahe gewesen, von dem Transport abgesehen, ‚aber da hat er nicht mich, sondern ein Gerümpel gemeint. Jetzt meint er mich!'

Als er hielt, wippte er leicht, als wenn ein Fahrzeug plötzlich abgebremst wird.

Robina spürte ihren Puls fliegen; ihr Denken blieb klar. Sie starrte in sein Gesicht, als ob sie ihn hypnotisieren wollte.

Und dann gewahrte sie, dass er Zentimeter um Zentimeter näher rückte. Robina konzentrierte sich. Er ist die Kugel, jetzt, jetzt müssen die Beulen auftreten ‚Verflixt, wo bleibt denn das Feld, komm doch, komm!' Aber es kam nicht.

Zunächst fühlte Robina Enttäuschung, die aber in panische Angst umschlagen konnte. Das fürchtete sie. ‚Ich habe mich geirrt. Er hat keine Sperre, er wird mich zermalmen. Weg hier, weg!'

Robina, unfähig, sich zu rühren, fühlte sich wie die Maus im tödlichen Blick der Schlange.

‚So ist das also!' Ruhe kam über sie. ‚Ich bin nicht zurückgewichen, hab' es versucht bis zum Letzten ...'

Robinas Denken blieb noch immer klar. ‚Jetzt, wenige Augenblicke vor dem Ende, müssten, sollte man den Darstellungen glauben, blitzartig wesentliche Stationen des Lebenswegs in der Erinnerung abrollen.' Es rollte nichts, zumindest nicht von allein.

Diese Überlegung ließ Robina einen Augenblick das sich nähernde Ungetüm vergessen.

‚Es war nichts umsonst', dachte sie. ‚Zwar dürftig, was ich hier geschaffen habe, und vieles bliebe noch zu tun, aber es wird reichen, um zu zeigen, dass ich, Robina Crux, hier lebte, dass es uns Menschen gibt. Alles andere, was sie vollbracht hat in ihrem kurzen Leben, ist ohne Bedeutung. Niemand wird um mich trauern, niemand? Ed schon. Ich bin zu lange weg, den Freunden nicht mehr gegenwärtig. Bald trifft die letzte Meldung der REAKTOM ein, ab dann bin ich ohnehin nicht mehr. Eine Gedenkminute auf einer Tagung: „Ihr habt euch zu Ehren der teuren Toten von den Plätzen erhoben, ich danke euch!", wird ein Tagungsleiter sagen. Und einige der Anwesenden werden in solchen Augenblicken sogar echte Empfindungen angesichts einer solchen Gewissheit haben. Irgendwo in Instituten und Betrieben wird man ein wenig diskutieren. „... die REAKTOM, das war doch das erste Schiff mit Antimaterieantrieb, das in Richtung Proxima startete und in zwei Jahren zurück erwartet wurde. Ist wohl noch nicht das Richtige mit der Antimaterie" Und der eine oder andere mag sich der Besatzung erinnern, vielleicht machen sich einige sogar die Mühe und befragen das Internet, lassen Fotos der Besatzung und die Kurzbiographien über den Schirm laufen. „War eine sympathische Frau, die kleine Crux, und noch jung. Soll ein Phänomen als Feldoperatorin gewesen sein. Schade um ihre Erfahrungen."

Vater - ja, Vater ... Vielleicht schmerzt es ihn, es wird ihn gewiss für einige Tage aus der Fassung bringen, seinen Panzer ankratzen. Aber dann wird er sich sagen: Warum hat sie sich engagiert. Es hat sie keiner gezwungen zu diesem im Letzten fragwürdigen Unternehmen. Und er wird so tun, als bestätige das Unglück seine jetzige Lebensauffassung. Niemand wäre imstande, seine Erinnerung an Zeiten zurückzurufen, in denen er sich auf viel fragwürdigere Unternehmungen eingelassen hatte, allein drei Mal als Unterhändler zwischen sich streitenden Volksgruppen.

Mutter wird ein wenig weinen, sich der glücklichen Zeit erinnern, in denen wir Kinder um sie waren. Es ist sicher etwas Großes, zu beobachten, wie junge Menschen heranwachsen, sich entwickeln. Ob die Frauen früher, als sie die Kinder noch durch eine - wie hieß es - Entbindung zur Welt brachten, wirklich ein engeres Verhältnis zu ihnen hatten, allein deswegen?

Schade, auch Kinder werde ich nicht haben.

Boris wird vielleicht doch ein wenig wehmütig werden. Bestimmt! Er wird an die Stunden denken, in denen wir zärtlich zueinander waren. Schöne Stunden, auch für ihn schöne Stunden. Ausgeschlossen, dass er sie mit Vorbehalten erlebte. Vielleicht bedauert er sogar, dass sie unwiederbringlich vorbei sind. Vielleicht hat er auf meine Rückkehr gewartet, in der Hoffnung, alles würde wie früher sein. Aber ich wäre an Franks Arm an ihm vorbeigeschritten, hätte ihm noch von der Gangway des Landeschiffes aus „hallo, Boris" zugerufen und danach gleich zu Frank aufgesehen mit meinem besten Lächeln und etwas Belangloses gesagt, worüber Frank geschmunzelt hätte. Nie würde ich ihn Boris' wegen verraten haben. Es wäre schön geworden mit Frank.

Ed wird es nahe gehen. Er wird vielleicht neben Willfart und einigen aus dem Physikalischen Rat, die meine Fertigkeiten kennen, der Einzige sein, der meinen Tod als echten Verlust empfindet. Er meinte immer, dass in mir etwas steckt, das mich wichtig macht. Hat er mich nicht beinahe bewundert wegen meiner Erfolge in der Territorialarbeit? Dort ließ er sich treiben, empfand den gesellschaftlichen Auftrag als eine Pflicht, deren er sich schlecht und recht entledigt. „Ich bin für die Administration nicht geeignet", so hat er oft geklagt. „Ich kann einen Trägen nicht aktivieren, einen übertrieben Ehrgeizigen nicht zügeln, niemanden überzeugen, dass gerade er die untere und nicht die obere Kugel beziehen soll, dass Nachtarbeit notwendig ist, dass, obwohl Produktionsüberschuss, Verschwendung und Wegwerfideologie verabscheuungswürdige Verhaltensweisen sind, dass trotz absoluter Freiheit der Partnerwahl ein Lotterleben nicht das ist, was die Gesellschaft wünscht, dass ..."

Stets hatte er seine Tage der kommunalen Arbeit als Tage geringer eigener Effektivität betrachtet. Und nun hat er keine Robi mehr, die den Großen tröstet und im Trost eigene Erfahrungen vermittelt.

Sie war ein bisschen sehr zurückhaltend, werden die Freunde sagen. Oft ist sie zu ihrem Bruder gereist an den freien Tagen oder hat sich mit irgendwelchen träge gewordenen Territorialbeauftragten des Rates herum gestrubbelt. Sie hätte mehr Leichtigkeit gebraucht, aber schließlich kann man niemanden dazu zwingen, war halt so ein Typ, ein wenig unscheinbar vielleicht. Sie ist zu selten mit uns im Emotiodrom gewesen. „Ich fühle lieber natürlich", hat sie argumentiert.

Sie alle werden so oder ähnlich empfinden, wenn die Nachricht vom Untergang der REAKTOM sie erreicht. Niemand wird ahnen, dass ich noch mehr als ein irdisches Jahr gelebt habe als einziger Informationsträger der Menschheit, als Erster, der den kosmischen Kontakt zu den Anderen herstellte ...' -

Als der Manipulator sie berührte, schreckte Robina auf. Plötzlich packte sie Lebenswille, einen Augenblick nur. Angesichts des aufgerichteten Roboters vor ihr erschlaffte sie jedoch vollends, und sie empfand, als geschähe alles nicht wirklich, als träume sie. „Aber die Blumen, die Blumen gehen doch zu Grunde ..." , murmelte sie.

Robina lehnte schlaff an der Tür, gehalten vom Raumanzug. Sie gewahrte kaum, dass ihr Körper abgetastet wurde, nachdrücklich, aber mit der Behutsamkeit eines Arztes, von unten, an den Beinen angefangen, nach oben. Ein Andruck, eine Pause, der nächste Andruck, Pause, einige Zentimeter weiter oben ...

Robina kehrte in die Wirklichkeit zurück, als sie den Druck in der Schoßgegend verspürte. ‚Das geht doch nicht', dachte sie, ‚dass ich mich hier betatschen lasse.'

Und dann durchströmte sie etwas Unbeschreibliches, etwas das sie glücklich machte, dass ihr Tränen in die Augen stiegen. ‚Ich lebe! Er will mich nicht beseitigen! Kennen lernen will er mich, er speichert meine Daten ein. Ich lebe!'

Behutsam straffte sich Robina. Der Birne ließ sich nicht beirren. Vielleicht zögerte er ein wenig länger, bevor er ihr den Manipulator in den Bauch drückte.

Der Druck auf den Unterleib wurde unangenehm, und abermals griff so etwas wie Angst nach Robina. ‚Woher kann er wissen, wie stark er drücken durfte?' Dass er ohne Mühe selbst ein Rückgrat einfach zerquetschen würde, bezweifelte Robina keinen Augenblick. Aber als sie meinte, dass der Taster einen Schaden in ihren Eingeweiden verursachen würde, ließ der Druck nach und setzte dann wenig später in der Magengegend wieder ein.

Robina unterdrückte das Bangen und zwang sich, den Birne jetzt, da sie aus nächster Nähe Gelegenheit dazu hatte, eingehend zu betrachten. Er drehte ihr die Unterseite zu und erinnerte so auf eine makabre Art wieder an einen Käfer, dem böse Buben von den sechs Beinen die vorderen und hinteren Paare ausgerissen hatten. In der Tat sahen die Manipulatoren, gliedrig, wie Insektenbeine aus.

Eins davon drückte im Augenblick Robinas Rippenbogen so heftig, dass sie sich beinahe übergeben musste, das untere hing scheinbar schlaff nach unten. Der dritte Manipulator befand sich, ordentlich gefaltet, so in Aussparungen auf der Unterseite, dass er mit der Deckfläche eine Ebene bildete. Bodenberührung hatte die Maschine nicht.

Die Unterseite zeigte sich quer gerippt, und sie wies einige asymmetrisch verteilte verschlossene Öffnungen auf. Robina vermutete, dass sich dahinter Spezialgeräte oder Fühler befanden, die nach Bedarf ausgefahren werden konnten, vielleicht auch Sicherungen. ‚Also, eine reine Zweckmaschine und gewiss nicht nur für den Einsatz auf dem Boliden konstruiert!

Was wird er machen, wenn er mit der Untersuchung fertig ist?'

Jetzt strich der Manipulator über die rechte Brust Robinas. Bevor sich der Druck verstärkte, verspürte sie ein Ziehen durch ihren Körper, und einen winzigen Augenblick lang den Drang, sich zärtlich an den Metallklotz schmiegen zu wollen.

Dann wurde die Pressung des Brustkorbs so stark, dass sie um ihre Rippen fürchtete, alles andere also als eine zärtliche Berührung.

Als sich der Druck löste, kam Robina die Pause lang vor, bevor der Greifer nach links schwenkte, um sich auf die linke Brust zu senken. Als er sie erreichte, kroch Robina förmlich in sich zusammen, in die Tür hinein, in der Absicht, den Zustand der leichten Berührung, der vorhin das angenehme Gefühl heraufbeschworen hatte, so lange wie möglich zu erhalten.

Diesmal hielt der hohe Druck länger an. Robina

spürte ihren Herzschlag unangenehm heftig. Ohne Zweifel war es dieses dumpfe Pochen, das auch die Aufmerksamkeit des Roboters erregte.

Dann befasste sich die Maschine mit den Schultern, dem Hals und schließlich dem Schutzhelm. Und es wurde Robina erneut unbehaglich, als sie hörte, wie dieser knirschte. Sie vernahm ein dumpfes Summen, das vom Materialkontakt mit dem Birne übertragen wurde. *Sein* Puls!

Mehrmals hätte Robina Gelegenheit gehabt, sich den Zugriffen der Maschine zu entziehen. Instinktiv wehrte sie sich nicht. Sie hatte die Auffassung, dass die Untersuchung nicht zu ihrem Nachteil ausschlagen würde, sie hoffte, dass sich gerade daraus erste Kontaktmöglichkeiten entwickeln könnten, der Grund für ihren Entschluss, sich schnell nach der vermutlich letzten Tastung umzudrehen, um so ihren Rücken für die gleiche Prozedur anzubieten. Außerdem wollte sie damit Zeit gewinnen für eine Entscheidung, die unzweifelhaft nach der Tortur zu treffen sein würde. Noch war ihr völlig unklar, in welcher Richtung.

Aber ein weiterer Gedanke hatte Robina die Kehrtwendung eingegeben: ‚Wird er verstehen, was ich will, was ich von ihm erwarte?'

Er verstand.

Robina frohlockte innerlich, obwohl ihr das Abtasten nunmehr auf die Nerven ging.

Sie hatte den Eindruck, der Roboter arbeite jetzt nachlässiger. Die „Probendichte" wurde geringer, die Pausen zwischen den einzelnen Drücken kürzer.

‚Er vergleicht zwischendurch die neuen Proben mit denen von vorhin und stellt offenbar keine Abweichung fest.' Der Zeitpunkt einer Entscheidung rückte unerbittlicher näher.

Nach dem letzten Taster ließ sich der Birne Zeit. Aber noch bevor sich Robina entschlossen hatte, ihm wieder das Gesicht zuzuwenden, handelte er: Beide Manipulatoren griffen zu. Sie schoben sich unter die Achselhöhlen, hoben Robina spielerisch empor, und in einer plötzlichen Halbkreisdrehung, so heftig, dass Robina ein Schwindel befiel und sie einen heftigen Schmerz im Brustkorb verspürte, setzte sie der Birne mitten im Raum ab, schwenkte abermals herum und schirmte gleichsam mit seiner Unterseite die Tür ab.

„Renitenter Strolch!“, fluchte Robina. In ihr stieg eine ohnmächtige Wut an. ‚Er nimmt mich nicht ernst, dieser fühllose Blechkanister. Gewogen und zu leicht befunden!' Den Koloss konnte sie nicht von der Tür entfernen. So sah sie zornig zu, wie zunächst hinter dem Körper des Roboters bläulicher Qualm in den Raum floss, später nach allen Seiten Funken stoben.

Trotz ihrer Wut stellte Robina fest, dass bei der Schweißtechnik der Maschine Sauerstoff im Spiel sein musste - ließ das bereits einen Schluss auf das Atemmedium der Anderen zu?

Nach wenigen Minuten schwebte Robinas mühevoll angefertigter Schutzkäfig durch den Raum und fiel ihr vor die Füße.

Bevor der Roboter aber verschwand, drehte er sich abermals um, schwebte auf Robina zu, die eigenartigerweise keine Furcht empfand, schaufelte sie mit dem rechten Greifer so kräftig zur Seite, dass sie strauchelte und nur die geringe Schwerkraft sie vor einem heftigen Sturz bewahrte.

Sie sah daher nicht, was er holte. Es fiel ihr jedoch nicht schwer, anzunehmen, dass es ein Ersatzkabel oder etwas anderes für die Reparatur sein mochte; denn jetzt wirkte in seinem Einbahngehirn nichts als das gestörte Signal.

Erst jetzt bemächtigte sich Robinas eine grenzenlose Enttäuschung. Sie hatte plötzlich den Eindruck, als stände sie am Ende eines Ganges vor einer glatten Wand ohne die geringste Aussicht, jemals weiter zu kommen. Erschöpft sank sie zu Boden. Ihre Glieder zitterten, der Puls ging immer noch schnell; sie zwang sich zur Ruhe, versuchte, sich bewusst zu entspannen.

Dann begann die Stille auf sie zu wirken. Sie schaltete das Signal an, noch war es die S-Melodie. Wann würde der ursprüngliche Ton wieder aufklingen? Das monotone Zirpen machte sie müde.

Als sie aus einem kurzen Schlaf erwachte, glaubte sie, einen Impuls verspürt zu haben. Sie fühlte sich ein wenig erfrischt, beruhigt.

Aus den Hörern drang das alte Signal der Anderen.

Langsam stand Robina auf und schlug den Weg zum Lift ein, kehrte jedoch, einer Eingebung folgend, auf halbem Wege um und sah in das Zimmer.

Der Birne lag auf seinem alten Platz in Ruhestellung, mit angeschlossener Strippe, so als hätte sich nichts, gar nichts ereignet. Nur der Metallkäfig, der so schmählich versagt hatte, befand sich noch mitten im Raum und zeugte vom Intermezzo Mensch-Maschine, in dem der Mensch Robina Crux eine überaus klägliche Partie gespielt hatte.

Robina fühlte sich tief gekränkt. Da tastet das Untier einen ab, ungeniert, stellt fest, dass man - wie seine

Herren auch - ein biologisches Wesen ist, und dann wird man ignoriert, beiseite geschubst. Wahrscheinlich bin ich für ihn gar nicht mehr da. Er respektiert mein Feld nicht mehr. Eingeordnet hat er mich in seine Umwelt als etwas ganz und gar Belangloses.

Robina wurde wütend. „Könnte ich dir's doch zeigen!" Sie empfand ihre Ohnmacht.

Lange stand sie in der Tür, starrte und grübelte. Dann formte sich langsam ein neuer Plan. „Warte, Bürschchen!" Ihr Blick glitt über die Vorräte, sie überlegte kurz, ob sie zunächst in die Grotte zurückkehren sollte, ließ es dann aber. „Gleich beginne ich!"

So als hätte sie eine tägliche Verrichtung auszuführen, schloss sie den Birne erneut an das Pseudosignal, überzeugte sich vom Funktionieren des Tricks und fuhr nach oben in die Kuppel. Der Hacker war, wie sie nicht anders erwartet hatte, abgebaut und verschwunden. Der Teufel mochte wissen, wo er ihn diesmal hingeschafft hatte. Ohne zu zögern, brannte Robina das Kabel entzwei nach ihrer alten Losung, kein Signal ist auch ein Signal. Dass Menschen es auffangen und als Notruf identifizieren, war ohnehin mehr als unwahrscheinlich. Die Anderen bieten da, wenn überhaupt, die größere Chance. ‚Und langsam müssten sie ja nun doch mitbekommen, dass mit ihrem Sender wirklich etwas nicht in Ordnung ist.'

Robina handelte schnell.

In den Schlafraum zurückgekehrt, überprüfte sie ihre Verstärkeranlage. Dann fiel ihr ein, dass ein Richten der Energie möglicherweise von Vorteil sein könnte, und sie holte zu diesem Zweck die zwei Parabolantennen aus dem Wrack. Sie stellte sie so auf, dass sich im Schnittpunkt ihrer Strahlenkegel der Roboter befand. Kurz erwog Robina die Möglichkeit einer störenden Rückkopplung, vertraute dann aber der Isolierung des Helms.

Sie setzte sich hinter ihrer Apparatur auf den Boden mit dem Rücken zur Tür, nachdem sie eine Schnur an die Zuleitung des Pseudosignals gebunden hatte.

Nur einen Augenblick wurde sich Robina der Gefahr bewusst, die sie erneut heraufbeschwor. Was passiert, wenn er sich angegriffen fühlte? ‚Na, zerstören will ihn niemand, das wird er merken.'

Gekränktsein und Wut hatten in Robina angehalten und ließen sie ohne jede Furcht handeln. ‚Also!' Noch zögerte sie, dann schaltete sie ihre Verstärkeranlage auf höchste Intensität. „Wenn du nicht mit deinem Feld kommen willst, komme ich mit meinem!", sagte sie voller Ingrimm. Dann zog sie an der Schnur.

Robina überzeugte sich, dass sie im richtigen Frequenzbereich lag, in dem Band, auf dem die Anderen ihr Signal sendeten und von dem sie annahm, dass es bei ihnen gebräuchlich sei. Bevor noch Bewegung in den Koloss kam, begann sie zu senden.

Sie konzentrierte sich, als wäre ein Fangfeld, das eine ganze Anti-Erde umschließt, in die Schranken zu weisen, als hinge das Wohl der Menschheit davon ab. Sie hämmerte stets den gleichen Befehl durch ihr Gehirn, durch ihre Nervenstränge: „Du gehorchst mir! Ich bin dein Herr, du gehorchst mir!" Ihre Lippen murmelten unhörbar den Befehl mit.

In wenigen Sekunden hatte Robina die Konzentration gefunden, als säße sie vor dem Pult im Institut, als blickte Willfart sie wohlwollend von der Seite an.

Der Roboter hatte sich erhoben, die Verbindungskabel gelöst und seinen Kopf dem Ausgang zugekehrt. Er glitt langsam zur Werkbank, geriet dabei aus dem Bereich des einen Parabolspiegels; griff ein Kabel und wandte sich der Tür zu. Beim Vorbeigleiten geriet er in den Kreuzungsbereich der Wellenbündel.

Und jetzt stieg es in Robina siedendheiß hoch. Er zögerte! Sie fügte ihrem Befehl noch ein entschiedenes „Halt!" hinzu.

Er blieb stehen, aber nur einen Augenblick. Dann richtete Robina sich auf und - spürte das Gegenfeld. Sie wusste, wäre jetzt die Simulationskugel zu sehen, so würde diese um eine Vertikalfläche zu einem runden Kissen zusammengedrückt werden.

Aber hier gab es keine Kugel, hier gab es nur einen Metallkoloss, der sich nun langsam vorschob.

Mechanisch rückte Robina am Regler. Jetzt prasselten die Wellen ihrer Willensäußerung so heftig in den Raum, dass sie im freien Kosmos gewiss über ein Lichtjahr signalwirksam sein mochten.

Die Maschine verhielt. Der Kopf fluoreszierte so heftig, wie es Robina noch nie gesehen hatte. Sie gönnte sich eine Atempause: Das Gegenfeld wurde nicht weiter aktiviert.

Langsam schob Robina den Regler zurück, stets gewärtig, sofort wieder auf Höchstleistung zu schalten.

Die Maschine verhielt noch immer.

„Na", rief Robina. Sie spürte, wie ihre Stimme bebte. „Wieder mal am Ende deiner Künste. Das hast du nicht erwartet, was, von einer, die sich willenlos betasten lässt!" Es tat wohl, diesen trivialen, einseitigen Dialog zu führen, voller Triumph über ihren Teilerfolg.

Gleichgültig, wie die Maschine sich entschied, sie konnte sie beeinflussen, der Roboter zeigte sich verwundbar. Diese Wunde ließ sich immer wieder aufreißen. Und das wollte Robina erbarmungslos tun.

Im Augenblick schien er geschockt. Eine Sekunde lang empfand Robina Mitleid. Der Birne kam ihr vor wie ein verjagter Hund. Er hockte da, hielt wie unschlüssig das Kabel im linken Manipulator, nur die Fluoreszenz wallte nach wie vor in höchster Erregung.

Plötzlich schrak Robina bis ins Innerste zusammen. Aus ihrem Helmlautsprecher drang eine Folge quarrender Laute, abgehackt, plötzlich und neu einsetzend.

Wie ein Schlag traf Robina die Erkenntnis: ‚Er spricht mit mir auf meiner Frequenz!'

Robina fühlte sich überrumpelt.

Die Geräusche verstummten, wurden nach einer Pause wiederholt, ein, zwei Minuten lang.

Robina konnte keinen klaren Gedanken fassen, sie nahm auch kaum wahr, dass sich die Maschine abermals in Bewegung setzte, behutsam, dabei sprechend, einen leichten Bogen um sie schlug und auf die Tür zu glitt. Aber selbst als Robina es merkte, reagierte sie nicht. Das Ungeheure, das sich soeben zugetragen hatte, lähmte sie. Sie fühlte sich außerstande, dem Birne erneut das Feld entgegenzusetzen. Sollte er den Sender nur abermals reparieren! Freude durchströmte sie. ‚Ein unvermittelt aufgetauchter Gesprächspartner nach über einem Jahr Schweigen?'

Obwohl nichts entschieden war, hatte Robina die Zuversicht, die gleiche oder eine ähnliche Situation jederzeit wieder herbei führen zu können.

Es erschien ihr lang, bis der Birne wieder auftauchte. Sie freute sich, als er endlich kam. Und es zeigte sich ein Erfolg, der Robina mit unsagbarem Stolz erfüllte: Der Roboter schwebte mit dem Kopf voran in den Raum, hielt, indem er sich um seine Achse drehte, den Kopf auf Robina gerichtet und kroch, ja, kroch, diesen Eindruck hatte sie, rückwärts in seine Schlafecke.

Und er schlief nicht. Er koppelte nicht die Versorgungsleitungen an, stellte auch das Fluoreszieren nicht ein, obwohl es Robina im Vergleich zu vorhin beträchtlich gedämpft erschien.

„So ist's brav", stellte sie befriedigt laut fest. Allerdings war sie sich unschlüssig: Da er nicht schlief, traute sie sich nicht, das Pseudosignal anzulegen.

Dann kam Robina der Gedanke, sich scheinbar zu entfernen. Sie fuhr in die Kuppel, spazierte ein wenig herum und begab sich nach zehn Minuten abermals nach unten.

Der Birne schlief.

„Ein bisschen bekloppt bist du doch", sagte Robina, und sie klopfte ihm wohlwollend auf den Panzer, legte ihm das Pseudosignal an und ging.

Sie trennte das Kabel der Sendeanlage abermals, betrat dann die Oberfläche des Boliden, und sie schritt wie nach einer wohligen Nacht schlaferquickt, ausgeruht und glücklicher Stimmung in einen taufrischen, sonnigen Frühlingstag. Die farbigen Kristalle waren die Krokusse und Schlüsselblumen, Tulpen und Maiglöckchen und die Reflexe der Lumineszenz das Glitzern von Millionen Tautropfen.

Obwohl total erschöpft, fühlte Robina, dass sie noch lange nicht würde schlafen können. Sie gab dem Eselchen einen freundlichen Klaps, ließ es dann stehen und ging zu Fuß. Unterwegs sang sie alle Lieder, die ihr in den Sinn kamen, getragen von einem Hochgefühl, das jeden tieferen Gedanken ausschloss. Phantastische Spekulationen spukten ihr durch den Kopf, was sie nun mit dem Birne alles anstellen wolle ...

Dann trieb sie die Sehnsucht nach ihren Blumen schneller zur Grotte. -

14

Abermals begann für Robina eine Periode des Grübelns und der Unschlüssigkeit. ‚Allenfalls', so folgerte sie, ‚nimmt die Maschine durch starke Emotionen ausgelöste Empfindungen wahr, Angst zum Beispiel, Erregung, Zorn. Ihr einen bestimmten Willen aufzuzwingen, dürfte bereits sehr viel schwieriger sein und nur mit höchster Denkintensität und Geduld gelingen.'

Zögernd begann sich Robina nach einigen Tagen Befehle aufzuzeichnen, die, klar unterscheidbar voneinander, von jedem nach logischen Prinzipien aufgebauten Rechner begriffen werden mussten, sobald Gesetze der Logik wirkten, also, so nahm Robina an, auch für die Anderen zutrafen. Bislang hatte niemand den objektiven Charakter solcher Gesetze bestritten, bislang hatte sich aber auch noch niemand in dieser Situation befunden.

Die Befehle müssten auch Begriffliches enthalten: Abwehr oder Zustimmung, Zögern, Freundlichkeit und Entgegenkommen. Robina kramte in ihrem Gedächtnis nach Kurvenbildern. Nie hätte sie es für möglich gehalten, Charakteristika der Bioströme aus Stimmungen und Zuständen, aus Willensäußerungen und Emotionen je zu benötigen.

Sie konnte natürlich nicht davon ausgehen, dass eine Verständigung etwa über Sprache möglich sein würde. Das wäre die Krönung eines jahrelangen Lernprozesses, wenn dazu überhaupt eine Basis vorhanden war. Die Laute, die sie gehört hatte, konnten wer weiß was gewesen sein. ‚Vielleicht ist der Wechsel in der Fluoreszenz seiner Augen bereits seine Sprache.'

Robina erinnerte sich der Witze, die sie einst mit den Kurven gemacht hatten. Sie sah es ganz deutlich, wie sich der lange Max zu ihr umdrehte im Lehrraum, dann Boris zuzwinkerte und ihm anzüglich zuraunte: „Pass auf, dass sie deine Kurve nicht mal aufzeichnet, wenn ihr allein seid, und uns dann beibringt, wie man sie über dem Detektor glättet."

‚Ich wollte, ich hätte jetzt eine Vielzahl solcher Bilder zur Verfügung', dachte Robina bedauernd. Und sie wusste, keineswegs würde es ihr immer gelingen, eine beliebige Stimmung so nachzuempfinden, dass der Birne in der Lage wäre, sie zu analysieren und darauf einzugehen.

Doch hier half kein Wenn und Aber. Nur der Versuch konnte Klarheit schaffen.

Zwei Dinge erfüllten Robina mit Besorgnis: Wird der Birne die Geduld aufbringen und mit sich derartige Experimente veranstalten lassen, oder sich seines Programms entsinnen und nicht mitspielen? Schließlich dürfte seine Speicherkapazität nicht grenzenlos sein.

Robinas zweite Befürchtung bedeutete Schlimmeres: Wie würde sie einen völligen Fehlschlag verkraften? Sie hatte da eine ungeheure Hoffnung heraufbeschworen. Nicht nur, dass ein Pseudogefährte aus dem Birne erwachsen konnte, sie erwartete mehr: Wenn es gelänge, seine Speicher zu erschließen, seine Fähigkeiten zu nutzen, ihn sich hörig zu machen, dann konnte das, so weit ging Robina in ihren kühnen Spekulationen, Kommunikation mit den Anderen bedeuten und - gezielte Nutzung des Senders in Richtung Erde.

Und hatte sie sich auch fest vorgenommen, dass nichts sie würde aus der Bahn werfen können, so fühlte sie doch, ein totaler Misserfolg könnte ein so schwerer Schlag sein, der alle Vorsätze über den Haufen würfe. Diese Überlegungen brachten Robina dazu, den nächsten Kontakt mit dem Roboter noch sorgfältiger vorzubereiten und immer wieder zu überdenken.

Sie entwarf und verwarf Varianten, sorgte dafür, dass stark gegensätzliche Beeinflussungen auf die Maschine einwirken würden, damit dem Roboter eine Entscheidung leichter fallen könnte.

Robina probte. Zu diesem Zweck suchte sie die unterbolidischen Räume auf, stationierte ihre Verstärkeranlage in einem anderen Zimmer, in jenem mit den seltsamen Skaphandern, stellte die Apparatur so, als sei der Roboter bereits anwesend, und übte.

Sie speicherte die Kurven der Stromverläufe, verglich sie untereinander, baute die Unterschiede aus.

Dabei verausgabte sie sich. Nach vier bis fünf Gefühlssendungen war sie jedes Mal so erschöpft, dass sie eine längere Pause einlegen musste. Aber sie fand auch danach nicht mehr die nötige Konzentration, sodass sie sich vornahm, ihr Live-Programm ebenfalls auf diese Größenordnungen zu kürzen. Außerdem durfte der Birne nicht überfordert werden.

An den Abenden nach solchen Probetagen fühlte sich Robina zu keiner Tätigkeit mehr fähig. Sie schlief in dieser Zeit fest und traumlos, und das betrachtete sie als ein gutes Zeichen, als Ausdruck dafür, dass sie trotz der Anspannung mit ausgeruhten Nerven in das Duell gehen würde. Sie kam nicht dazu, den Hacker erneut zu installieren. -

Nach 12 Tagen Vorbereitung stellte Robina fest, die entscheidende Begegnung wieder einmal hinausgezögert zu haben. Sie zweifelte, ob sie auch wirklich genügend vorbereitet sei. ‚Noch ein Mal', dachte sie, ‚bringe ich die Kraft nicht auf, mir Neues auszudenken, was wohl auch?' Robina fühlte sich unentschlossen, obwohl die Testergebnisse zufriedenstellend schienen.

Bei diesem Stand der Dinge schob sie einen Tag der Erholung und Sammlung, wie sie es nannte, ein, einen Tag, an dem sie nicht an das Vorhaben denken wollte. Einen Ausflug auf die schwarze Hälfte des Boliden wollte sie unternehmen, eine Expedition, die sie sich schon lange vorgenommen hatte.

Sie konnte sich erinnern, dass diese Seite bei dem kurzen Aufenthalt dort mit Frank und Mandy unwirtlich und abstoßend auf sie gewirkt hatte, dass es dort aussah, als sei ein gewaltiger Steinbrecher am Werke gewesen: Überall harte, rissige, schwärzliche und scharfkantige Bruchflächen. Aber das war nun schon über ein Jahr her und ein oberflächlicher Eindruck.

Robina frühstückte gut, lud das vorgeschriebene kleine Notgepäck auf und fuhr dann mit dem Eselchen in den äußersten Winkel der Ebene.

Schon nach den ersten Kilometern wurde das Gelände fast unpassierbar. Sie durchdrang Kristalldschungel, Trümmerfelder, umging, übersprang Hindernisse.

Anfangs fühlte sie sich in den unbekannten Gefilden gefangen von der Pracht. Es schien, als sei jede Form nur einmal vorhanden. Obwohl, das hatte sie schon länger festgestellt, der Lumineszenzschein die Randzonen schwächer durchdrang und die Farben dadurch matter wirkten, blieb Robina oft bewundernd stehen, wenn neue Nuancen oder Wuchsformen aufsprangen.

Als sich Robina wieder auf das Ziel konzentrierte, musste sie feststellen, dass noch etliche Kilometer vor ihr lagen. Nach und nach erlahmte ihr Elan, und ganz allmählich schwand auch ihr Interesse an der unmittelbaren Umgebung.

Als Robina endlich von einem Plateau aus den gezackten Rand des Kristallwaldes zu erblicken glaubte, hinter dem die Düsternis in die Schwärze des Raumes überging, fühlte sie sich so erschöpft, dass sie meinte, weder für den Weg zurück noch für weitere Schritte vorwärts die Kraft aufbringen zu können.

Ihr Blick fiel auf einen etwa drei Meter tiefen, dreieckigen Raum, der von zwei Säulen gebildet wurde, die in zwei Meter Höhe ineinander drangen.

Außer gegen zufällige Meteoritenfälle - im letzten halben Jahr ohnehin selten - schützte die Höhle weder gegen die Raumkälte noch gegen irgend etwas anderes. Trotzdem suchte Robina diesen Unterschlupf auf, und sie lächelte über den Durchbruch dieses Höhleninstinkts, so alt wie die irdische Fauna überhaupt.

Schon im Einschlafen bemerkte Robina das zarte Glimmen der Warnlampe. Radioaktivität! Gefahr bestand nicht, dazu war die Intensität zu gering, aber es wurde ihr doch unheimlich. Bisher hatte sie keine Strahlung auf dem Boliden feststellen können.

Nun, zumindest gäbe ein entsprechendes Vorkommen eine Antwort auf die Frage nach der Energie für das Funkfeuer und machte verständlich, warum die Anderen gerade diesen Boliden gewählt hatten.

Trotz ihrer Müdigkeit maß Robina die Radioaktivität exakt. Sie stellte 20 Milliröntgen je Stunde fest, das Zehnfache der Dosis, die vom Organismus noch verkraftet werden kann. Der Raumanzug reduzierte die Strahlungsenergie auf ein Hundertstel.

Der nächste Tag brachte Gewissheit. Jäh hatte das Bild gewechselt. Der Kristallwald riss plötzlich ab. An der Bruchfläche fehlten glatte, reflektierende Flanken, statt dessen muscheliger kristalliner Bruch und schuppige Abblätterungen. Robina vermisste die zarten Pastellfarben. Die Mineralien, nur noch wenig durchstrahlt, hatten graue bis weiße Tönungen. Und wenn je ein Zweifel am Ursprung dieses Himmelskörpers bestanden hätte: Ein Bruchstück, eine Scherbe, trieb hier im All, der Teil eines ehemals gigantischen Hohlkörpers, einer Megadruse. ‚Welch eine Entdeckung wäre dieser Bolid für Geologen und Mineralogen', dachte Robina.

An der Bruchkante trat die Masse zutage, die im Inneren des Körpers die Kristalle hervorgebracht haben musste, eine weißliche, schlierendurchzogene Substanz, mit Schloten und Schründen, Intrusionen und Einsprengseln, eine Schicht, die fast übergangslos von dem dunklen Untergrund abgelöst wurde.

Die Gravitationsbedingungen gestatteten auch hier

einen aufrechten Gang. Und da die Fläche zwar von flachen Mulden und Hügeln überzogen, aber sich doch im Ganzen verhältnismäßig eben zeigte, kam Robina mit großen Schritten rasch voran.

Sie schätzte die Entfernung, die sie zurückgelegt hatte, auf sechs bis sieben Kilometer, bevor sie erneut einen deutlichen Gefällewechsel erreichte. An dieser Stelle war es bereits so finster, dass sie den Scheinwerfer einschalten musste.

Je weiter sie auf der „Seitenwand" nach unten lief, desto mehr nahm die Radioaktivität zu. Robina konnte sich ungefähr ausrechnen, wann sie deswegen ihr Vordringen würde aufgeben müssen.

Langsam schritt sie weiter. Einen Augenblick lang fand sie es amüsant, ihr eigener Antipode zu sein. Während über der Randzone noch ein fahler Schein der Lumineszenz gelegen hatte, befand sie sich nun in absoluter Allschwärze.

Als Robina nur kurz einmal den Scheinwerfer löschte, überfiel sie - völlig unbegründet, wie sie sich sogleich sagte - Furcht. Rings um sie her zogen kalt gleißende Sonnen. Es war ihr, als schwebe sie zwischen ihnen im Raum, verloren ...

Und da wurde Robina bewusst, was ihre kleine Welt, von der sie jetzt Kilometer trennten, ihr bedeutete. Sie hatte sie akzeptiert als ein Zuhause, und sie spürte, wie sehr sie sich mit ihrem Los bereits abgefunden, wie sehr sie an dem, was sie sich mit so viel Mühe geschaffen hatte, hing, wie es zu ihrer eigenen, unvergleichlichen Welt geworden war.

Und hier, scheinbar schwerelos schwebend zwischen all den blaukalt leuchtenden Sternen, wurde ihr bewusst, wie viel Geborgenheit und eigentlich auch Zufriedenheit das Stückchen Kristallwelt, das sie sich erschlossen hatte, ihr bot. Alles in ihr drängte zurück in diese Welt, und ein tiefer Schreck packte Robina, als sie sich einen Augenblick lang vorstellte, das um sie herum sei jetzt ihre Wirklichkeit, ihre flimmernden Kristalle existierten nicht mehr ...

Nur ganz allmählich kam der Kontakt zur Umgebung wieder. Sie bemerkte den glasspröden harten Boden unter ihren Füßen und sah, dass die Sterne, zwischen denen sie scheinbar stand, längst nicht so brillant funkelten wie jene über ihr: Verzerrte Reflexe im schwarzen, muschelig ausgebrochenen Untergrund.

Sie leuchtete diesen Boden mit dem Scheinwerfer ab. Ihr erster Eindruck: Sie stand auf einer mit gigantischem Plastputz verzierten Wand, der als streichfähige Masse aufgebracht und mit einer Platte angepresst wird, die man dann nach oben abzieht. Die so entstandenen unregelmäßig verteilten Spitzkegel und Grate, deren Flanken, ebenmäßig und glatt, effektvolle Licht- und Schattenwirkungen hervorbrachten, erreichten hier die stattliche Größe von einem Meter und mehr.

Vorsichtig schritt Robina weiter. Obwohl ihr Lichtwerfer intensiv strahlte, hatte sie keinen weiten Überblick.

Die Strahlungsintensität nahm ständig zu. Robina blieb unschlüssig stehen. Sie dachte an Umkehr, zögernd. Dann erstieg sie einen flachen Grat und richtete den Scheinwerfer in das Gelände vor sich.

‚Ich werde noch einmal von einer anderen Stelle aus auf die Unterseite vordringen', nahm sie sich vor. Seinerzeit hatten sie, bei der ersten kurzen Exkursion, keine Radioaktivität festgestellt. Aber - das wurde Robina jetzt bewusst - sie hatten versäumt, das gesamte Gebiet mit einer Schleppsonde abzusuchen.

Wenn die Strahlung noch intensiver wird, hieße das, dass hier Erze höchster Konzentration vorkommen. Das wäre selbst bei dieser riesigen Entfernung für die Erde von einiger Bedeutung. Man müsste herausfinden, wie die Bahn des Boliden wirklich verläuft.

Die Stelle, auf der sie damals landeten, sah aus, als sei eine wallende Flüssigkeit erstarrt. Kupfervorkommen und gediegenes Gold hatten sie erkannt.

Robina schaute sich im Schein ihres Lichtwerfers um. ‚Und wenn das alles, worauf ich hier stehe, Uranpechblende ist? Das war doch so eine muschelig brechende, schwarze opalige Masse?

Man müsste den Boliden in die Nähe der Erde bugsieren. Dürfte man so etwas, nachdem sich bereits die Anderen hier etabliert haben ...? Sicher nicht.'

Plötzlich stutzte Robina. Das gebündelte Licht traf halblinks vor ihr keine Kegel und Grate mehr, es schien, als klaffte dort ein Abgrund.

Robina schätzte die Entfernung: Dreißig, 40 Meter. Sie blickte zur Kontrolllampe, die in einem bösen Violett flackerte. Aber noch ließ sich der penetrante Summton, der die absolute Verträglichkeitsgrenze anzeigte, nicht hören.

Vorsichtig ging Robina auf das vermeintliche Loch zu. Dann stand sie vor einem steilen Abbruch, der vielleicht 20 Meter in die Tiefe reichte. Nur undeutlich sah sie den Grund. Die Schwärze schluckte das Licht. Dort, wo der Schein auftraf, lagen kantige Gerölle.

Robina legte sich auf den Bauch und schob den

Kopf über die Kante. Im Helm meldete sich aufdringlich der Strahlungswarnton.

Die Wand hing über. Als Robina den Lichtwerfer schwenkte, blinkte seitlich zur Rechten unten etwas auf. Sie richtete den Lichtstrahl dorthin, bündelte ihn.

In der Höhlung der Wand, durch das Überhängende halb verdeckt, stand ein technisches Gebilde, kein Zweifel, ein Gerät, das eine frappante Ähnlichkeit mit einem Greifer hatte.

Robina leuchtete die Wand und einen Teil des Bodens ab, so weit, wie das Licht drang. Und nun meinte sie, deutlich Schürfspuren auszumachen, etwas anderes Auffallendes befand sich nicht in ihrem Gesichtsfeld.

Endlich gab sie der nerventötenden Warnung nach und trat nachdenklich den Rückweg an. ‚Ein Erztagebau!'

Und mit einem Schlag ließ sich der Zweck des Funkfeuers aufhellen.

Aber weit wichtiger fand sie die Erkenntnis: Von den unbekannten Bergleuten könnten weitere Erzvorräte abgebaut werden, schon morgen ... Und die damit verbundene Hoffnung saß tief.

Beflügelt trat Robina den Rückmarsch an. Ihre Stimmung hob sich noch, als ein Grat vor ihr im matten Licht einer besonders intensiven Lumineszenzpulsation gegen die Schwärze des Himmels silhouettenhaft hervortrat. -

Eigenartigerweise wirkte Robinas Entdeckung auf das Vorhaben mit dem Roboter hemmend. Es erschien ihr auf einmal gar nicht mehr so wichtig, mit ihm zu kontaktieren. Sie sah das enorme Risiko, stellte sich die

Frage, was wäre, wenn sie seine Biosperre zu hoch bewertete, wenn ein Missverständnis ...

Genügte es nicht, sich dem Gedanken hinzugeben, man brauchte nur zu warten, selbst wenn noch ein, zwei Jahre vergingen, bis man abgeholt würde?

Erst nach und nach gelang es Robina, ihren diesbezüglichen Optimismus zu dämpfen. Die Lagerstätte mochte längst jegliches Interesse für die Anderen verloren haben, sie würden vielleicht einen unbemannten Frachter schicken oder auf mehr oder weniger zufälligen Routen jedes Jahrhundert einmal vorbeikommen und als Zuladung Erz aufnehmen oder ...

Robina musste sich eingestehen, dass ihre Chancen nun, da sie das Bergwerk entdeckt hatte, kaum größer geworden waren. Die einzige wirkliche Chance lag für sie im aktiven Handeln, darin, über das Funkfeuer auf sich aufmerksam zu machen und zu versuchen, den Roboter dafür einzusetzen.

Diese Überlegung trieb Robina am dritten Tag nach ihrem Ausflug zum Birne.

Noch einmal überdachte sie ihr Programm, dann baute sie ihre Apparatur auf, richtete die Parabolantennen. Und mit einem Seufzer weckte sie den Roboter auf die bekannte Weise.

Robinas erste Aktion sollte gleichzeitig die schwierigste sein: Erst wenn diese misslang, wollte sie sich zu Kompromissen bereit finden.

Sie hatte als Erstes vor, in seine Systemaufgabe einzugreifen, an einer Stelle also, von der sie annahm, dass es seine empfindlichste sein musste, zugleich aber auch die geschützteste.

Nach dem Erwachen tat der Birne abermals, als sei

Robina nicht anwesend. Natürlich musste er sie wahrgenommen haben, aber offenbar zählte er sie bereits zum Inventar. Seine Erfahrungen vom letzten Mal hatte er demnach nicht gespeichert.

Er wippte, schwebte zur Werkbank, nahm ein Kabel auf und wandte sich zur Tür.

In dieser Sekunde griff Robina ein. Sie konzentrierte ihre Gedanken und befahl ihm: „Die Situation ist normal, nichts ist kaputt, du kannst dich wieder hinlegen. Hinlegen, ruhen!"

Schon als der Roboter stockte, frohlockte Robina, aber nur kurz. Dann fühlte sie seinen Widerstand, und für den Bruchteil einer Sekunde, bevor sie den Regler bis zum Anschlag riss, spürte sie *seinen* Willen: „Ich muss! Ich habe einen Auftrag, ich muss gehorchen!"

„Ja, mir!", schrie Robina, und sie stemmte ihre Gedanken noch fester gegen sein Programm.

Langsam wich der Birne vor ihr zurück.

Beinahe tat er Robina leid. Das Kabelende hielt er unschlüssig und ihr war - natürlich Einbildung! -, als fluoreszierten seine Augen ergeben, als füge er sich in das Unvermeidliche. Robina hütete sich, diese Gedanken zu intensivieren.

Er hatte seinen Platz erreicht, hielt aber das Kabel umklammert und dachte nicht daran, sich die Versorgungsleitung anzulegen.

„So ist's brav", sagte Robina, „na, siehst du!" Und langsam drehte sie die Verstärkung zurück. Gleichzeitig wechselte sie plangemäß die Stimmung. Sie sendete jetzt Zufriedenheit und Wohlwollen, eine Bestätigung des Rechtverhaltens der Maschine.

Robina regelte zurück, blickte zu den Zuleitungen,

die von ihrem Helm in die Verstärkeranlage führten, vergewisserte sich, dass sie Bewegungsfreiheit haben würde, stand auf und ging auf den Birne zu.

Er rührte sich nicht.

Als sie sich bis auf etwa zwei Meter genähert hatte, blieb sie zunächst stehen. Sie sendete nach wie vor: ‚Ich bin zufrieden, du hast deine Pflicht erfüllt.' Dann löste Robina den Kontakt von ihrem Helm und sendete ihren Biostrom unverstärkt; die Basis, die allein für die Zukunft in Frage kommen konnte, wenn von einer effektiven Verständigung zwischen ihr und dem Roboter überhaupt die Rede sein sollte.

Was Robina unternahm, hing im Wesentlichen von der Empfindlichkeit der Empfangsanlage der Maschine ab, im Augenblick allerdings auch noch davon, wieweit er ihren Willen bereits akzeptierte.

Er tat es nur unzureichend. Als Robina die Kontakte gelöst hatte, begannen seine Lichter deutlicher zu spielen. ‚Entfernung verkürzen!' Robina trat einen Schritt näher. Der Roboter wich an die Wand zurück.

Robina trat näher; sein Kopf leuchtete heftiger.

Robina verkürzte den Abstand noch mehr.

Und da - Widerstand! Es musste das gleiche Kraftfeld sein, das sie bei der ersten Begegnung verspürt hatte. Nur, diesmal wandte er es passiv an, als wollte er sagen, bis hierher und keinen Schritt weiter.

„Gib auf!", befahl Robina. Sie streckte probierend den linken Arm vor. Es war, als berühre sie eine Gummiwand. Nach etwa 30 Zentimetern überstieg der Widerstand ihre Kraft. Wieder spürte Robina Achtung vor der fremden Technik. Eigenartig, die Faust in unsichtbaren Gummi zu stecken.

Robina begriff, dass sie es mit einer Art gerichtetem Schwerefeld zu tun hatte, einem Verfahren, dass die Menschheit noch nicht beherrschte. Die Robina bekannten Gravomotoren arbeiteten der natürlichen Schwerkraft entgegen. Und sie wusste, dass sie dem Feld nichts entgegensetzen konnte außer ihrem Befehl, er möge es abschalten.

Es schien, als hätte der Birne Robinas Gedankengang verstanden - aber gegenteilig ausgelegt. Sein Leuchten wurde noch heftiger, und er begann, langsam zunächst, vorzurücken.

Robina wurde vom Feld berührt. Hektisch befahl sie weiter Zufriedenheit. Sie versuchte zu ihren Geräten zurückzuweichen, fand jedoch den Verbinder der Helmzuleitung nicht sogleich, und schon drückte eine elastische Wand sie zur Seite. Wäre sie nicht zurückgewichen, das Feld hätte sie umgeschubst und fortgeschoben. Bevor Robina das Gleichgewicht wiedergefunden hatte, war der Birne zur Tür hinaus.

Dann saß Robina vor ihrer Apparatur und hatte endlich den Verbinder in der Hand. „Ich schaffe es nicht“, murmelte sie mutlos und schüttelte den Kopf. Ihre freudige Erregung brach jäh zusammen.

Einen Augenblick dachte sie daran, aus den wenigen Anhaltspunkten die Schrift der Anderen zu entziffern. Über die Sprache müsste der Maschine besser beizukommen sein! Aber - Robina schüttelte abermals den Kopf - das überstieg bei weitem ihre Fähigkeiten.

Ganz allmählich wurde sie, indem sie die zurückliegenden Ereignisse überdachte, zuversichtlicher. ‚Was habe ich erwartet? Dass wir den Rest des Tages in angeregtem Dialog verbringen? Immerhin habe ich es geschafft, ihn zunächst von seiner Primäraufgabe abzuhalten. Und hätte ich den Verstärker nicht abgeschaltet, säße er jetzt noch in seiner Ecke.'

„Doch, doch, ich habe schon allerhand erreicht fürs Erste!" Robina sprach sich Mut zu. ‚Am Anfang hielt er sich vor mir verborgen. Später akzeptierte er meine Anwesenheit und ordnete mich als unbedeutend, zumindest aber ungefährlich ein. Und nun unterwirft er sich bereits - zugegeben, nur bedingt - meinem Willen. Das ist doch Kontinuität. Mehr ist in dieser kurzen Zeit wirklich nicht zu erwarten.'

Robina warf einen Blick auf ihr Programm. ‚Ist doch planmäßig verlaufen, die erste Kontaktnahme! Was pflegte Willfart aus der Spruchkiste zu zitieren? „Die Wiederholung ist die Mutter der Weisheit!" Ich werde also den Birne noch länger schmoren lassen, mit eingeschaltetem Verstärker.'

Nach einer Stunde tauchte der Birne auf. Er hatte, wie sich Robina über ihr Empfangsgerät überzeugte, den Sender wieder einmal in Ordnung gebracht.

Da er Anstalten traf, sich regenerierend in seine Ecke zurückzuziehen, sah sich Robina nicht veranlasst, ihr Vorhaben zu ändern. Als er starr verharrte, legte sie ihm erneut das Pseudosignal an. Kopfschüttelnd strich sie über seinen glatten Panzer. „Also, tatsächlich", sagte sie, „irgend etwas fehlt bei dir da drin!" Und sie stipste ihren Zeigefinger auf seinen erloschenen Kopf.

Robina spielte die Überlegene. Sie ahnte das Unbegreifliche, mit dem die Maschine sie konfrontierte. Ein winziger Ausdruck des Widersprüchlichen zwischen den Welten. „Aber lösbar!", sagte Robina trotzig. Sie ging und zerstörte das Kabel. -

Zwei Mal wiederholte sich der gleiche Vorgang. Sobald sie die Verstärkung unter eine bestimmte Intensität regelte, wurde der Birne munter, sein Primärsystem dominierte, und er reparierte den Sender.

Er ließ sich zwar durch erneutes Verstärken der Sendeleistung wieder in die Ecke scheuchen, aber es blieb ein Pyrrhussieg. Sobald sie nachließ, rückte er vor. Eine Pattsituation.

Als der Birne das zweite Mal abschwirrte, überdachte Robina das Programm, fest entschlossen, es umzustellen, eine neue Situation zu erzwingen. Sie veränderte die Position ihrer Apparatur und richtete die Parabolspiegel auf den Eingang.

Zehn Minuten vor Birnes Wiedererscheinen saß Robina abwartend hinter ihrer Anlage. Sie wollte ihm den Eintritt in das Zimmer verwehren; ihn damit von seiner Energieversorgung - seinem Lebensnerv - abschneiden.

Aber hier kam niemand, der sich den Eintritt verwehren, geschweige denn sich von seiner Energieversorgung abschneiden ließ.

Nach zehn Minuten Verspätung wurde Robina unruhig. Sie überlegte: ‚Habe ich einen größeren Schaden verursacht?' Bei diesem Gedanken schaltete sie auf Empfang. Unverfälscht lag das Ursprungssignal an. „Geschafft hat er es also!", sagte sie erleichtert. „Nun wird er gleich da sein."

Nach weiteren zehn Minuten wurde Robina klar, dass der Roboter nicht kommen würde. Sie wartete noch eine qualvolle Viertelstunde - vergeblich. Und dann begann sie sich verzweifelt Vorwürfe zu machen.

„Ich habe ihn vergrault", sagte sie sich immer wieder, „habe ihn zu hart gefordert!"

Unschlüssig saß Robina vor den Apparaturen, unfähig, etwas Sinnvolles zu unternehmen. Sie begann zu ahnen, wie ihr die Maschine fehlen würde, wenn sie nicht mehr auftauchte.

„Aber sein Programm!" Robina seufzte erleichtert. „Er muss doch reparieren!"

Sie ließ alles stehen und liegen und begab sich hastig in die Kuppel, trennte das Kabel und vermerkte mit Befriedigung das Verstummen des Senders. „So", sagte sie, und sie wunderte sich über das Triumphgefühl.

Und wieder wartete Robina ungeduldig. Sie hatte sich an die Kuppelwand zurückgezogen, sich dort lang ausgestreckt und harrte der Dinge, die da kommen würden.

Nichts kam.

‚Also doch! Er ist weg, hat sich verkrochen, irgendwo - oder sich in den Raum gestoßen ... Nun bist du ganz allein, Robi, hast dir die einzige mögliche Partnerschaft verscherzt!'

Robina wurde von einer tiefen Traurigkeit überflutet wie damals, als sie die Gewissheit hatte, dass Boris nicht wiederkommen würde. Sie hatte ihn zur Rede gestellt, Ehrlichkeit verlangt und so getan, als machte ihr die Wahrheit nichts aus. Und seine Versuche, sie hinzuhalten mit schönen Worten - Worten? ‚Nein, er hätte es jahrelang so ausgehalten, hätte sie gewiss, sobald er nichts Besseres vorhatte, aufgesucht, wie immer schön geplaudert, so wie es seine Art war, lebhaft, humorvoll, so, dass man ohne Langeweile zuhören konnte, aber - im Grunde sagte er nichts ...

Und gewiss, ich wäre ihm wieder auf den Leim gegangen, wieder und wieder.

Dabei hatte er es bestimmt nicht darauf angelegt. Er empfand sein Benehmen einfach nicht als schlecht und gab sich auch die Mühe nicht, nachzuempfinden, wie es auf andere wirken könnte. „Hier bin ich, genießen wir den Augenblick, Robi; er ist unwiederbringlich!"

Ja, richtig verdattert war er, als ich ihn fortschickte. Er konnte nicht fassen, dass ich nicht dachte wie er. Mit den Schultern hat er dann gezuckt, und gegangen ist er. Und ich Schaf habe die halbe Nacht geheult und mich innerlich bereit gemacht, ihn eben so, wie er war, zu akzeptieren, wenn er zurückkäme.

Wie ich mich wohl wirklich verhalten hätte, wenn er zurückgekommen wäre?'

Sich dies zu vergegenwärtigen, war Robina Crux nicht mehr fähig. Sie war im Winkel zwischen Kuppelwand und Fußboden mit angezogenen Beinen eingeschlafen, erschöpft durch die psychische Belastung der letzten Stunden.

Nur wenige Minuten danach klappte die Tür zur Seite, und vorsichtig wie ein scheues Tier schwebte der Birne in den Raum. Kurz verharrend wandte er den fluoreszierenden Kopf zu der Schläferin und begab sich dann, emsig hantierend, dorthin, wo die Lücke im Kabel klaffte. Ab und an hielt er wie lauschend inne, dann, wenn die Frau sich bewegte.

Er reparierte.

Langsam, dann mit einem Ruck richtete sich Robina auf. Sie fuhr empor, als sie über den Helmlautsprecher das Signal vernahm.

Als ihre Schlafbenommenheit wich, klappte die Tür.

Robina schleuderte den Brenner, der neben ihr gelegen hatte, dagegen. „Du Ekel, verdammtes!“, schrie sie, und sie lachte.

Später überdachte sie das Geschehene: Zunächst fühlte sie sich befriedigt. Seine Schöpfer hatten die Systemaufgabe so tief in ihn geprägt, dass er sie unter keinen Umständen je aufgeben würde. ‚Nur - ich habe ihn unterschätzt. Regelrecht überlistet hat er mich!‘ In diesem Augenblick bewunderte sie die Maschine.

‚Er wird es jetzt immer so machen‘, dachte sie. ‚Schlafen muss der Mensch. Und während ich schlafe, pirscht er sich heran und repariert. Das heißt, er überwacht von nun an die Intensität meiner Biofunktion. Er hat herausgefunden, der Schlaf hemmt die Lebensäußerungen, weil die Bioströme dann schwächer fließen, und der Mensch ist nicht handlungsfähig.

Hat man dir das beigebracht, oder ist es eine Erfahrung?‘ Gleichgültig! Wenn sie es ihm beigebracht haben, könnte man daraus schließen, dass die Anderen - zumindest in dieser Hinsicht - physiologisch ähnlich wie Menschen reagieren.‘ Aber diese Erkenntnis führte nicht weiter. Robina fühlte sich von Tatendrang gepackt. Die neue Situation löste bei ihr eine Fülle von Ideen aus, wie der Birne nunmehr zu überlisten wäre.

Zunächst zertrennte sie in aller Ruhe das Kabel gleich an mehreren Stellen. Der Brenner hatte glücklicherweise den zweckentfremdeten Einsatz als Wurfgeschoss überstanden.

Dann erkannte Robina, dass die Maschine eigentlich wieder die alte Taktik anwandte. Arbeit im Verborgenen, nachdem sie ein bestimmtes Minimum des Biofeldes festgestellt hatte - mit einem Unterschied, sie akzeptierte jetzt die körperliche Anwesenheit des Individuums, das Bioströme aussendet.

Wo sich der Birne zwischen den Reparaturen aufhielt, konnte Robina vorerst nicht ergründen. Möglicherweise standen ihr auf dem Boliden noch weitere Entdeckungen bevor.

Zunächst testete Robina, ob sich der Vorgang wiederholen ließ. Zu diesem Zweck holte sie ihre Spirale.

Sie blieb länger aus, da sie in der Grotte unbedingt nach ihren Pflanzen sehen wollte. Und sie vergaß für Stunden Birne und Kuppel, Ränke und Bioströme. Unwichtig das alles gegenüber der lebendigen Pracht, die sich während ihrer Abwesenheit entfaltet hatte.

Die Pflanzen hatten sich so üppig entwickelt, dass sie die unschöne Schale und deren Umgebung völlig überdeckten. Die Kabine hatte dadurch gewonnen, wirkte wohnlicher, freundlicher, heimischer ...

Robina stand davor, ließ die Blätter sacht durch die Finger gleiten, betrachtete jede einzelne Blüte, jeden Stempel, jeden Pollenfaden, nahm Details und Nuancen in sich auf. Und im Stillen bedauerte sie, dass die Blüten alle welken würden. Sie tröstete sich damit, dass sie noch Samen hatte aus Mandys Beutel und, sie stellte es freudig fest, dass die Akelei, die zuerst geblüht hatte, Samenkapseln ansetzte.

Obwohl Robina die Pflanzen nicht kannte, glaubte sie mit einiger Bitternis, in zwei der Gewächse Getreidearten zu erkennen mit saftigen Stängeln und strotzenden Ähren.

‚Wasser, Wasser müssten sie tragen! Ernähren kann ich mich von dem, was ich habe.'

Dann wies sie alle Schwermut von sich und schmiedete Pläne, wie sie ihren Garten mit selbstgezüchteten Samen erweitern könnte. Und sie stellte sich vor, wie sie Riesenakelei oder doppelt tragendes Getreide züchten würde, mit Protokollen und Tagebüchern.

Erst das Zirpen des Signals aus ihrem Helm brachte sie in die Wirklichkeit zurück.

„Strolch!", rief sie, als sie feststellte, dass ihr Versuch erst wieder mit einer erneuten Zerstörung des Kabels fortgesetzt werden konnte.

Nur schweren Herzens riss sie sich los. Sie haderte mit sich. Einerseits lief ihr der Roboter gewiss nicht davon, der lag fest angekettet an seine Aufgabe. Aber Robina brannte auf den Kampf. Die Hoffnung, die vor Stunden noch erloschen schien, die Hoffnung auf einen Gefährten keimte wieder. Andererseits würde sie entscheidende Phasen des Aufblühens, der Samenbildung verpassen, Unwiederbringliches also, denn kein Blütenstand, kein Stängel und kein Blatt ist mit dem benachbarten, dem vorangegangenen, dem kommenden, vergleichbar. Und jetzt, da Robins das Wunder der Entfaltung erlebte, hatte sie das Gefühl, viel zu versäumen.

Sie versorgte ihr Gärtchen, verstaute nur zögernd Werkzeuge und schwang sich dann, nach einem bedauerndem Blick auf die Blüten und einem zärtlichen Streicheln der Blätter, aus der Kabine.

In der Kuppel zerschnitt sie rigoros das Kabel, dachte dabei zum ersten Mal daran, wie lange wohl der Ersatz noch reichen würde, kroch in die Spirale und richtete sich auf längeres Warten ein.

Ihre Geduld wurde auf keine harte Probe gestellt. Bereits nach einer halben Stunde kam der Birne, führte stereotyp seine Reparatur aus und verschwand wieder, ohne der umwickelten Robina die geringste Aufmerksamkeit zu schenken, was sie veranlasste, ihm ein kräftiges „Stoffel“ hinterher zu rufen.

Aber dieses eine Wort, über Funk ausgestrahlt, hatte eine unglaubliche Wirkung. Offenbar hatte der Roboter seine Sensoren für Bioströme und mittlerweile auch seine Erfahrungswerte mit diesem merkwürdigen Wesen Robina Crux äußerst geschärft.

Er fuhr herum und stieß dabei - was Robina im höchsten Grade verwunderte - mit Kopf und Hinterteil an die Türfüllung. So etwas dürfte einer derartigen Maschine nicht passieren. Und Robina schloss daraus, dass der arme Kerl wahrscheinlich ein wenig durcheinander geraten war, was sie allerdings weniger mit Bedauern als mit Genugtuung erfüllte.

Dann stand er und starrte sie an, sodass ihr wieder unheimlich zumute wurde; seine Augen flimmerten beträchtlich. Langsam schob er sich, rückwärts schwebend, zur Tür hinaus.

Trotz der Beklemmung, die sie kurz zuvor noch verspürt hatte, lachte Robina jetzt lauthals. Sie freute sich, dass bereits ein Wort von ihr genügte, um den Birne aus der Fassung zu bringen. „Und noch dazu ein so schönes Wort“, sagte sie laut.

In aller Ruhe und jetzt wirklich mit einem Gefühl der Überlegenheit oder zumindest der Zuversicht baute Robina ihre Verstärkeranlage in der Nähe der Tür auf, ging daran, das Kabel abermals zu zersägen, und überdachte ihr Vorhaben. Denn das nächste Mal sollte er nicht ungeschoren davonkommen, nahm sie sich vor. Dann kroch sie in die Spirale.

Noch bevor er mit der Montage begann, streifte Robina die Spirale ab, schaltete auf volle Intensität und sendete: „Es ist alles in Ordnung, eine Reparatur ist nicht notwendig.“

Wieder stand er und starrte sie an, wieder baute er das Antifeld auf, und abermals rang es Robina nieder.

Dann herrschte Gleichgewicht.

„Das Spielchen lässt sich beliebig wiederholen. Es kommt nichts dabei heraus ...“, sagte Robina beinahe verzweifelt. Und sie wusste, er würde den längeren Atem haben.

Zu Robinas grenzenloser Überraschung setzte *er* die Zeichen des Fortschrittes. Er sagte heiser, aber mit ausreichender Deutlichkeit: „Strolch!“ Und Augenblicke später: „Es kommt nichts dabei heraus.“

Das Erste, was Robina einfiel, war jene Fahrt irgendwann an einem schönen Sommertag mit Boris und - wie hießen sie? - Ann und Egy, Freunden von ihm. Dieser Egy hatte einen Oldtimer, ein Auto, wie sie es nannten, aufgebaut, das unter entsetzlichem Krach nur auf befestigten Wegen fahren konnte.

Erst hatte Robina Bedenken gehabt, dieses merkwürdige Vehikel zu besteigen. Als man ihr aber sagte, was es für eine Mühe gekostet habe, vom Territorialrat die Genehmigung zu bekommen, für einige Stunden diesen Umweltverschmutzer betreiben zu dürfen, und dass es gewiss lustig werde, gab sie nach. Dann fuhren sie offenen Verdecks wie weiland 1990 und sangen gegen den Wind und den Radau des Motors.

Es wurde in der Tat ein schöner Ausflug. Nur hinterher brachten sie alle vier vor Heiserkeit kaum ein Wort mehr hervor.

‚Und so muss *meine* Stimme geklungen haben', dachte Robina. ‚Es ist meine Stimme, mit der er spricht, kein Zweifel - nur eben heiser'. Als sich Robina von ihrer heftigen Überraschung erholt hatte, begann sie außerhalb des Programms Unsicherheit zu senden.

Er verstand! Der Roboter wiederholte die Worte, ließ jedoch „Strolch" weg.

Robina bemühte sich, ihre Bewegung zu unterdrücken. Sie strengte sich vielmehr an, Neutralität zu senden, Gleichmäßigkeit, und sie sagte: „Ich grüße dich!" In der Erregung war ihr nichts Besseres eingefallen.

Er erwiderte: „Ich grüße dich!"

‚Er äfft mich nach, begreift nicht, was er sagt. Wenn schon', dachte sie.

Sie verließ ihren Sitz, ohne den Verstärker zurückzunehmen, ging zwei, drei Schritte auf die Maschine zu, verneigte sich, obwohl sie sich etwas albern dabei vorkam, und sagte dann, indem sie sich auf die Brust klopfte: „Robina." Und sie trat noch einen Schritt näher, bis sie das unüberwindbare Abwehrfeld spürte.

Ohne zu zögern, wiederholte er: „Robina."

Und obgleich nichts gewonnen schien und er ihre Absicht offenkundig nicht verstanden hatte, versagten Robinas Knie fast den Dienst. In der Kehle stieg ein verdächtiges Würgen empor, und die Augen wurden heiß. Nach langen, langen Monaten, nach lastender, verzweiflungsvoller Einsamkeit hatte jemand „Robina" gesagt.

Robina überfiel nach einem Augenblick der Rührung unbändige Freude. Sie wiederholte „Robina" in allen Schattierungen, als Ruf, als Mahnung, als Aufforderung, in veränderten Tonlagen, kurz und langgezogen, und jedes Mal lauschte sie verzückt, wenn er ihr nachartikulierte. Und er tat es, empfand sie, immer besser, als lege er das Heisere nach und nach ab. Und dann flüsterte sie „Robina“, und wie von selbst verfiel sie in den Ton, in dem Boris den Namen immer geflüstert hatte, wenn sie allein und sich ganz nah waren. Und dann flüsterte sie „Robi“, wie Frank es getan hatte. Und sie berauschte sich an dem Echo, und es weckte Bilder.

Robina schloss die Augen, flüsterte ihren Namen. Und dann überwältigten sie Erinnerungen und Sehnen, Verzweiflung und Freude. Sie wankte die drei Schritte vor, warf sich auf den Metallleib, umschlang ihn, presste ihr Gesicht an die Innenseite des Helms. Ihr Körper zuckte und wand sich in einer wilden, unbeherrschten Umarmung.

Nur langsam beruhigte sie sich. Allmählich spürte sie die Härte des Panzers unter sich, das Verkrampfte ihrer Gliedmaßen, ihre verdrehte Körperhaltung.

Und noch zögernder begann ihr Bewusstsein zu arbeiten. Ihr wurde es heiß und kalt über so viel Törichtes, Unbeherrschtes, und so etwas wie Scham bekroch sie.

Aber plötzlich, als sie noch immer bewegungslos über den Birne gebreitet lag, durchjagte sie wie ein Blitz die Erkenntnis, die alle anderen Empfindungen löschte: ‚Er hat sein Abwehrfeld in dem Augenblick abgeschaltet, in dem ich mich auf ihn stürzte. Warum?‘

Robina löste langsam ihre Umklammerung und glitt vom Körper des Roboters herunter.

Als sie von ihm ließ, wurde sie von sanfter Gewalt erfasst und sacht auf Distanz geschoben.

‚Da ist es also wieder', dachte sie verwirrt. ‚Weshalb aber vorhin nicht? Ein Versehen?

Unsinn! Er hat meinen Zustand erkannt und geschlussfolgert, dass ich ihm darin nicht gefährlich werden konnte. Kein Zweifel, eine andere Erklärung gibt es nicht. Das würde bedeuten, er nimmt meine Empfindungen besser auf, als ich je zu hoffen wagte.'

Spontan verwarf Robina ihr Programm, das sie sich so mühevoll erarbeitet hatte. Sie löste den Notizer vom Gürtel, zeichnete darauf eine Figur und hielt sie so, dass der Birne sie wahrnehmen musste. Und sie zeichnete und sagte mit Nachdruck „Dreieck" und sendete gleichzeitig die Aufforderung: „Du hast jetzt zu handeln, du bist am Zuge!"

„Dreieck", kam es zurück. Robina löschte die Figur so, dass er den Vorgang beobachten konnte, zeichnete sie erneut auf und sagte wieder: „Dreieck."

„Dreieck", echote es.

Robina wiederholte mit steigender Spannung den gesamten Vorgang. Als sie „Dreieck" zu sagen begann, klang es synchron: „Dreieck."

Robinas Herz klopfte bis zum Halse. Hatte sie sich verhört? Sie zwang sich daher in aller Ruhe, ihre Tafel erneut zu bemalen.

Noch ehe sie die dritte Seite der Figur gezogen hatte, sagte der Roboter: „Dreieck". -

Epilog

Hätten irdische Raumfahrer jenen vagabundierenden Himmelskörper betreten und wäre ihre Überraschung über sein selbsttätiges Leuchten und die Pracht seiner Kristalle dem forschenden Alltag gewichen, hätten sie sich vom Schock der Entdeckung einer mit irdischer Schrift bedeckten Wand erholt, ihre Verwunderung über jenen ausgedehnten Garten, der sich am Ufer eines erstarrten Sees vor dem Eingang zu einer Grotte erstreckte, hätte gewiss noch lange Zeit angehalten.

Ähnlich wäre es wohl auch anderen vernunftbegabten Wesen ergangen, vorausgesetzt, sie besäßen die biologischen und physiologischen Kontaktfähigkeiten. Sicher wären ihnen etliche der niedergeschriebenen Begebenheiten, die sie auf vielen glatten Wänden, nicht nur auf der Zentralfläche am See, erwarteten, unverständlich geblieben, aber auch sie würden nun die Allscherbe durchforschen, würden rote Behälter an den höchsten Spitzen der Kristalle und einen leuchtenden Strich quer über die Ebene entdecken.

Und dieser Strich würde sie ebenfalls zum Garten vor der Grotte führen. Sie würden staunen über die Blütenpracht, über das Grün, das trotz aller Farbenspiele der Minerale unnachahmlich lebendig erscheint, und sie müssten sich fragen, wie so etwas auf der sterilen, atmosphärelosen Oberfläche dieses toten Sterns in der Raumkälte existieren kann.

Erst wenn sie eine gewisse Scheu überwunden und die zarten Gewächse berührt hätten, müssten sie ihren Irrtum feststellen, da das Sprödgefrorene unter ihrem Griff gläsern zerrieseln würde. Und sie sähen, jeder Stängel spross aus einem kleinen Loch, das ein scharfer Hitzestrahl in den Untergrund gebohrt hat.

Würde ein verborgener Beobachter das Geheimnis des seltsamen Himmelskörpers ergründen wollen, so könnte er in einem stets wiederkehrenden Turnus ein seltsames, berührendes Schauspiel erleben.

Aus der Grotte tritt ein Wesen in einem orangefarbenen faltigen Anzug, der den gesamten Körper umhüllt, mit einer großen Kugel auf den Schultern, in die eine Sichtscheibe eingearbeitet ist. Und wenn sich das Wesen auf dem langgestreckten, klaren Kristall, der vor der Grotte liegt, niedergelassen hat und den Kopf an das violette Oktaeder lehnt, das ein Stück aus der Uferlinie hervortritt, dann ist in den hellen Pulsationen hinter dieser Scheibe das müde, bleiche Antlitz zu sehen, dem die geschlossenen Lider und entspannte Züge einen Ausdruck von gelöster Zufriedenheit verleihen.

Das Gesicht wird umrahmt von welligem, mit silbrigen Fäden durchzogenem Haar, um die Mundwinkel ziehen sich kleine Fältchen. Es ist ein gereiftes, abgeklärtes Gesicht.

Dann öffnet das Wesen klare blaugraue Augen, die, wenn sie auch nicht lebhaft in die Umgebung blicken, sondern eher starr in den samtschwarzen Himmel, sich gleichsam an den gleißenden Sonnen festsaugen.

Beim Betrachten dieses Gesichts und der Augen kann der Beobachter leicht übersehen, dass sich aus dem Eingang der Grotte noch ein Körper schiebt, ein merkwürdig unförmiger Klotz, der metallisch die Lichtstöße reflektiert und 30 Zentimeter über dem Boden schwebend, unbeweglich stehen bleibt.

Und überrascht wird der Betrachter sein, wenn er zufällig sein Funkgerät in einem bestimmten Frequenzbereich auf Empfang geschaltet hat. Leise löst sich Musik aus der Stille, ein Gesang von mehreren, von vielen Stimmen, ein Chor gleichen Timbres. Ein-

und mehrstimmig gesungen, erklingen Melodien voller Getragenheit und Schwermut. Der aufmerksame Zuhörer wird alsbald herausfinden, dass von dem Orangewesen nur eine der Stimmen kommt, während alle anderen der Metallkoloss singt ...

Später schließt sich ein kleiner Dialog an, etwa folgenden Inhalts: Das Wesen mit dem Kugelhelm fragt: „Wie weit bist du gekommen?"

Und der Metallkörper antwortet, dass er alles oder nur einen Teil geschafft habe, dass sie ihm eine neue Fläche zuweisen müsse oder dass auf der alten noch so und so viel Platz sei. Und meist liest sie ihm dann eine kleine Geschichte vor, die der Koloss ohne Kommentar anhört, von der er aber offenbar weiß, dass er sie auf einer Kristallfläche aufschreiben soll.

Und nach dieser Tagesbilanz, nachdem der neue Arbeitsplan abgestimmt ist, kling erneut der Gesang auf, nach einer Pause, in der nichts die grenzenlose Stille durchbrochen hat bis auf das einförmige leise Summen der Lautsprecher.

Und dann, wenn hinter dem gegenüberliegenden Ufer abermals der hellleuchtende Stern aufgegangen und langsam quer über den See bis über den Grotteneingang gewandert ist, sagt das Wesen im orangefarbenen Anzug, und es klingt, als ob es tatsächlich sehr müde sei: „Gehen wir schlafen ..." -

Robina saß auf ihrer Bank vor der Grotte, einem quaderförmig gewachsenen Gipskristall. Sie hatte den Kopf an das violette Oktaeder gelehnt, hielt die Augen geschlossen und überdachte die kleine Begebenheit, die sie niedergeschrieben hatte.

Schon lange war es ihr gleichgültig, was diejenigen, die das alles einmal lesen würden, damit anfangen könnten. *Dass* sie es lesen würden, befriedigte sie.

Nur das an diesem Tag Geschriebene hatte Robina ein wenig ärgerlich gestimmt, es hatte sie daran erinnert, dass es in ihrem Verhältnis zum Birne Lücken gab, die zu schließen sie sich außer Stande sah.

Aber so im Nichtstun, im Abendritus vor dem Schlafengehen, verschwamm der Tag, und langsam drängte sich die Melodie eines Dorths ins Bewusstsein, wurde beinahe unbewusst zum Summen und dann zu leisem Gesang.

Robina streckte die Hand aus, ohne den Kopf zu bewegen, fühlte den harten Panzer des Birne neben sich und hörte, wie er zunächst in der gleichen Stimme mitsang, dann eine zweite einflocht und in der Auflösung immer noch eine weitere.

Ja, das Singen hatte er gut begriffen, wenn auch nicht das Emotionale darin. Wenn Robina eine Stelle im Text unvorhergesehen besonders hervorhob, eben weil sie es gerade so empfand, dann wurde der Gesang einen Augenblick lang asynchron.

Viel später fragte Robina: „Bist du mit dem Text heute fertig geworden?"

Er antwortete: „Ja, auch die Bilder habe ich angefangen. Noch drei Stunden, und der Teil ist abgeschlossen. Auch die Fläche ist dann voll."

„Was ich heute geschrieben habe, ist nicht viel. Es wird dir nicht gefallen, aber es musste einmal gesagt werden. Du schreibst es am besten auf das Plateau neben die Kuppel. Bitte speichere, ich lese: *Am 1477. Tag meines Hierseins gelang es mir, das Programm des War-*

tungsroboters der Anderen so abzuändern, dass von nun an nicht mehr der lang anhaltende, sich steigernde Ton das Signal bildete, sondern jene zerhackte Tonfolge, die meine an den Sender angekoppelte Maschine erzeugt.

Bis mir das gelang, musste ich das Kabel noch so oft zerstören, bis schließlich das Reservematerial zur Neige ging und ich ihn so zwang, die vielen Stücke zusammen zu schweißen. Da er alles sehr genau macht, wurde durch den erhöhten Zeitaufwand meine Arbeit mit ihm gestört. Aber weil ich nach wie vor mein Hauptanliegen darin sehe, meinen SOS-Ruf auszusenden, musste ich seine Tätigkeit respektieren.

Da ich sein Urprogramm nicht löschen konnte, fiel er noch nach Monaten in alte Gewohnheiten zurück. und sobald ich schlief, verschleppte er ab und an meine Maschine. Ich habe mich darüber geärgert, aber was half es.

Schließlich dominierte sein aus den Erfahrungen selbstgeschaffenes Sekundärprogramm, und die Rückfälle wurden immer seltener, bis sie nach etwa sieben Monaten ausblieben. Seit diesem Zeitpunkt strahlt mein SOS-Ruf ununterbrochen in den Raum, aber leider eben nur in dieser engen Spirale in eine Richtung, die die Anderen vorgegeben haben und die ganz sicher nur durch einen unglaublichen Zufall von einem irdischen Schiff gekreuzt werden könnte. Alle meine Versuche, den Birne zu bewegen, die Antenne dorthin zu richten, wo ich meine Sonne vermute, schlugen und schlagen bis heute fehl. Hier verweigert er einfach den Gehorsam. Ich habe befohlen, gebettelt, gedroht, habe getobt, es mit Sanftmut und Überzeugung versucht. Nichts. Ich habe es aufgegeben ... Den Parabolspiegel selbst zu richten, fehlt es mir an Kraft und Mut; denn wenn ich Gewalt anwende, habe ich nicht die Gewähr, dass jemals wieder ein Signal die Kuppel verlässt. So bleibt mein Mühen, Nachricht vom Kontakt zweier Zivilisationen zu geben, einseitig auf die Anderen beschränkt.

„So, das schreibst du mit zehn Zentimeter großen Buchstaben. Wie gefällt es dir?“ Robina lächelte und sah dem Birne voll in die Augen.

Er dachte sichtlich angestrengt nach. Dann sagte er: „Es gefällt mir.“

„Nichts hast du begriffen, du, du - Maschine du! Du fühlloser Klotz!“

Seine Augen fluoreszierten noch mehr.

Die Fältchen um Robinas Augen vertieften sich, dann lachte sie laut heraus. „Schwierigkeiten, was, Zusammenhänge zwischen dir, einer hochorganisierten Maschine, und dem schlichten Wort ‚Klotz' herzustellen ... - musst noch viel lernen, Freund!“

„Ich muss noch viel lernen, ja!“, echote er.

Robina nickte lachend und begann zu singen: „Seh' ich mir einen Stahlklotz an, so denk' ich an mein' Birnenmann ...“ Es war dies nicht das erste Lied, das sie ihren Bedürfnissen entsprechend abgewandelt hatte.

Und er fiel ein: „... Stahlklotz an, so denk ich an mein' Birnenmann ...“

Lachend sang Robina noch weitere Strophen, und der Ahnungslose sang mit.

Nach einer Weile erinnerte sich Robina, dass sie in der Kabine einige Blumen und Pflanzen geschnitten hatte. „Du, pflanze doch bitte die Blumen, sie sind drin auf der Liege.“

Und der Birne schwebte ab, kam nach einigen Minuten zurück, in jedem der Manipulatoren mehrere Pflanzenstängel. Vorsichtig stellte er sie ab. Er lehnte sie an Kristalle, so behutsam, wie es ihrer Zerbrechlichkeit zukam und wie man es ihm bei seinem robusten Aussehen nicht zugetraut hätte.

Dann schwebte er abermals davon, kam mit dem Brenner zurück, und Robina wies ihn mit Handzeichen ein, ohne sich von ihrer Bank zu erheben.

Der Birne brannte die Löcher und stellte die Pflanzen sorgfältig auf, darauf bedacht, nicht mit anderen, die bereits „gepflanzt" waren, in Berührung zu kommen, was ihm gar nicht so leicht fiel. Robina legte Wert darauf, dass sie dicht standen.

Jetzt erhob sich Robina und betrachtete wohlgefällig ihren Garten. „Ist gut", sagte sie zum Birne, und er zog sich zum Eingang zurück.

Der Garten dehnte sich über 40 Quadratmeter aus, und jede Woche kamen einige Quadratdezimeter dazu. Robina achtete streng darauf, dass genügend Samen nachgezüchtet wurde, aber alle anderen Pflanzen ließ sie nicht abblühen und verwelken, sondern setzte sie vor die Grotte.

Und wenn es schon ein starrer Garten war, mit Blumen, die keinen Windhauch kannten, keinen Sonnenschein, nicht das Summen eines Insekts, die nicht mehr dufteten, die tot und eisig waren wie der Grund, auf dem sie standen, so lockerte dieser Garten doch die kalte Geometrie auf und brach den unbehaglichen Glanz. Ja, die Schatten der Pflanzen milderten selbst das unheimliche Huschen der Lichtpulsationen.

Robina hütete ihren Garten wie ihre Augäpfel. Seine Zerbrechlichkeit machte ihn in Robinas Empfinden noch wertvoller. Jedes Mal, wenn sie ihn betrachtete, erinnerte sie sich daran, wie der Birne eines Tages unachtsam einige Blätter abgebrochen hatte, wie sie fuchsteufelswild auf ihn eingeschrien und eingeschlagen hatte. Wenn er auch dafür kaum Verständnis aufgebracht hatte, nahm er sich doch seit jenem Ausbruch ganz besonders in Acht.

Robina hatte sich wieder gesetzt. Der Birne stand neben dem Eingang und blickte sie mit träge pulsierenden Augen an.

„Müde, mein Freund?“, fragte sie. „Du wirst faul - und ich nicht minder. Wir werden mal einen kleinen Ausflug machen, ja? Rückseite? Ein paar Kilo Gold könnte ich wieder gebrauchen. Das letzte habe ich längst verhämmert. Meine Armreifen werden immer besser. Ich habe erst siebenunddreißig. Eine moderne Raumschiffbesatzung hat sicher fünfzig Leute, damit muss ich rechnen. Und stell dir vor, einer geht leer aus! Wenn sie meinen tiefgekühlten Körper in den Laderaum gebracht haben, werden sie die Reifen anlegen und während des Weiterflugs tragen, so wie ich es in meinem Testament gewünscht habe, sie werden es ...“ Robina nickte dem Roboter zu. „Sie werden es, auch deine Leute, wenn sie mich finden, im Andenken an die toten Freunde, Frank, Mandy, Stef, Robina ...“

Dann stimmte Robina ein Wanderlied an.

Später saß sie und starrte in den Himmel. Sie fühlte Müdigkeit. ‚Wenn er kommt, mein Bethlehemer Stern, gehen wir schlafen ...’

Wenig später ging der helle Stern auf. Als sein Licht die Ebene tangierte, sprühten farbige Reflexe.

Rasch zog der helle Stern mit seinen kleineren Begleitern durch die Schwärze. Robina verfolgte ihn mit dem Blick wie jeden Abend, würde ihn verfolgen, bis er über dem Grotteneingang verschwand.

‚Nickst du ein, Robina? Starrst und siehst im Starren doppelt!’ Robina gab sich einen Ruck. ‚Gleich gehen wir schlafen.' Sie fixierte erneut das Ziel. Gleichmäßig zog der Stern. Aber da war es wieder!: Lichtblitze an der gleichen Stelle des Firmaments, jetzt - im Gegensatz zum ersten Mal - *hinter* dem ziehenden Stern. Robina glaubte noch immer, benommen zu sein.

Lichtblitze! Eins, zwei, drei - Pause. - *Eins, zwei, drei,* Pause. Eins, zwei, drei - nichts.

Robina starrte in den Garten, hob dann den Kopf erneut. Oben zog der Stern, würde nach Augenblicken untergehen. Langsam schob sich Robina, mit dem Rücken an das Oktaeder gepresst, in den Stand.

Da wieder!

„Da, wieder!", Robina rief es laut. Kein Zweifel, an der gleichen Stelle, drei kurz, drei lang, drei kurz.

„Das ist doch ... heißt doch S-O-S!"

Robina atmete schwer. Schwindel drohte sie zu befallen. Ungläubigkeit und freudige Erregung zeichneten ihr Gesicht.

Sie hatte sich vom Oktaeder gelöst, war ein, zwei Schritte in die Ebene hinausgetreten.

Und dann blitzte es abermals: SOS.

‚Sie antworteten!'

Und dann schrie Robina und begann zu laufen, zu rennen: „Birne, deine Leute kommen, deine Leute, deine Leute ..."

„... Leute kommen", echote die Maschine, ohne sich von ihrem Standort auch nur einen Millimeter fortzubewegen.

Robina aber rannte mit ausgebreiteten Armen in die Ebene hinein, links und rechts von ihr zerstiebten Akelei und Astern.